U0109813

李　玲・著

中國現代文學的
性別意識

Gender
Consciousness

本書上編通過對女性形象的類型化分析，反思中國現代男性敘事中的男性中心意
識，下編考察「五四」時期女作家獨特的青春女性情懷及其審美表現，文筆犀利，
見解獨到。

女性主義文學批評應該保持
文化批判的思想鋒芒

——《中國現代文學的性別意識》新版序

李玲

本書第一版於 2002 年在北京的人民文學出版社出版，是我的第一本學術專著。

九年時間過去了，我對中國現代男性敘事中的性別立場的整體評價並沒有改變，仍然認為中國現代啟蒙文學雖然努力呼喚婦女解放並且確實對中國現當代的婦女解放做出了不可磨滅的貢獻，但因對新青年自我缺少反思而脫不了男性中心意識，因而這一次重版，上編幾乎沒有什麼改動；而下編關於「五四」女性文學的評價則略有修訂。我對「五四」女性文學創作文本內涵的理解並沒有改變，變化的是我對「五四」之前女性文學狀況的認知。近年海內外關於中國古代、近代女性文學研究的成果都證明，「五四」女性文學並非橫空出世，現代女性主體意識的全面發展固然始於「五四」，卻萌芽於明清。這樣，我就略微修正了關於「五四」女性文學歷史評價的文字，尤其是下編中每章開頭回溯古代女性創作的內容。

這九年來，中國大陸的性別文化批評有許多發展，也有許多變化。女性主義批評必須以兩性和諧為目標，被一些朋友視為是新世紀以來（尤其是 2000 年代中期以來）中國女性文學批評的新的轉向。這不禁讓我心生疑竇：難道之前的中國的女性主義文學批評存

在著倡導兩性不和諧的價值誤區？重新檢視以往的研究，我再次確認，儘管中國當代女性文學創作格局顯得相當複雜：其主流是在維護男女兩性的主體間性的層面上張揚女性主體意識，但也存在著複製男權傳統、泯滅女性主體性的現象，偶爾也閃現倒置性承襲男性霸權、壓抑男性合理生命需求的現象，[1]但當代中國女性文學批評界卻在維護兩性和諧這一價值理想上，長期呈現出難得的一致，並未曾出現過類似於西方女性主義批評中的激進女性主義流派，其批評隊伍也一直由男性研究者和女性研究者共同合作組成。正如林樹明所言，「……中國大陸的女性主義文學批評還具備跨性別對話的特點，……其主流一直都是以一種『溫和』的、以尋求兩性和諧的姿態出現的，並不存在由『激進』轉向『溫和』的問題，故有人戲稱中國的女性主義批評是『與男共舞』。」[2]中國女性主義文學批評界對兩性和諧理想的直接闡釋[3]、對雙性同體理論的探討[4]、對女性

---

[1] 當代女性文學創作建構女性主體性的豐碩成果不勝枚舉，但極少數作品卻存在價值失誤。如，王安憶的長篇小說《長恨歌》便存在屈從男權傳統的思想缺陷。該小說雖然把既日常又時尚的上海風情鋪寫得栩栩如生，卻在寫作立場上對女主人公王琦瑤以色易利、泯滅女性主體性的行為反思不夠。參看本人論文〈以女性風情閹割女性主體性──王安憶《長恨歌》敘事立場反思〉，《揚州大學學報》2007 年第 1 期。另外，劉思謙也指出張潔的長篇小說《無字》存在「女性性別經驗女性立場的局限性」，見劉思謙：〈性別：女性文學研究關鍵字〉，《洛陽師範學院學報》2005 年第 6 期。這裏拈出這兩部具有廣泛影響的女性文學作品來批評，並不意味著全面否定這兩部作品在其他方面所取得的成就。

[2] 林樹明：〈中國大陸對西方女性主義文學批評的回應〉，《南開學報》2009 年第 2 期。

[3] 參看劉慧英：〈走出男權傳統的樊籬──文學中男權意識的批判〉，三聯書店 1995 年，第 1 版，第 207-217 頁。萬蓮子：〈攝捨兩性和諧的文化意義〉，《文學自由談》1995 年第 4 期；胡曉紅：〈兩性和諧的哲學理論〉，《婦女研究論叢》2005 年第 1 期等。

[4] 參看周樂詩：〈雙性同體的神話思維及其現代意義〉，《文藝研究》1996 年第 6 期；冷東：〈「雙性同體」的歷史演變及文化蘊含〉，《文藝爭鳴》1999 年第 5 期等。

人文主義理想的闡發[5]、對性別詩學理論的建構[6]、對兩性主體間性關係的推崇[7]，都是其兩性和諧價值理想追求的明證。正是懷著兩性主體間共在的和諧的價值理想，中國女性文學批評才尖銳地質問了製造兩性等級壓迫的男權文化，才既努力打撈被以往文學史忽略的女性聲音，也反思女性文學在歷史發展中形成的弱點；既批判男性創作中的性別等級觀念，也讚賞男性思想家所貢獻出的女性解放的精神資源。

視以往中國當代女性主義文學批評存在反和諧性質、存在過分強調對抗意識這一判斷，其矛頭可能並非指向中國女性主義批評的價值理想，而是把女性主義批評對不合理文化現象的質問視為製造麻煩的行為。有些女性學者特意宣稱自己的性別和諧主張，而避而不談是否要保持批判鋒芒，可能更多地是出於對妖魔化女性主義批評這一社會文化大環境壓力下的精神怯懼。有意無意地把對抗男權意識的女性主義批評誤讀為對抗男性世界的女性霸權主義，從而達到妖魔化女性主義的效果，這是當代中國女性主義批評長期以來一直面臨的一種文化環境。

回答性別批評該不該對抗男權意識這個問題，首先應該追問的是，在歷史和當下的中國文化中，到底是否存在男權意識。如果存在的話，女性主義批評難道能夠放棄公平與正義的原則、只唱和諧之頌歌？當然，很少有人直接否認中國文化中存在包括性別不公平在內的等級秩序。儘管近年的研究表明，明清令人矚目的「才女」文化亦得益於男性文人的扶持才得以發揚光大，「它凸顯了即使在

---

[5] 劉思謙：〈中國女性文學的現代性〉，《文藝研究》1998 年第 1 期；劉思謙：〈女性‧婦女‧女性主義‧女性文學批評〉，《南方文壇》1998 第 2 期。

[6] 林樹明：〈性別詩學：意會與構想〉，《中國文化研究》2000 年第 1 期。

[7] 劉思謙：〈性別視角的綜合性與雙性主體性〉，李玲：〈主體間性與中國現代男性立場〉，均見《河南大學學報》2006 年第 2 期。

儒家體系範圍內，女性自我滿足和擁有富有意義的生存狀態的可能」[8]，這說明父權制與真實的社會現實之間存在差距[9]，但這只是提醒我們，中國古代社會中父權制壓迫並不是唯一的一種人倫關係模式，而並沒有改變父權／夫權文化是一種發生重大實踐作用的意識形態這一判斷。

有些朋友強調的是，在中國傳統文化中，男性在君臣關係、上下級關係中，也是無主體性的存在，女性主義批評不應該只從兩性關係這一維看男性世界，不要忙於批判，而應該更多地關懷男性在等級社會中的無主體性存在狀況。這種把關懷與批判截然對立起來並以關懷消解批判的觀點，我認為有問題。如魯迅所言，「我們且看古人的良法美意罷——『天有十日，人有十等。下所以事上，上所以共神也。故王臣公，公臣大夫，大夫臣士，士臣皂，皂臣輿，輿臣隸，隸臣僚，僚臣僕，僕臣台。』（《左傳》昭公七年）但是『台』沒有臣，不是太苦了麼？無須擔心的，有比他更卑的妻，更弱的子在。而且其子也很有希望，他日長大，升而為『台』，便又有更卑更弱的妻子，供他驅使了。」[10]在家國一體的專制文化界定中，男人在社會等級秩序中臣服於地位更高的男性，是主體性缺損的奴才；但是，當他君臨於女人之上時，往往又是壓制女性主體性的主子。無論為奴為主，他都不是主體間的人。雖然男權文化並不能完全規訓所有的男女關係，而且儒家文化的孝母傳統、明清的才女文化傳統都在相當程度上突破了男女之間主奴二元對立的單一關係模式、為女性提供了一定的安身立命之所，但男權文化是中國傳統社

---

8 〔美〕高彥頤著、李志生譯：《閨塾師——明末清初江南的才女文化》，江蘇人民出版社，2005 年，第 4 頁。

9 美國史學家瓊・凱利的觀點，轉引自高彥頤著：《閨塾師——明末清初江南的才女文化》，第 4 頁。

10 魯迅：〈燈下漫筆〉，《魯迅全集・第 1 卷》，人民文學出版社，1981 年，第 1 版。

會中占主流的思想意識之一,且仍然滲透於當下的社會思想中,卻
是無疑的。因而,如果只提和諧,不提批判,放棄追問男權批判與
男性關懷之間的關係,在和諧的名義下對歷史和現實中實際存在的
性別不平等視而不見,那麼性別批評可能失去它質問不平等秩序的
鋒芒,也就失去它守望兩性和諧平等境界、建構主體間性關係的理
想色彩,而可能淪為性別霸權的同謀。兩性關係要成為主體間的關
係,必須通過批判性別主體霸權、質問性別奴性意識來辨析、建構。

　　當下的性別批評提出男性關懷的命題,這是對性別批評的一種
深化。[11]但是關懷男性並不意味著消除批評意識。關懷男性合理的
生命需求的同時,性別批評仍然要直面男性創作中仍然相當廣泛存
在著留戀男性霸權意識這一現象。[12]男權批判與男性關懷,是不可
相互替代也並不矛盾、不應該相互消解的兩維。性別批評對男權的
批判,固然最終要達到對社會制度、歷史文化的穿透,不能僅僅停
留在對具體男性人物人性之惡的揭露上,但是文化中的男權意識往
往滲透在具體人物的個人話語中,文學中的性別批評如果放棄對具
體男性人物人性之惡的批判,就可能使其對男權文化的批判落於空
洞。認為女性主義批評應該把矛頭指向不合理的男權文化而不應該
指向具體的男性人物這一似是而非的觀點,顯然存在著割裂文化體
制與人性建構之間的關係這一缺憾,存在著無視文學即人學的認知
盲點。自覺對抗男權文化,絕對不是對抗男性世界,而是在對男性
霸權的批判中,既救贖女性也救贖男性,使男人、女人能歸於主體
間的共在,同時也要警惕不要倒置性地去承襲男性霸權文化。

　　女性主義文學批評並不單一地局限於批評男權文化這一範
圍。梳理女性文學自身的傳統、並發掘在女性文學傳統建構過程中

---

[11] 方剛、傅書華、陳駿濤等都對該問題做了中肯的闡述。

[12] 參看盛英:〈女性批判:當代中國男作家的男權話語〉,《文學評論叢刊》第
5卷第2期。

男性世界所起的積極作用,反思女性文學以及女性文學批評本身在歷史發展過程中必然存在的種種不足,理解男性文學中的合理聲音,都是性別批評的應有之意,也就是說批判並不是女性主義文學批評的唯一姿態,但是,批判卻也是女性主義批評不可或缺的態度之一。不放棄對種種不合理性別等級秩序的反思、批判,與敏銳發掘中國文化中女性主體意識曲折生長的事實,都是女性主義文學批評應該堅持不棄的使命。守望兩性和諧的價值理想、尊重個體生命的差異性,與保有對性別等級文化進行敏銳批判的鋒芒,是中國女性文學批評不可偏廢且互為基礎的兩維。

有的朋友倡導微笑的女性主義。真誠的微笑是好的;有些女性作家側重以自信、寬容的微笑如佛一般超然於紛繁的文化現實之上,既是建構女性主體性的有益方式之一,也是個人合理的文化選擇,但同時,也必須明白,微笑只能是女性創作的一種姿態,而不應該是女性文學創作的唯一姿態。而且,文學批評又不同於文學創作,不可能僅僅以女性自我修身養性為目的,也就必然不可能以任何一種單一的表情面對多彩多姿的文學創作。敏銳地感應複雜的文化現實,在反思中實踐文化批評的先鋒性、超越性,是女性主義文學批評應當承擔的使命。喜則大笑,怒則大叫,會心之時微笑,悲痛之際長歌當哭,是女性文學和女性主義文學批評應有的多姿風采。故而,有朋友補充說,男性批判也是男性關懷之一種、也是女性主義的微笑姿態之一。我以為,這個補充是非常必要的。

以上是歲末之際我對中國女性文學批評狀況的一點隨感,聊以為序。

李玲

2011 年 1 月辛卯年春節前夕

序

范伯群

李玲通過她的師兄劉祥安教授轉告，是否能為她即將出版的新書寫篇序言，我很爽快地答應了。我指導過的博士生在出版他們的博士學位論文時，大多要我為他們的書稿寫篇序。從論文選題、開題報告、資料搜集到論點醞釀，我都是參與者，寫起來還算是駕輕就熟；再說給甲生寫了，不給乙生寫，道理上也說不過去。「爽快」是必然的。

可是拿到書稿一看，我後悔於我的爽快。她的專著題目是《中國現代文學的性別意識》，大概是屬於女性主義範疇的論著。我對此毫無研究。大概在我的潛意識中存在著一條「楚河」、「漢界」，一直以為女性主義是女性們自己去研究的東西。這也不是她的博士學位論文，大約是她在博士後流動站的研究成果。但既然是答應過的，倒是應該「一諾千金」的。且容我先來學習學習再說吧。

將書稿認真一讀，我簡直有點惶恐了。書中的一個個論點，好像是「衝」著每個男性而來的，當然也包括我在內。李玲認為，性別意識領域是「中國現代文學現代性最為匱乏的思想領域」。關於這一點，我是承認的：中國長期處在男尊女卑的傳統思想的束縛下，即使是很開明的男性，也會在思想深處，窩藏著許多思想垃圾。每個人對性別意識一定有自己的看法，可是我的這些看法像藏在一個「黑箱」中，從來也沒有打開來看過。經李玲這麼一提，倒也非打開看一看不可了。但李玲書中的「矛頭」所指倒也不是專門對準

我這樣的人,她對過去許多啟蒙思想家和有成就的作家也還有若干
意見:

> 中國現代文學創作中,始終存在強大的男性中心意識;尊重
> 女性主體性觀念始終沒有壓倒男權文化觀念。究其深層原
> 因,乃是由於中國現代多數男性作家在思考婦女問題的時
> 候,更多的是站在代女性控訴的立場上向與己無關的舊勢力
> 開火,而普遍缺少自審精神,未曾拷問過「我是不是也吃過
> 幾片女人的肉」,未曾追問過現代男性自我是否可能也在精
> 神深處繼承了男權集體無意識的因子。

不妨可以去查一查,在「五四」時期,許多「婦女雜誌」的主
編都是男性作家,當婦女的解放自我的意識還有待啟蒙時,那些男
性作家就率先起來代婦女向封建勢力開火了。可是他們「好心」得
不到「好報」,在李玲看來,即使是這種打衝鋒的尖刀班的人物,
也無一例外地要自審和「拷問」自己。李玲平日的為人倒也溫柔敦
厚,但想不到在學術討論中她的問題提出得那麼尖銳。真所謂「士
別三日,當刮目相看」了。但她的問題是提得有道理的。因為在男
性的「集體無意識」中是可能存在「盲區」的。至少我不敢如此自
信,敢理直氣壯地說,我沒有男性中心意識。我寫過一篇論魯迅的
〈明天〉的文章,題目就叫〈無主名無意識的殺人團屠場中的羔
羊〉,就是指小說中的男女在分單四嫂子的肉吃。還寫過一篇論〈祝
福〉的文章,題目是〈逃、撞、捐、問——對悲劇命運徒勞的掙扎〉,
這裏當然也是說的魯鎮這個半封建社會中有一個「無主名的殺人
團」。因為寫過這類文章,所以我對李玲提出的尖銳問題是有「先
天性的承受力」的,也同意中國的男性應該將自己的「盲區」——
「黑箱」打開來看一看,查一查。

關於李玲提出的「尊重女性生命本體價值」,「理解女性自身生命邏輯」的論點,我過去是思考得很不夠的,但那種男性優越論又是無處不在的。在人生道路上,每當論人處事時,這種優越論總會或明或暗地流露出來,左右我個人的決斷。例如我有一個不成文的「內部規定」:一般不招或少招女研究生。我並不向外宣揚,但內裏卻如此掌握。道理也很簡單,女生將來總有個結婚後生兒育女的性別負擔。我辛苦教的,她辛苦學的,難免不因為這種必須由女性承擔的事務而發生浪費現象;不像男生,他們負擔較輕,學術攀登可能較快。但我也不是絕對不收女生,不過總要有些特殊的理由才行。例如某女生是從新疆考來的,成績合格,也有名額,就招吧,為邊疆培養個人才吧。可見我的支援西部大開發的思想倒是老早就確立的。李玲是兄弟院校送來的代培生,她過去的導師介紹說,她的碩士學位論文是研究冰心的,作為冰心的同鄉,她還就地搜集了不少資料。而我呢,也算是中國第一部《冰心評傳》的作者(與曾華鵬教授合作)。好吧,就招吧。後來李玲用她的許多材料凝成論點,在《文學評論》上發表了有關冰心研究的文章。她的博士學位論文,也是研究女性作家的,後來也在《文學評論》發表了。但當時她不是用女性主義的觀點,因此,我也沒有聽到過她如此尖銳地提出問題。

一別五年,聽說她結婚了,這是值得慶賀的;後來又聽說她離鄉背井到南京大學作博士後,我總覺得李玲為人太追求完美。她在讀博士時,文章不寫好,假期中她是不回去的,一個人在空蕩蕩的宿舍裏苦思冥想,直到完稿,才回家鄉。據說在南京大學攻讀博士後時,也是文章沒有寫好,暑期就不回去,還把母親和丈夫都叫到南京去。她的師兄弟們笑著把這件事告訴我,說她的家庭是很支持她的事業的。我知道李玲是一向用功的,得到家庭的支持非常有必要。現在讀她的書稿,才知道另外還有一層意思,她認為不論男女

起碼都應該遵循「兩性平等的啟蒙原則」，應該「不懈地解構男性中心意識」，應該「積極建構符合生命合理性的女性主義人文價值觀念」。她和她的家庭都是身體力行於她所研究的理論的。

以上關於我的招生中的「內部規定」李玲大概也不知道的，我在這裏也無意作「自我坦白」，不過隨手拈來作為一例而已。反正我已退休，也不再招生了，但這也不等於思路已經轟毀。用她的書中的論點來衡量，這是一種「拿男性的尺度作為普遍的人的尺度衡量女性生命」。而她的這部專著主旨就是「倡導男女兩性主體性的平等，在主體性平等的前提下尊重性別和個體的差異性這種觀念」。

讀李玲這部書稿，覺得每個男性必須自審。可是女性就可以置身事外嗎？李玲也沒有放過女性，女性也必須自審：在男性的中心霸權主義下有沒有精神奴役創傷，有沒有不自覺地表現出自己的女奴根性。

> （男性）以強勢文化面對弱勢文化的優勢，從四面八方對女性的生存真相、生命需求形成擠壓，使得處於這一男性鏡城重圍中的女性對真實的自我自慚形穢，不得不自覺按照鏡中假相來重新言說自己、重新塑造自己，實際上也就是不得不自覺以臣服於男權的女奴意識進行性別自虐。

也就是說，無論是男性和女性都有一個清理自己在千年封建鐵律下有沒有「集體無意識」的盲區、現在有沒有自我覺醒、並進而去塑造新型的現代的「性別意識」的問題。

李玲的專著的另一個重要特點就是以女性主義的觀點切入中國現代文學作品的女性形象中去，並且追蹤到作家的潛意識領域中去尋根究柢研討他們是否存在「男權中心立場」的創作動機，有沒有將「封建舊酒裝入現代新瓶」。她的問題提得如此直率，我認為是有衝擊的力度的。她將現代男作家筆下的女性形象分成四種類

型：天使型、惡女型、自主型、落後型。——對作家的創作動機與效果加以提審過堂。她不是以分析那些二、三流的作家的作品為滿足，而是向魯迅、老舍、巴金、曹禺、茅盾等經典作家的作品中去找尋可能是薄弱環節的有懈可擊的縫隙。而這些作家筆下的人物曾經是深入人心的，讀者認為是可以進入文學史的「人物蠟像館」的；而他們的構思場景是如此地感動過讀者，讀者認為如此構思確是「最佳方案」。面對李玲提出的「挑戰」，他們和我一樣會同聲反問，那你說該怎麼寫才好？這樣的反詰可能會引起一場熱烈的討論，這總要比死水一潭、人云亦云好得多。讓這個「中國現代文學現代性最為匱乏的思想領域」和盤展示給大家看一看，如果連經典作家亦在所難免，那麼，匱乏的程度就相當驚人了。「性別意識」的整體風貌將如何得以改觀呢？在這方面李玲只是提出了問題，她不可能將許多重大問題畢其功於一役。那麼下面的討論對任何一方都可能是身不由己的，因為最終是有一個中國現代文學作品的客觀存在，是獨立於你我的腦子之外的，可以讓廣大讀者去品評而得出合理的結論來。

我與李玲已有五年沒有作學術上的相互探討了。今天，她突然將她的新的觀點通過她的新著向我展示。我認為李玲所提的問題是有深度的。我的腦子裏的關於性別意識的「黑箱」的確從來沒有打開過，經她這麼一提，我就要去考慮，自己有沒有陷入「集體無意識」之中，甚至參加了「無主名的殺人團」，吃了女性的幾片肉。我沒有資格說「救救女人！」我只有資格說「救救自己！」應該進行一次清算，這樣才能終止我的惶恐。過去，我給學生們分析這些經典作家筆下的人物與場景，也能說得「頭頭是道」，可是經她這麼一提，我好像有點「懸在半空中的失重」般的飄浮，感到不太踏實了：請稍待，我得好好想一想。是的，我需要有一個「再思考」的過程；雖然我已經退休，不必去面對學生了；可是我得「面對自

己」。現在的青少年喜愛玩「電子遊戲機」，可我這個退休老漢，天天玩的是我的「腦子遊戲機」，每天所盤旋的就是一些文學問題，包括這些作品的形象與場景。我在生活中沒有其他愛好，不去玩這個「腦子遊戲機」，生活不要枯燥乏味死了嗎？因此，我也得承認，李玲所提的問題對我也是有啟發性的，無論是人生，還是文學的。我開動腦子遊戲機時又有了新的內容。她在我的平靜的生活生態中投下了一顆深水炸彈，在心靈的海洋深處，掀起了層層波瀾。我將這種感受說出來與讀者交流，也期待通過對這些問題的討論，會在現代文學中最匱乏的領域中出現一片新綠，然後是迎來一片豐收的金黃。

2002 年 6 月 30 日於廣東韶關

序

丁帆

　　李玲是一個勤勉的學人。她在南大做博士後的日子裏，可是天天泡在圖書館和資料室裏，把全部的精力都投入到了做學問中去了。為此，她的生活儘量簡單化，犧牲了許多樂趣。她那種一絲不苟做學問的精神，是常人，尤其是年輕人所難以做到的。但她在不斷的閱讀與寫作中找了自己的生命樂趣，找到了心安之所。出站的時候，她不僅按照研究計畫完成了課題，而且還有許多相關的學術成果問世。

　　李玲原先是做現代文學中散文那一塊的，秉承福建師大的學風，受著閩地文氣的浸濡，她以精細的文本分析奠定了自己的學術品格。到了南京大學以後，她試圖開拓視野，豐富自身的學術積累和延展自己的學術領域。於是，根據她的研究興趣和專業所長，我們商量了此書的論域範疇——《中國現代文學的性別意識》。

　　在中國現代文學研究領域中，女權主義批評的論著也不少，但是一般都只限於女作家創作的研究，並未延伸到系統地對中國現代男作家創作進行梳理、批評上。但是女權主義批評如果不能對男作家創作做出回應，其文化干預力度必然是有限的。就總體而言，中國的女權主義批評，還普遍存在簡單地橫移西方女權主義批評理論的弊病；女權主義批評者們往往還缺乏那種在浩繁的男性經典作品中尋覓可以作為自己理論靶子的文本意識。這樣，就很容易使理論懸於浮泛空洞。說實在話，有些女權主義批評家本身對文本的體驗

就缺乏一種本能的「女權意識」，而恰恰呈現的是向男權文化視閾趨同的「女奴意識」。其理論闡釋的視點完全是站在男性視閾文化對於女性和母愛的謳歌之中。殊不知，這種謳歌本身就包孕了男性文化視閾對第二性自上而下的「同情和憐憫」。這種悲劇意識非但沒有被有些女權主義批評家們所覺察，反而成為他們文章的認同視角。這不能不說是女權主義批評的悲劇。根據中國文化的特點，建構起符合中國文學特徵的有獨立「女權」意識的本土化的女權主義批評新體系，以此來打開單一閉鎖的文化視閾，使中國現代文學研究真正呈現出多元的文化視閾，已是當務之急。

　　本書在中國現代男作家創作和女作家創作兩個方面展開對中國現代文學性別意識的探討，表現出以女權主義立場對中國現代文學傳統進行深入反思的自覺意識，呈現出以女性文化視閾打破男性單一文化視閾的自覺追求。本書把性別意識的反思確認為是對中國現代文學研究當代性追求和現代性追求的回應，說明其女權主義立場不僅僅是女性文化的自說自話，而具有一種比較寬闊的文化視野和比較明確的文化使命感。作者對中國現當代文學中普遍存在男性中心意識這一現狀，對研究界對男作家同情女性苦難遭際、男作家讚美女性中所蘊含的男性中心意識普遍缺少警覺這一現狀，有明確的認識，因而認為對中國現代文學的性別意識進行探究和反思，將有利於當代文化的精神建構。同時，也為了回應中國現代文學的現代性追求的重大命題，本書認為反思中國現代文學中的男性中心意識符合恩格斯所說的「歷史觀點」這一文學批評標準。因為中國現代文學的現代性特質，儘管內涵豐富，也沒有統一定論，但中國現代文化理念首先就是建立在激烈批判前現代文化主奴對峙封建等級意識的基礎上的，其核心內涵應是人與人之間相互平等的民主意識，應是尊重生命主體意識的自由觀念、個性解放觀念。男性中心意識，作為一種性別等級觀念，把男女關係界定為主奴關係、主從

關係，就從根本上違背了現代民主精神、違背了現代人性觀念，不應該被看作是中國現代文化現代性內質中本來就可以包容的東西。可見，作者對中國文學現代性問題的認識，顯然具有明確的中國文化現實感。這說明作者在回應全球共同的現代性問題的討論中，並沒有生搬硬套西方文化理念。確實，雖然在後現代主義理論家那裏，如傅柯就認為啟蒙製造了「進步」的神話，但是仔細想來，則正是歐洲經歷過了「啟蒙」的文化階段，而我們恰恰沒有這種文化經歷，因此，照搬生長在另一個文化語境中的理論，是往往要出問題的，哪怕是大師的話也得打個問號。

此書把正面價值立場定位在男女兩性主體性平等，在主體性平等的前提下尊重性別和個體的差異性上。這包含著對封建性別等級文化的批判，也包含著以平等的名義，用政治化的男性類特性壓抑性別差異性、壓抑個體生命差異性這一歷史的反思，同時也說明這一種性別立場是對男權文化傳統的本體性否定，而不是男女輪迴式的反叛。

正是為了在借鑒西方女權主義理論的同時，避免生搬硬套的毛病，李玲在系統學習女權主義理論、敘事學理論，確定自己的性別文化立場之後，採用的是歸納式的研究方法。她總是先一篇一篇地先寫作品閱讀筆記，然後歸納出一個個作家的性別立場，最終再歸納出一段文學史創作中的性別意識狀況；而不是先搭出一個論述框架，然後到文學史中尋找與自己設定的論述框架相符合的作品。這樣做，費力，速度慢，但對文學狀況的闡釋無疑會更為可靠一些。而且，她把性別意識反思的目光首先盯在巴金、老舍、曹禺，甚至魯迅這些現代經典作家的經典作品上，無疑是抓住了文學史反思的要害。

由此，我們可以看到，此書在文本閱讀中歸納出的結論是可靠而可信的。本書上編通過對女性形象的類型化分析，反思中國現代男性敘事中的男性中心意識。認為中國現代男性敘事中的女性形象大致可以歸為天使型、惡女型、正面自主型、落後型四大類。認為

現代男作家以啟蒙、革命思想為依託，對性別秩序進行重新言說，但由於對現代男性主體缺乏反思，不免再次陷入男性中心立場，從而維護了男性為具有主體性價值的第一性、女性為只有附屬性存在價值的第二性這一不平等秩序，從而使得現代新文學在現代男性啟蒙、革命的框架內悄悄背離了兩性平等的啟蒙原則，而在實際上走向了啟蒙的背面。性別意識領域，由此也成為中國現代文學現代性最為匱乏的思想領域。本書下編著重從重返社會公共生活領域、母女親情、童心世界、女性情誼、性愛意識、觀照大自然六個方面考察「五四」女作家獨特的青春女性情懷及其審美表現，從而探究「五四」女性文學開創中國現代女性文學新傳統、初步建構現代女性主體性的思想、藝術價值。本著這樣的理論線索，此書對中國現代文學的性別反思問題作出了較為圓滿的回答。

在全書的價值體系的建構中，李玲一方面遵循著歷史的客觀的中性描述與評判；一方面又以頗為「深刻的片面」的主體意識介入歷史與文本，用發揮到極致的優美與深邃，獲得了本體敘述的解放。本書不僅是對以往作品的重新解讀，而且亦提出了從另一種角度重新進行文學史梳理的觀念問題。本書既有宏觀的理論把握，又有精細的文本分析。就此而言，我以為此書在諸多生搬硬套外國現成理論的所謂女權主義的專著中脫穎而出，具有了非同一般的意義。雖然，由於本書各編各章的寫作時間有先後，因而其性別意識反思的理論自覺程度不同，亦是可見的。

我想，李玲以此書為基礎，在這個年輕的學術研究領域裏是大有作為的。就憑她的那股不拔的韌性，就可自立於此壇之林而扶搖直上。這一點我是堅信不移的。

是為序。

2002 年 7 月 2 日於紫金山下

目　次

導言　對中國現代文學傳統進行性別意識反思的必要性以及反思的價值尺度

一、回應當代文化的精神建構需求

　　從中國現代文學研究的當代性角度考慮，對中國現代文學傳統進行性別意識的反思，將有利於當代文化的精神建構。

　　中國現代文學研究必須回應當代精神建構問題，必須能夠為當代文化建設提供思想資源。這就要求中國現代文學研究的問題必須從當代文化中產生，同時它對問題的回答也必須儘量整合進當代先進的思想資源。因為「……無論是現代文學研究迄今為止的歷史，還是那悠久的在清代被稱為『國學』的傳統，都一再表明了，研究者對當代生活的深切關懷，每每正是人文學術的活力的來源，」[1]也是學術的價值之所在。而當代文化的男性中心意識仍然十分嚴重，這在當代文學創作與批評中就有明顯的表現。男女兩性主體性平等、在主體性平等的前提下尊重性別與個體的差異性這個觀念，在當代文學創作和當代文學批評中，遠沒有如民主、自由等觀念那樣成為精英知識界的共識，更枉提大眾層面的普遍認可了。至少它遠沒有普遍進入作家和批評家、研究者的潛意識而成為一種內在、自

---

[1]　王曉明：〈面對生活的挑戰〉，《文學評論》2002 年第 1 期，第 81 頁。

發的人文價值尺度。當代文學與現代文學具有很強的同質性，許多
當代問題都應該溯源到現代文學中去進行深入反思。

至今，文學研究、文學批評中，一直有一種觀點，認為現當代
男性作家普遍同情女性苦難遭際、普遍讚美女性歌頌女性，便是男
性已經充分尊重女性的表現，便是性別意識問題已經不成其為問題
的理由。當然，男性作家同情女性苦難遭際、代女性提出控訴，自
然是要比認為女人本來就該死那要好得多。然而，這是遠遠不夠
的。中國現代啟蒙男作家、革命男作家，中國新時期男作家，對女
性苦難遭際的描寫，往往還是從男性視閾單方面出發所進行的創
作，並未曾整合進女性自身的生命邏輯。女性在男性作家的文本
中，除了作為受難者而成為男性控訴封建禮教、敵對階級、極左專
制思潮的道具[2]之外，主要還成為作品男性人物乃至男性作家視閾
中的男性精神對象物和男性慾望對象物，成為男性主體視閾中的客
體。一種性別在一定程度上、一定層面上以另一種性別作為精神對
象物和慾望對象物，本無可厚非。關鍵在於這種客體化的前提必須
是以不壓倒異性生命邏輯為前提，必須是兩性之間的文化對話、立
場對話，而不應該是一種性別的獨白與專制。兩性必須是互為主客
體的存在；同時男女又應是多元並立的主體。問題就在於，中國現
當代文學中的這種對異性的客體化，往往單方面發生在男性把女性
對象化上，而不是男女雙方相互進行的一種行為。更為嚴重的是男
性作家在把女性客體化、對象化的寫作中，往往並沒有同時或在另
一層面上整合進女性視閾，往往壓抑了女性自身的生命邏輯，甚至
包含了一種性別對另一種性別的霸權統治意識，把女性對先進男

---

[2] 孟悅、戴錦華在《浮出歷史地表》一書中曾說：「……在五四時代，老舊中
國婦女不僅是一個經過削刪的形象，而且也是約定俗成的符號，她必須首
先承擔『死者』的功能，以便使作者可以審判那一父親的歷史。」河南人民
出版社，1989 年 7 月，第 1 版，第 10 頁。

性、先進意識形態理念的臣服作為她們獲得同情的前提，從而壓抑
了女性主體性，使得女性在男性同情、悲憫、讚賞、鄙視的目光中
再次淪為男性中心文化中無言的他者、在場的缺席者，成為附屬於
男性的第二性。女性或於苦難中沉淪，或獲得拯救，表現的往往都
不過是男性對女性世界的價值判斷或想像性期待，而不充分表現女
性自身的生命真實與生命欲求。

　　至於男作家讚美女性，也存在是否尊重女性自身生命邏輯、是
否尊重女性主體性的價值差別。周作人曾經激烈地說過：

> 我固然不喜歡像古代教徒之說女人是惡魔，但尤不喜歡有些
> 女性崇拜家，硬頌揚女人是聖母，這實在與老流氓之要求貞
> 女有同樣的可惡：我所贊同者是混合說……[3]

　　原因便在於這種頌揚，表面上看起來要比「男女之別，竟差五
百劫之分，男為七寶金身，女為五漏之體」[4]的惡咒友善得多，但
實際上仍不過是出於男性一己渴望被拯救、被庇護的心理需求而對
女性所作的假想，並沒有顧及女性生命的真實性，在把女性界定為
道德楷模、美的典範的同時，剝奪了女性合理的生命欲求，從而對
女性生命豐富性形成壓抑、造成異化。中國現當代文學，有從女性
自我生命邏輯出發發掘女性人性美的創作，但也仍大量充斥著這種
從男性視閾出發、忽視女性內在生命需求的聖母頌歌。至今的文學
研究、文學批評中，尊重女性生命本體價值、理解女性自身的生命
邏輯，也就是說從主體性建構的層面上尊重女性，顯然遠沒有成為
共識。

---

[3]　周作人：〈北溝沿通信〉，《周作人散文・第二集》，張明高等編，周作人著，
中國廣播電視出版社，1992 年 4 月，第 1 版，第 419 頁。

[4]　〈太華山紫金鎮兩世修行劉香寶卷〉，轉摘自《周作人散文・第一集》，第
593 頁。

　　有一種觀點認為，九十年代以來的文學創作中存在大量關於女性慾望的描寫，便是女性主義濫觴的結果，由此認為現在是女性主義走過頭、應該收束的時候。這種觀點恰恰是出於對女性主義的無知、對男權中心文化現狀的盲視。九十年代的男作家創作，往往大量鋪寫女性慾望，認可女性慾望，確認女性心理中確實存在種種非常態的性需求，諸如被虐、被強姦、妻妾成群等。這種性開放描寫，彷彿是對女性慾望的寬容、對女性人性的解禁，但實際上卻是通過操縱話語霸權，在女性沉溺於種種不平等性關係的描述中，暗暗確認了男性文化對女性施虐的合理性，確認了男權文化關於女性卑賤的本質界定，使女性在性主動的表象下再次淪為男性縱慾的對象、踐踏的對象。[5]八、九十年代以來，一些女作家打破男性中心意識重圍，在創作中建構女性主體性，[6]從而使得當代文化出現珍貴的性別多聲部局面，顯出性別對話場景。但女作家對女性主體性的艱難建構，遠未足以形成扭轉男性中心文化專制局面的力量。倒是女性在寫作中訴說自我慾望這一女性發現自己的主體性建構行為，在男性性消費眼光的窺視下，很容易地就被蛻變為對女性自我的異化事件，反過來消解了女性主體性。受市場利益原則驅動，某些女作家也自覺不自覺地把女性慾望演化為取悅男性慾望的工具，通過自我客體化、自我奴化來爭取為男性中心文化所消費，從而達到暢銷目的。女性慾望依然成為暢銷的文化消費品，恰恰證明了當代文化中男性中心意識無所不在的事實。這一男權傳統，有它的古代性文

5　參看丁帆、陳霖：〈略論近年小說中女性形象的一種「他塑」〉，《學術研究》1995 年第 3 期；劉慧英〈90 年代文學話語中的慾望物件化──對女性形象的肆意歪曲和踐踏〉，《中國女性文化》NO.1，中國文聯出版社，2000 年，第 1 版。

6　參看王宇：〈主體性建構：對近 20 年女性主義敘事的一種理解〉，《小說評論》，2000 年第 6 期。

化根源。從古代小說戲曲，一直到近現代通俗文學、現代海派文學，再到九十年代文學，這種把女性作為純粹性客體從而消解女性主體性的做法是一脈相承的。

綜上所述可知，現當代文學創作中仍普遍存在男性中心意識、普遍存在以女性為消費品的性別奴役觀念。這就亟待有一種主張男女主體性平等、並在主體性平等的前提下尊重性別差異性、個體差異性的人文價值觀念來完成文化轉型工作。

二、回應中國現代文學的現代性追求

從中國現代文學自身的現代性要求考慮，反思其男性中心意識符合恩格斯所說的「歷史觀點」[7]這一文學批評標準。

有一種觀點認為，用女性主義觀點批評現代作家的男性中心意識，是一種沒有歷史感的苛求。這就涉及到兩性主體性平等的文化觀念是否符合中國現代文化的歷史語境問題。實際上，現代文學的現代性特質，儘管內涵豐富，也沒有統一定論，但中國現代文化理念首先就是建立在激烈批判前現代文化主奴對峙封建等級意識的基礎上的，[8]其核心內涵應是人與人之間相互平等的民主意識，應是尊重生命主體意識的自由觀念、個性解放觀念。而男性中心意識，作為一種性別等級觀念，把男女關係界定為主奴關係、主從關係，就從根本上違背了現代民主精神、違背了現代人性觀念，顯然不應該被看作是中國現代文化現代性內質中本來就可以包容的東西。

---

[7]　恩格斯：〈致斐迪南·拉薩爾〉，《馬克思恩格斯列寧斯大林文藝論著選讀》，江西人民出版社，1983 年 6 月，第 2 版，第 193 頁。

[8]　參看錢理群的魯迅研究系列論文著作。

實際上，中國現代文化的最高思想成就本身就包含著對男性中心意識的批判。魯迅的〈我之節烈觀〉(《墳》)、〈娜拉走後怎樣〉(《墳》)，周作人的〈北溝沿通信〉(《談虎集下卷》)、〈婦女問題與東方文明等〉(《永日集》)等，便站在兩性主體性平等的文化立場上，從女性的生存境遇和生命邏輯出發，反對要求婦女單方面為男子守節的節烈觀，反對儒道佛輕蔑女性的「不淨觀」，指出婦女的解放首先必須是經濟的解放和性的解放。更為可貴的是，他們的批判不僅指向封建禮教、封建制度，而且初步包含著對現代文化自身的反思。周作人早在〈北溝沿通信〉中就說到：

> 現代的大謬誤是一切以男子為標準，即婦女運動也逃不出這個圈子，故有女子以男性化為解放之現象，甚至關於性的事情也以男子觀點為依據，讚揚女性之被動性，而以有些女子性心理上的事實為有失尊嚴，連女子自己也都不肯承認了。
> （周作人〈北溝沿通信〉）

舒蕪闡釋說：

> 這裏說的「男性觀點」「男子標準」，有兩方面的含義：一方面是「像男子那樣的」，另一方面是「像男子所希望的」。[9]

也就是說，中國現代男性文學在理性的顯在層面上以解放婦女為己任，其思想智慧本身就已經對以男性自身的模式為尺度和以男性自身的慾望為尺度的婦女標準提出了批評，從而使得現代男性文化主體在整合進女性生命邏輯的過程中也使自身獲得超越性提升。丁玲、蕭紅、張愛玲等的現代女性創作也與男性中心意識直接

---

[9] 舒蕪：〈女性的發現──周作人的婦女論〉，《回歸五四》，舒蕪著，遼寧教育出版社，1999 年 8 月，第 1 版，第 443 頁。

對峙，既否定男權文化對女性的壓制，也反思女性在男權高壓下的生命異化。這些就足以證明尊重女性主體性觀念，是中國現代文化現代性內在的一種先鋒思想，而不是外在的、違背歷史邏輯的苛求。

當然，限於中國現代文化自身發展過程中的複雜性，尊重女性主體性的觀念，在現代男性啟蒙思想家的理論中，更多地是作為一種綱領、作為一種總體思想原則而存在。「五四」時代，尊重女性主體性的觀念與代婦女安排解放之路的觀念、與封建男權觀念是並存的。「五四」之後，從宏觀發展趨勢看，中國現代文化中的個性主義觀念不可避免地被集體主義觀念所接收、征服，舊的男權文化觀念還沒有被男女主體性平等觀念所克服，政治化的男性類特性又抑制了包括婦女在內的單個人個性健康發展的可能、壓抑了女性的類特性。理性認識方面的情況如此，創作方面的情況更不容樂觀。中國現代文學創作中，始終存在強大的男性中心意識；尊重女性主體性觀念始終沒有壓倒男權文化觀念。究其深層原因，乃是由於中國現代多數男性作家在思考婦女問題的時候，更多的是站在代女性控訴的立場上向與己無關的舊勢力開火，而普遍缺少自審精神，未曾拷問過「我是不是也吃過幾片女人的肉」，未曾追問過現代男性自我是否可能也在精神深處繼承了男權集體無意識的因子。現代男性作為反叛的子輩、反叛的革命者這一進步身份，遮蔽了他們在男／女關係結構中掌握霸權的專制實質，使他們在過分聖潔化的自我確認中，忽視過自己在為女性、為自己尋找解放之路的時候實際上仍在實踐著壓抑女性的男性中心意識這一價值盲區和事實盲區。進步、革命這一政治化的意識形態，在中國現代文化語境中，不僅作為一種顯在的權威理念，逐步整合並且轉換了中國古代文化中固有的集體主義傳統，於不知不覺中消解了「五四」現代個性主義精神，從而壓制住了包括女性在內的個體生命的獨特性；而且作為一種深層理念滲透進中國現代男性作家的潛意識中，使中國現代男性文學

的女性幻夢中所包含的蒙昧實質、專制特徵，由於意識形態先進理念的介入而被罩上冠冕堂皇的面紗，顯得隱蔽、顯得難以辨認。「五四」新文學運動以來，

> ……能在作品中真正以女性的視闊來解釋社會文化現象，來塑造起有自身獨立品格的女性形象尚未出現，就連西人眼中認為當時最擅長描寫女性的茅盾，也只是用一種深藏著熾烈情感的「冷峻」外部描寫來把女性作為情緒宣洩的對象進行「人生」闡釋的。[10]

所以，男女主體性平等的觀念，既是現代文化內部的一種歷史需求，但同時又是一種被壓抑的現代性，並沒有得到充分發展。現代文化中的男性中心觀念，是一種只有存在必然性而沒有價值合理性的性別專制觀念，始終沒有得到徹底有效的清掃。性別意識領域一直是中國現代文學現代性最為匱乏的領域。這就足以證明現在反思中國現代文學性別意識的必要性、迫切性了。

三、主體性平等的前提下認同差異性的人文價值尺度

反思中國現代文學的性別意識，首要的問題是用什麼來反思，也就是說你用以反思的正面價值立場是什麼。

這裏首先涉及到的問題是解構與建構、現代與後現代的關係問題。有一種觀點認為現在是解構的時代，是「主體已經死亡」的後現代時代，不應該再提兩性主體性平等的觀念，不應該去建構什

---

[10] 丁帆：〈男性視闊文化的終結——當前小說創作中的女權意識和女權主義批評斷想〉，《文學的玄覽》，丁帆著，北京出版社，1998 年 6 月，第 1 版，第 478 頁。

麼，只有永遠的批判與解構才是合理的。這種觀點的錯誤在於：一是對中國文化現實缺乏切合實際的把握；二是對西方文化語境缺少深切的理解；三是沒有正確理解批判與建設、解構與建構的關係。在西方文化語境中——

> 後現代性並不必然地意味著現代性的終結，或現代性遭拒絕的恥辱。後現代不過是現代精神長久地、審慎地和清醒地注視自身而已，注視自己的狀態和過去的勞作，它並不十分喜歡所看到的東西，感受到一種改變的迫切需求。[11]

針對中國現當代文化實際，參考西方文化中現代性與後現代的關係，當前發展中國文化，顯然並不是要放棄在中國現代社會中本來就沒有得到長足發展的現代性，而是應該在以現代理性精神、生命意識批判封建專制思想、等級觀念、奴性意識的同時，也整合進後現代文化的思想資源，從而在建構中國文化現代性的同時保持對現代性的反思，從而構成「現代性的張力」[12]，否則我們的文化在許多方面都只能滯留在前現代文化的壓制生命合理性狀態。當前，不懈地解構中國文化中的男性中心意識，與積極地建構符合生命合理性的女性主義人文價值觀念，應是事物不可分割的兩面。我們只能在建構合理的女性主義人文價值觀念的同時，堅持在不斷變化的文化實踐中保持對已經建構起來的觀念進行動態反思，才可能完成不斷解構男權中心意識的文化使命。正面價值立場的匱乏，必然要導致批判的乏力。

---

[11] 〔英〕Zygmunt Baurman, *Modernity and Ambivalence* (Cambridge: Polity, 1991) p.272.轉摘自周憲：《現代性的張力》，首都師範大學出版社，2001年10月，第1版，第27頁。

[12] 「現代性的張力」這個概念來源於周憲的論文〈現代性的張力〉，收入《現代性的張力》，周憲著，首都師範大學出版社，2001年10月，第1版。

　　我們首先可以整合的理論資源是馬克思主義婦女解放理論。馬、恩著重從經濟基礎與上層建築之間的關係來分析婦女問題，認為婦女受壓迫的起源在於社會分工和階級的出現，「婦女解放的第一個先決條件就是一切女性重新回到公共的勞動中去」[13]。這無疑抓住了婦女問題的一個根本點。這個理論，在分析當今中國社會婦女問題的許多方面時仍然十分有力。但是，馬克思主義婦女解放理論在社會主義國家的實踐中，往往存在被國家權力話語政治化的弊端。中國自解放區以來的婦女解放運動，一般著眼於讓婦女「投身社會革命、階級鬥爭、民族鬥爭的洪流中，在社會／階級／集團的解放中解放自己，故更多著眼於社會底層婦女，主張知識女性要向工農兵學習，改造自己的世界觀」[14]，同時，還側重於以政治化的男性類特性作為婦女解放的普遍標準，從而忽略了個人主體意識的獨立價值，忽略了對男／女兩性不平等關係的審視，從而在一定程度上完成解放婦女使命的同時，又在一定程度上違背了婦女解放的初衷。

　　西方當代女性主義理論作為一種批判男權觀念的外來現代文化理論，自身內部就有多種流派，在解決中國文化的男性中心問題時，自有其適用的一面，也有其水土不服的地方，但其解構男權中心意識、注重女性意識的覺醒這一核心內涵應是符合當代中國文化的建構需求的。我們在吸取其批判精神的時候，應該仔細辨析這種理論產生的西方文化語境，仔細研究中國現當代文化的性別意識狀況，由此深入探討西方女性主義理論在解決中國文化問題時的有效性部分和需要修正的部分，從而針對中國現當代文化的男性中心實

---

[13]　恩格斯：〈家庭、所有制和國家的起源〉，見《馬克思恩格斯選集·第四卷上冊》，人民出版社，1972 年 5 月，第 1 版，第 71 頁。

[14]　劉思謙：〈女性·婦女·女性主義·女性文學批判〉，《南方文壇》1998 年第 2 期，第 16 頁。

際建構本土化的中國女性主義理論。實際上，中國的女性主義批評者，在接收西方女性主義理論的時候，一般都比較謹慎地迴避了「女性比男性優越」的激進女性主義立場，而普遍注重男女兩性的差異性與平等性的統一。

反思中國文學中的性別問題，還有一個不能忽略的思想資源，便是中國現代文化自身所包含的合理的性別思想。如前所述，中國現代文學在其性別思想的最高成就點上，已經包含著對現代婦女問題的較為深刻的思考。當代中國的女性主義批評，主要關注西方女性主義理論，但對周作人等「五四」啟蒙思想家的現代女性思考，顯然對接不夠。[15]

有一種觀點認為，中國古代文化講陰陽互易互補，並沒有歧視女性的意思；而且中國文學之中充滿陰柔之氣，本身就是對女性氣質的嘉獎，所以我們只要避開宋明理學、回到中國古代文化經典中就可以了。這種觀點的錯誤之處就在於無視中國儒道文化的角色等級觀念中所包含的專制性質。實際上，中國儒道文化傳統，在哲學思想上，一方面強調陰陽互補、陰陽平衡的辯證關係，另一方面又強調陰陽的角色分工，確定了陰不可以越界而居陽位的基本準則。這實際上就在思維中確立了陰陽關係中陽為矛盾的主要方面、陰只能居於矛盾的次要方面的角色意識。「乾始能以美利利天下」[16]，「坤道其順乎！承天而時行。」[17]抽象的陰陽關係落實為具體的君臣關係、夫妻關係時，居於陽位的君王、夫君可以尊「天行健，君子以自強不息」[18]的原則，行充滿陽剛之氣的乾道；也可以奉「知其雄，

---

[15] 舒蕪編有周作人著《女性的發現——知堂婦女論類抄》，文化藝術出版社，1990年2月，第1版，可供參考。

[16] 《周易・乾卦・文言傳》。

[17] 《周易・坤卦・文言傳》。

[18] 《周易・乾卦・大象傳》。

守其雌，為天下谿」[19]之訓，行以柔克剛的謙謙之道。無論出入
左右，他們始終是具有主體性地位的矛盾主導一方。而居於陰位
的臣子、妻妾儘管在個人修養上也可以追求天道光明而致「元亨
利貞」[20]，但「陰雖有美，含之，以從王事，弗敢成也。地道也，
妻道也，臣道也。」[21]其在角色意識上卻始終不能陰乘陽位[22]，只
能謹守「乃順承天」的「柔順」品格[23]，以輔佐君王、夫君來完
成自己的角色使命，是不具備主體性地位的矛盾次要的一方。這
種在角色意識上確立等級關係而非對話關係的陰陽思維，就決定了
中國傳統文化無論如何辯證，無論如何強調陰陽互易，無論包含多
麼深刻的哲學智慧，終究仍是一種維護君貴臣卑、夫貴妻卑的、內
在地包含著專制性質的文化。其「表面的二元實際上乃是一元的統
治」——

> 表面上看是一種二元對立思維，主張事物的矛盾性和辯證關
> 係，但實質上則是擇其一端而捨棄另一端，暗中施行隱蔽的
> 權力話語力量，對「異己」和「他者」加以排斥，進而趨向
> 於某種文化暴力和霸權。[24]

除非當代文化能夠在儒家《易傳》之外、在儒道釋思想之外對
《易經》進行新的闡釋，剔除其角色等級意識，從而建構出符合中

---

[19] 老子：《道德經》第二十八章。

[20] 《周易・乾卦》。

[21] 《周易・坤卦・文言傳》。

[22] 黃壽祺、張善文：「《易》例以陰爻乘陽爻為『乘剛』，象徵弱者乘凌強者、
『小人』乘凌『君子』，爻義多不吉善。但陽爻居陰爻之上則不言『乘』，
認為是理之所常。由此可以看出《周易》『扶陽抑陰』的思想。」〈讀易要例〉，
《周易譯注》，黃壽祺、張善文撰，第 44 頁。

[23] 《周易・坤卦・象傳》。

[24] 周憲：〈從一元到多元〉，《文藝理論研究》2002 年第 2 期，第 22 頁。

國文化轉型需求的新的文明，[25]否則，簡單地談回到中國文化儒道釋經典中是無益於當代性別意識的反思的。

　　如何整合馬克思主義婦女解放理論、西方當代女性主義理論、中國現代性別思想這三種性別思想資源，首先必須從解決現當代中國文化性別問題的現實有效性出發。本書倡導男女兩性主體性平等，在主體性平等的前提下尊重性別和個體的差異性這種觀念。這包含著對封建性別等級文化的批判，也包含著對以平等為名義用政治化的男性類特性壓抑性別差異性、壓抑個體生命差異性這一歷史的反思。男女兩性在主體性方面的平等，就意味著不能拿男性的尺度作為普遍的人的尺度來衡量女性生命，而應該尊重女性生命自身的邏輯，尊重男女兩性的差異性；同時對性別差異性、個體差異性的認同，也必須以現代多元文化觀念為思想基礎，承認不同性別、不同個體多元並立的存在價值，避免由承認差異性出發而回歸女不如男或走向男不如女的性別等級觀念。倡導男女兩性主體性上的平等，也包含著站在女性主義立場上對男性合理生命邏輯的尊重，說明這一種性別立場是對男權文化傳統的本體性否定，而不是男女輪迴式的反叛。倡導尊重女性主體性，就要求男女作家只有在承認女性主體性價值的前提下才可以自由地讚美女性人性美、可以自由地批判女性人性惡，就要求敘事文學的隱含作者審視女性人物時必須不含男性偏見，要求作品中的女性人物審視世界時必須取女性視角。

---

[25] 吳炫認為對《易經》的重新闡釋是必要的。他認為「面對中國當代文化的創新需求，迫切需要建立能『離開』循環、建立獨特的不死世界的新的二元論哲學，以完成對《易經》自然性和諧精神『不同而平衡』的當代闡釋。」《中國當代思想批判》，吳炫著，學林出版社，2001 年 8 月，第 1 版，第 6 頁。

四、應注意的幾個問題

　　反思中國現代文學的性別意識，也不能僅僅集中在鴛鴦蝴蝶派作家、新感覺派作家等二、三流作家甚至不入流作家的創作上；而應該包括，甚至首先應該集中在，對現代經典作家創作的反思上。只有深入反思經典作家的性別意識，才能有效地彌補中國現代文學男性在性別意識領域自審意識不足這一缺憾。也只有包含對經典作家創作的反思，對一個時代文化的反思才是徹底充分的。現代經典作家創作是否存在男性中心意識，自有他們的創作為證。研究者不應該先設定一個神聖的禁忌圈把他們保護起來。還是讓他們以自己的創作直面男女主體性平等這一價值尺度為自己辯護吧！

　　反思中國現代文學的性別意識，還應包含對男女作家創作雙方面的反思。應該仔細辨析男作家創作中對傳統性別等級觀念的超越，更應該仔細辨析男作家在進步的名義下對性別等級觀念的不自覺繼承和重新建構。後者更為隱蔽，至今為止受到的文化批判也更為有限。應該仔細辨析女作家創作在現代女性主體性建構方面的業績，也應該深入反思現代女作家是否有自覺不自覺屈服於男權文化傳統的一面。因為以為女性生存立言為起點的女性主義批評負有多重的文化使命——

> 　　一方面是消除人類中單一的男性文化視閾陰影的全方位的籠罩；一方面又要擔負與男性文化世界共同改造民族文化精神的重任；另一方面還要面對女性文化世界內結構的自我審視和批判，在自我生命的矛盾運動中求得發展和更新。[26]

---

[26] 丁帆：〈男性視閾文化的終結——當前小說創作中的女權意識和女權主義批

　　對現代文學性別意識的反思，本質上還是一種文學反思，那麼，這一種性別批評就必須是思想反思與藝術批評的結合。這一種批評，固然應該重視作家的宣言，但更應該注重分析作家的藝術想像。因為藝術想像作為作家的白日夢，比其理性宣言更深刻地表現作家的潛意識，因而也更深刻地表現一個時代的集體無意識。而這些集體無意識在文化中的生命力往往強於浮於時代文化表層的理性宣言。

評斷想〉，《文學的玄覽》，第 487 頁。

上編

想像女性

──中國現代男性敘事文學中的性別意識

引論

　　男作家創作中的女性形象,表達的首先是男性對女性世界的想像和男性對女性世界的價值判斷,同時也可能還以性別面具的方式曲折地傳達著男性對自我性別的確認、反思、期待。至於其是否表現了女性的生命真實、是否理解了女性的生命欲求,則取決於男作家在多大程度上超越了創作主體自我性別立場的有限性、在多大程度上理解了異性的生命邏輯。男性對女性世界的想像和價值判斷,從女性的立場上看,是他者對女性自我的一種誘導、規範。這種誘導、規範,可能促使女性超越自我性別的主體有限性,借助他者的眼光來反思自我;但更可能成為一種強大的他律力量,對女性主體形成壓制,使女性放棄自我的主體意識而成為臣服於男性需求的第二性。何種可能最終成為現實,關鍵要看女性與男性是處於平等對話關係中還是處於統治與被統治關係中。事實上,父權制社會至今的歷史,男性一直是強勢性別群體,男性立場文化一直是占統治地位的主流文化。男性從過分膨脹的自我性別立場出發而衍生出的對女性的性別想像、性別期待,一直在製造著虛假的女性鏡像[1]。這

---

[1] 「鏡像」這個概念來源於拉康。「拉康指出,……幼兒在鏡中看到了自我,更確切地說,鏡中的映射助成了幼兒心理中的『自我』的形成。……然而,這個自我的形成及其內容遠不如人們想像的那麼可靠和直接。從幼兒的鏡子階段就可以看到,幼兒認為是其自我的,只是一塊了無一物的平面上的一個虛像。人的自我形成的第一步就是建立在這樣一個虛妄的基礎上的,在以後的發展中自我也不會有更牢靠更真實的根據。」褚孝泉:《拉康選集·編者前言》,上海三聯書店,2001 年,第 1 版,第 7 頁。本書在借用拉康「鏡像」這一概念時,意思有所轉換。本書設定主體從自我生命欲求、自身生命邏輯中昇華出的自我確認、自我期待是相對合理因而也是相對真

一鏡中假象，以強勢文化面對弱勢文化的優勢，從四面八方對女性的生存真相、生命需求形成擠壓，使得處於這一男性鏡城重圍中的女性對真實的自我自慚形穢，不得不自覺按照鏡中假象來重新言說自己、重新塑造自己，實際上也就是不得不自覺以臣服於男權的女奴意識進行性別自虐。當代女性主義文學研究與批評的重要使命，便是打破一系列由男性豎立起來的女性鏡像，指出其代表男性立場而不表現女性真實的局限性、虛假性，為女性能夠自由地呼吸、真實地做人清理出一片話語空間，也為男性能夠超越自我性別的主體局限性提供一種反思視角，從而促進兩性的平等對話、和諧共處。

這裏涉及到這樣兩個理論問題。其一是，男性是否可能真正理解女性？一種性別群體是否可能真正理解異性？其二是男性作家如果處於理解女性生命邏輯的狀態中，是否會喪失男性自我的主體性？是否會造成女性主體性無限膨脹而造就一個女性壓迫男性的新的母權專制社會？

從共時性角度看，人性是由共同人性、性別類特性、單個人的獨特個性三個層面組成。共同人性的存在就決定了男性在相當程度上理解女性的可能性。父權制文化，或者把女性完全逐出人的範疇之外，把女性看作是花妖狐媚或者沒有靈魂存在[2]的異類；或者在「唯女子與小人為難養也」[3]的層面上把女人歸於君子之外的低等人類，以內外之別分割兩性世界，從而否定男女間的共同人性，也就摒棄了男性理解女性世界的可能性和必要性。中國現代文化的一個巨大進步便是對男女間共同人性的認同。「五四」「人的發現」的一個重要實績就是認識到女性與男性一樣的也是「神性加魔性」、

實的，因而虛幻的「鏡像」僅指對自我合理生命欲求形成壓制、異化的外部文化壓力。

[2] 西方中世紀的教會就曾討論過女人有沒有靈魂的問題。

[3] 《論語譯注》，楊伯峻著，中華書局，1958 年 6 月，第 1 版，第 198 頁。

「靈肉一致」（周作人語）的人，從而奠定了兩性相互理解、相互溝通的思想基礎。

性別類特性和單個人獨特個性的差異，是否會造成兩性的隔膜呢？首先，男女類特性和單個人獨體個性並不是一種固定不變的特徵。從人類歷史和單個人的生命歷程看，男性類特徵和女性類特徵，在不同的歷史環境、不同的生命階段、不同的角色感受中，是不斷變化滲透的。傳統社會中，臣在君面前，有如妻妾在夫君面前，其個人氣質是相當女性化的；婆婆在媳婦面前的權威感，也使她具備了某種夫權、父權的威儀；當代社會中，女性氣質和男性氣質的陰陽互易互滲，更是顯而易見的。個人獨特個性，同樣也存在感應外部社會生活而不斷變化發展的特點。這就決定了性別類特性、單個人獨特個性在一定程度上相通相易從而達到兩性相知的可能性。其次，男女類特性、單個人獨特個性，又有其相對穩定性、不變性，但人類的知性，決定了人具備不斷探索、理解異己世界的可能性。這是人類智慧優越於動物心理之處。感同身受地理解異性世界、理解其他個體生命，是一個永難徹底完成、卻可以無限貼近的境界。因而，性別類特性的差異性、單個人獨特個性的差異性，並不足以形成兩性在相互理解時的必然障礙。

男性處於理解女性生命狀態，並不會造成男性主體性的萎縮。因為主體性的建構並不是通過主體對外部世界的排斥、拒絕來完成。主體恰恰是，在把自我同外部世界區別開來時，通過不斷的認識活動來把握世界、豐富自身的。理解，與盲目的臣服、依附不同，是主體把握客體世界、拓展自我的一種主動行為。男性主體越是充分地理解女性世界，男性主體性的內涵就越豐富、充實。父權制下的女奴，其主體性匱乏，並不是源於她們過分理解男性世界。她們恰恰是被剝奪了充分理解、把握異性世界的權利，而被迫處於盲目

崇拜異性強權邏輯狀態。一種性別理解另一種性別，是該性別尊重異性主體性、建構自我主體性的雙向有利行為。

實際上，中國當代的女性主義批評，以生命的合理性為最高標準，在呼喚男性理解女性世界的同時，並沒有去重複、倒置男權文化的性別壓制模式來要求男性放棄其類群體的主體性來臣服於女性，而是努力消除固有的性別鴻溝，主張男女兩性在保持各自的類特徵與個體特徵的同時、保持各自主體性的同時，擴大主體的心理容量、在主體意識空間中整合進對異性世界的理解，從而使得男女兩性的主體性處於平等對話關係中。把中國當代的女性主義、女權主義理解為對男權文化的簡單倒置，多數時候，都是固守男權文化立場的人對女性主義、女權主義的有意無意的誤讀。

第一章　天使型女性：

男性對女性主體性的消解

　　中國現代男性敘事中的天使型女性形象，便是中國現代男作家在進步、革命的名義下，悄悄轉換、延續傳統男權文化觀念，而製造的強大而虛假的女性鏡像之一。她們以巴金小說中的李靜淑(《滅亡》、《新生》)、張文珠(《新生》)、張若蘭(《霧》)、熊智君(《雨》)、李佩珠(《雨》、《電》)、鳴鳳(《家》)、瑞珏(《家》)、梅(《家》)、萬昭華(《憩園》)，曹禺戲劇中的四鳳(《雷雨》)、侍萍(《雷雨》)、愫方(《北京人》)、瑞珏(《家》)、鳴鳳(《家》)，老舍小說中的小福子(《小福子》)，徐訏小說中的白萍(《風蕭蕭》)、梅瀛子(《風蕭蕭》)為代表。這類男作家心目中的理想女性，把中國男性文學傳統中「佳人」與「母親」相分離的兩類理想女性整合為一體，剔除了「佳人」身上的風塵味與「母親」身上的無性化特徵，成為美與愛相結合的受難天使，是男性心目中的理想愛人，在族系上更接近西方文學中的天使型女性。

　　天使這一意象來源於基督教，本來是指「上帝的使者」。「聖經傳說，天使負有服事上帝、傳達聖旨、保佑義人等使命」[1]，是聖潔美好且帶著輔助性特徵的角色。天使一詞用於界定女性形象，表達的是男性視閾對女性的期待性想像。天使型女性本來是指西方男性文學傳統中「以美貌、忠貞、溫馴、富於獻身精神等為特徵」的一類女性，以「希臘神話中的珀涅羅珀、安德洛瑪刻，莎士比亞筆

---

[1]　《辭海》(縮印本)，上海辭書出版社，1989 年版，第 1380 頁。

下的苔絲德夢娜，理查遜筆下的帕拉美，」「莫泊桑筆下的約娜，
托爾斯泰筆下的吉提與娜塔莎」為代表，與西方男性文學想像中的
「紅顏禍水型」女性、「悍婦」「巫女」型女性相對立而存在，「滿
足了父權制文化對女性」的「期待」，[2]同時也規範、引導著現實的
女性道德。

　　中國現代男性敘事中的天使型女性形象，不僅同樣具有「美
貌、忠貞、溫馴、富於獻身精神」等特徵，而且被整合進中國現代
啟蒙、革命思想框架中，從屬於反叛的子輩男性、受壓迫階級男性、
隸屬於進步的思想陣營，獲得了某種新的因而也是符合歷史必然性
的身份標籤，成為中國現代文學中最富有詩意美的女性群像之一，
但實際上，男性作家多數時候都並沒有按照女性自身的生命邏輯來
設置這些女性的心理活動。作家的男性立場制約著他的女性想像；
作家的男性主體意識壓抑著人物的女性主體性，二者之間構不成對
話關係。這些被男性作家確認為是像詩一般美好的文學女性，仍然
不過是男性啟蒙、革命時代依然蒙昧從夫的封建婦德典範，應男性
自戀、自救的心理需求而誕生於文本中，卻未曾充分負載女性真實
的人生經驗，未曾真正獲得女性作為人的主體性地位，歸根結柢，
仍不過是男性啟蒙、革命過程中自我拯救的道具，是作家男性中
心意識陰影下一群生命力十分有限的傀儡人物。她們在文學中的
存在，在一定程度上完成了憐惜女性苦難遭際、代女性向封建禮
教控訴這一歷史使命的同時，又再次從意識形態層面確認了女性
作為第二性的從屬性地位，對女性的主體性覺醒形成新的壓抑，
從而充分暴露了中國現代文學反封建之不徹底、現代性之不足的
缺憾。

2　楊莉馨：〈父權文化對女性的期待——試論西方文學中的「家庭天使」〉，《南
　京師範大學學報・社科版》1996 年第 2 期，第 80 頁。

第一節　形象美：開朗活潑或貞靜幽悒

　　一如所有天使型女性，中國現代男性敘事中的這些美好女性，無一例外地都純潔而美麗。她們或者開朗活潑，或者貞靜幽悒。這既體現了男性對女性不同的形象期待，同時也傾注了男性多方面的心理需求。

　　女性從外貌的明朗活潑中透出了內心的明亮，這不僅體現了男性關於女性外貌、氣質方面的審美理想，而且往往還承擔著拯救男性內心陰鬱的功能，因而實際上也是男性作家內心中光明面的形象外化。巴金小說《滅亡》中的李靜淑、《憩園》中的萬昭華，曹禺戲劇《雷雨》中的四鳳，均是這類從形象氣質上就具有救贖功能的女性。如果說李靜淑的「一對秋水一般明淨的大眼睛」和「兩個可愛的笑渦」，像「一道陽光」似的溫暖了杜大心那「憎恨罪惡的心」，從而也間接溫暖了為社會不公感到痛苦的男性作家巴金的心；那麼，在《憩園》中，巴金則以與作者距離更為貼近的敘述者兼人物「我」來感受女性笑容的精神慰藉功能：

> 我有這樣的感覺：她每一笑，房裏便顯得明亮多了，同時我心上那個「莫名的重壓」（這是寂寞，是愁煩，是悔恨，是渴望，是同情，我也講不出，我常常覺得有什麼重的東西壓在我的心上，我總不能拿掉它，是它逼著我寫文章的）也似乎輕了些。（巴金《憩園》）

　　女性的內心健康，是拯救男性世界的「身外的青春」，進而其實也是男性作家內心中與痛苦陰鬱並存的歡樂明朗外化為人物形象的結果。

　　《雷雨》中，內心矛盾、憂鬱的周萍——

> 他見著四鳳，當時就覺得她新鮮，她的「活」！他發現他最
> 需要的那一點東西，是充滿地流動著在四鳳的身裏。她有「青
> 春」，有「美」，有充溢著的血，固然他也看到她是粗，但是
> 他直覺到這才是他要的，漸漸地他厭惡一切憂鬱過分的女
> 人，憂鬱已經蝕盡了他的心；……（曹禺《雷雨》）
> 經過了她那有處女香的溫熱的氣息後，豁然地他覺出心地的
> 清朗，他看見了自己內心中的太陽，他想「能拯救他的女人
> 大概就是她吧！」於是就把生命交給這個女孩子。（曹禺《雷
> 雨》）

　　四鳳的形象是為周萍的救贖乃至於最後的毀滅而設置的，劇作
家完全站在周萍的男性立場上審視、欣賞四鳳的青春活力。清清楚
楚地交代周萍何以愛四鳳，正好與完全沒有交代四鳳何以愛周萍，
沒有交代四鳳何以在周萍與周沖之間選擇周萍不選擇周沖形成對
比。顯然，在周萍、四鳳這一對或周萍、四鳳、周沖這一三角愛情
關係中，劇作家曹禺完全是以周萍為本位看問題的。四鳳的視角相
對地受到了忽略，四鳳立場的內在合理性也成為無需交代的空白。
實際上，不只周萍的憂鬱是劇作家自我人格的投射，就是救贖周萍
的四鳳，也是劇作家自我人格另一面的投射。憂鬱的周萍代表曹禺
的自省，富有活力的四鳳則代表曹禺對自我的突破、超越，因而也
是作家人格理想化一面的形象體現。把愛情定位為憂鬱男性的精神
救贖，作家就在男性立場本位上特別強調了愛情雙方的精神互補
性，而忽略了雙方的精神共鳴性。憂鬱無力的周萍與健康明朗的四
鳳便是這樣一對因相反而相承的至愛情人。

　　在四鳳的形象設置上，作家從男性心理救贖的立場上把愛情雙
方的互補性推到了極端；那麼，在魯侍萍的形象設置上，作家則從
男性立場上補充了愛情雙方精神共鳴性的內涵。魯侍萍的形象中，

曹禺再次從男性視角確認了關於女性潔淨大方的氣質期待後，又賦予魯侍萍「大家戶裏落魄的婦人」的「高貴的氣質」，讓她具備「知書達禮」的文化素養，從而與肯定四鳳青春粗美的女性評價尺度形成對話與互補，滿足了知識男性對女性素養的共鳴性期待。魯侍萍的大家風範、文化素養，其實亦是曹禺自我人格另一面的投射。可見一個作家心目中的理想女性類型是多個的，或者說是多側面的，因為作家自我的人格類型就是多重的，心理需求也是多樣的。渴望衝破文化教養對生命活力的壓抑，與追求高品位的文化素養，正是曹禺心中相反相承的兩種精神衝動。

　　如果說女性開朗活潑的青春美，主要起著拯救男性陰鬱、表達男性人格理想的功能；那麼，女性的貞靜幽悒，則主要滿足了男性作家控訴敵對封建勢力、悲憫女性苦難的現代文化追求，同時也滿足了男性在憐惜異性中體會男性力量感的自我確認需求，也寄寓了男性對自我人格陰柔美一面的欣賞，有時甚至或多或少還包含了作家對封建等級文化中積澱下來的奴性審美意識的不自覺認同。《家》中的梅、《北京人》中的愫方便是這類貞靜幽悒女性的代表。

　　貞靜幽悒一類的女性，實際上是中國傳統才女「夫色期豔，才期慧，情期幽，德期貞矣」[3]的形象延續。梅小姐終日以淚洗面，她的微笑──

> 是淒涼的微笑，是無可奈何的微笑，她的額上那一條使她的整個臉顯得更美麗、更淒涼的皺紋，因了這一笑顯得更深了。（巴金《家》）

3　〔清〕吳震生：〈西青散記序之前〉，《西青散記》，〔清〕史震林著，中國書店，1987年3月，第1版，第2頁。

　　如果說梅的淒苦神情，只讓讀者隨巴金在憐惜中歎惋生命的凋零，從而凸現了作家愛惜生命、關懷女性的現代審美尺度，展示了作家反對封建文化壓制生命的現代精神追求；那麼愫方的形象描述中，曹禺顯然延續了傳統才子凝視才女的前現代眼光，從女性的壓抑感中昇華出美感，在憐惜生命中又暗含著對生命壓抑的認同，在審美趣味上以人性追求為起點又在無意間復歸於非人的奴隸美學。愫方，能詩會畫，時時「隱泣」──

> 見過她的人第一印象便是她「哀靜」。蒼白的臉上恍若一片明靜的秋水，裏面瑩然可見清深藻麗的河床，她的心靈是深深埋著豐富的寶藏的。存心坦白的人的眼前那豐富的寶藏也坦白無餘地流露出來從不加一點修飾。她時常幽鬱地望著天，詩畫驅不走眼底的沉滯。像整日籠罩在一片迷離秋霧裏，誰也猜不著她心底壓抑著多少苦痛與哀愁。她是異常的緘默。（曹禺《北京人》）
>
> 她人瘦小，圓臉，大眼睛，驀一看，怯怯地十分動人矜情，她已過三十，依然保持昔日閨秀的幽麗，說話聲音，溫婉動聽，但多半在無言的微笑中靜聆旁人的話語。（曹禺《北京人》）

　　這裏，「哀」只與「靜」相連，並不導向「怨」與「怒」；「苦痛」、「哀愁」只產生「怯怯」的神情、「無言的微笑」，從而造就了「秋水」般「明靜」可人的美感，而不蘊蓄沉默中爆發的仇恨種子。那麼，愫方顯然沒有了愁女林黛玉（曹雪芹《紅樓夢》）在尖酸刻薄中所保持的反抗的鋒芒，也沒有了怨女曹七巧（張愛玲《金鎖記》）在壓抑中產生心理變態的危險性。女性的精神壓抑變成了可供居高臨下去品鑒、讚賞的「安全」的美。它滿足了男性作家憐惜女性的精神優越感，體現了男性作家對傳統女奴精神氣質的讚賞，同時也

暗暗洩漏了作家心底中壓抑生命的奴性意識，體現了作家自身的精神委靡。這與曹禺在《雷雨》中以四鳳、魯侍萍的潔身自愛對峙魯貴的奴才氣中所寓含的人格批判態度形成對比，與曹禺在《雷雨》中對蘩漪「最『雷雨的』性格」的讚賞中所迸發的反抗精神形成對照，表露出作家人格氣質複雜多面的特點，也體現了作家內心精神由三十年代的奔突反叛到四十年代的漸趨於安寧超脫甚至於歸順的變化歷程[4]。

第二節　人生信條：奴性化的愛的哲學

形象氣質上，以開朗活潑或貞靜幽恬兩種風格滿足純潔美麗的基本審美條件後，奉行並實踐著愛的哲學便是中國現代男性啟蒙敘事中天使型女性的核心性格特徵。

愛的哲學，如果是女性弱勢群體自身的一種文化選擇，那麼它可能「雖也陰柔和緩，但卻無形中以一種新的理想對抗著已有的和潛在的文化主宰者，即非人的封建式的價值觀，一方面又潛在地區別於那種士大夫傳統下的主人立場，」[5]所以它能夠「發揮著削弱男性侵犯性權威的功能，又容得女性以某種方式寄身其中」[6]，為

---

[4] 陳順馨認為「四十年代和解放後，這位劇作家已經不再具有三十年代那種反抗精神，而是嘗試做一個完美的社會人，因此，他自然塑造完美無缺和符合社會標準的女性形象來載負他這種生命體驗。在審美標準方面，曹禺創作的變化可以概括為由『生命為美』轉換為『愛為美』。〈「夏娃」與「聖母」的祭獻〉，《中國當代文學的敘事與性別》，陳順馨著，北京大學出版社，1995年，第1版，第130頁。

[5] 孟悅、戴錦華：《浮出歷史地表──中國現代女性文學研究》，河南人民出版社，1989年7月，第1版，第22頁。

[6] 同上，第21頁。

現代文化建構提供更為合理的人文價值尺度。但當它作為男性強勢
文化群體派定給女性弱勢群體的一種道德準則時，體現的只能是男
性對女性的精神麻醉和文化奴役。愛的哲學在冰心等「五四」女作
家創作中，主要是指主體覺醒之後對生命之脆弱的珍愛、關懷[7]；
而在後來的男性敘事中則常常被置換成消滅主體性的忘我犧牲，並
被滲透進女性為男性愛人無條件忠誠、無私奉獻的封建女德規範。
天使型女性奉行的愛的哲學實質上便是這樣一種從夫的傳統婦
德，雖然它已被納入男性反叛父權專制、控訴社會罪惡的現代啟蒙
框架中，要求女性去遵從的已不再是父輩指定的夫，而是進步的男
性青年或者男性啟蒙原則，但女性泯滅自己的主體意識、以夫為天
的奴性實質並沒有變，只不過是把「婦人，伏於人者也」（《大戴禮
記‧本命》）的封建舊酒裝入了現代新瓶而已。

在現代新文學的進步與落後、光明與黑暗相對峙的價值體系
中，一般地說，只有男性才能真正成為這對立的兩個陣營中的主
體。純粹屬於落後、黑暗陣營的男性極為明確。他們不外是封建家
長、剝削階級兩大類。附屬於他們的女性，一般被認為是愚昧、不
覺悟的，甚至是可惡的，有時還被界定為幫兇，雖然有時也被認為
是可憐的。如《家》中的陳姨太、三太太、四太太、五太太等。作
家站在進步、光明陣營的立場，用外視點描述落後、黑暗陣營中的
男性以及附屬於他們的女性，因而這些男男女女多多少少都是臉譜
化、簡單化的，是被判斷為失去歷史合理性的過時之物。現代文學
中，純粹屬於進步、光明陣營的男性卻少而又少。與男性作者貼近
的男性主人公往往徘徊於進步與落後、光明與黑暗之間。作家用以
觀照他們的價值尺度是，如果他們屈從於落後、黑暗，他們將被吞
噬、被毀滅；如果他們追求進步、追求光明，他們將獲得新生、獲

---

[7]　參看拙作〈再論冰心的「愛的哲學」〉，《文藝報》，1999 年 10 月 5 日。

得幸福。這一價值尺度對他們起著警告因而也是拯救的作用。其實無論用以觀照這些人物的這一啟蒙立場，還是徘徊於進步與落後、光明與黑暗之間的男性主人公，都是作家自身相對立統一的兩重自我。前者是他們的理想、他們的價值追求；後者是他們對自己現實處境的認識，是他們對自我的反思。中國現代男性敘事，就其主潮而言，實際上就是把這兩重自我整合為一體的，以現代子輩男性、受壓迫階級男性為主體的歷史敘事。天使型女性則被男性作家派定為要麼從屬於本應屬於進步、光明陣營卻又徘徊、軟弱的男性主人公，滿足男性確認自我、慰藉自我、縱容自我的需求；要麼從屬於高踞於人物之上的啟蒙原則，滿足男性自審、自救的願望，卻沒有獲得超越於子輩男性、受壓迫階級男性需求的獨立存在，難以在啟蒙中得到有別於男性的真正平等的主體性地位，難以發出為自己的生存而考慮的真正女性的聲音。

　　天使型女性一般總是無條件地愛著子輩男性、受壓迫階級男性，無論這些男性將向對立的封建家庭、罪惡社會抗爭，救出自我，如《家》中的覺民；還是將向戕害自我的力量妥協，毀滅自我，如《家》中的覺新、《霧》中的周如水；還是介於抗爭與不抗爭之間、最終給自己帶來悲劇，如《家》中的覺慧、《雷雨》中的周萍、《雨》中的吳仁民、《憩園》中的姚國棟；還是背離正確的革命理性、走向無謂的犧牲，如《滅亡》中的杜大心。也就是說無論這些男性值得愛還是不值得愛，琴、瑞珏、梅、鳴鳳、四鳳、熊智君、萬昭華、李靜淑等天使型女性都只會忘我地去愛。她們甚至一般不會拿進步、光明的啟蒙尺度來作為自己的愛情尺度、拋棄不抗爭的男性懦弱者、男性偏執者。《家》中，斥責覺新不抵抗主義的只能是男性人物覺慧，而不可能是任何女性人物。瑞珏、梅只會用無盡的摯愛來體諒覺新受剝奪的苦楚，而不會居高臨下

地審視、否定他的弱點，根本不計較正是覺新的不抵抗主義幫助封建勢力毀掉了她們的幸福。

> 大表哥，你難道還不知道我的心？我何曾有一個時候怨過你！（巴金《家》）
> 你如何擔得起不孝的罪名？便是你肯擔承，我也決不讓你擔承。（巴金《家》）

這便是梅和瑞珏這兩位賢慧女性對男性作揖主義的理解、體諒。然而，正是這種無鋒芒的愛，這種泯滅自我意識的女奴精神，構成了巴金筆下理想女性的美德，構成了她們的生命詩意。《北京人》中出走的愫方雖然例外地拋下不值得愛的男人，但劇作家在她出走之前，已經大肆鋪陳了她對曾文清這個廢物一般的男人的持久、深摯的愛。這樣，即使是她的最終離去，也無法抹去文本中對她的愛的抒情性渲染所形成的強烈話語效果。《滅亡》中的李靜淑固然並不認同杜大心「我要去死」的決定，但當勸說並不能改變他的主意時，

> 為了他，她忘掉了自己底痛苦。她並不再想自己以後沒有了他怎樣能夠生活。她現在只想他沒有她，如何能夠去就死。
> （巴金《滅亡》）

於是，便用無限的溫柔、無限的愛支持杜大心偏離革命理性、去作無謂的犧牲。男性作家心目中理想的女性之愛，包含著對男性的絕對服從。

這一切表明，從男性作家的立場看，他們對子輩男性或被壓迫階級男性不抗爭行為的批判，他們對男性戀死情結的反思，都不過是男性內部的自審。因為是自審，所以就容不得女性這一他者來插手過深以致於影響到她們作為第二性的忠誠，也就是說不能影響到男性對女性的所有權。男性無論如何自審，終究也還是以男性自戀

為前提的。女性無條件的愛，正是這個男性自審過程中不可或缺的精神自慰品。這個精神自慰品在價值取向上有時甚至無需與啟蒙、革命這一歷史合理性完全一致，因為即便是在現代男作家的男性視野中，女性也仍就不一定就要進入永恆之歷史。女性之愛，在相當程度上仍不過是子輩男性、受壓迫階級男性爭取歷史主體性地位鬥爭過程中的安慰品、消費物。

天使型女性要麼是子輩男性、被壓迫階級男性的助手，要麼是他們與封建家庭、黑暗社會鬥爭時的犧牲品。到底是助手，還是犧牲品，也由不得她們主動來選擇，而是取決於她們所從之男性主人公或所從之男性啟蒙、革命原則的需求。如果這些男性想抗爭，那麼天使型女性則必定也是堅定的抗爭者，必定是他們的盟友、助手。如，要抗爭的覺民的理想愛人，必定是要抗爭的琴。如果這些男性不想抗爭，那麼他們的理想愛人，必定不能太過於抗爭又不能完全不抗爭。太過於抗爭，則影響到不抗爭男性的權威，影響到作家心目中的女性從夫原則；完全不抗爭，在這些軟弱男性與吞噬他們的落後、反動勢力的對峙中難免立場不夠明確，也有損於高於男性主人公的男性啟蒙理想，亦影響到作家心目中的女性從夫原則。這時，天使型女性可能是男性愛人放棄抗爭的犧牲品，她從的是具體的男性主人公；天使型女性也有可能是男性愛人的助手兼精神引導者，那麼，她從的是男性啟蒙原則；女性有時既當助手兼精神引導者，又當犧牲品，那麼，她就兼從了男性的兩重自我。總之，男性心目中理想女性的所作所為，均以不跳出女性從夫的男權原則為度，否則，她們就會被削去天使的聖潔光環，失去男性賞給的理想愛人的桂冠。女性能夠放棄的只是她的自我、她的女性主體意識、乃至於女性的肉體存在了。

小說《家》中，覺慧無意中聽到鳴鳳與婉兒的對話，得知她們之中的一人可能要被送去當姨太太，同時也聽到鳴鳳「我寧死也不

給那個老頭子做小老婆」的心聲時，他首先想到的不是如何去幫助鳴鳳逃脫這可能的厄運，也不是「我們」這一相愛的共同體如何去面對可能的封建壓迫，而是急於再一次確認女性對自己的忠貞程度。所以，他「激動地」問鳴鳳「你不要騙我。假使有一天人家當真把你選去了，又怎麼辦？」得到鳴鳳堅決不去的承諾時，覺慧只是放心地說「我相信你，我不要你賭咒！」這裏，男性關心的只是他對女性的所有權，而不是女性的命運、女性的生存境遇。男性在女性承諾反抗時也不必承諾自己作為同盟者的任何責任。反抗封建迫害、維護愛情忠貞成了女性單方面的義務，哪怕她實際上處在生存弱勢之中，根本無力把握自己的命運、無力維護自己的愛情。

後來，覺慧在確知鳴鳳就要被送給馮樂山做小老婆時，他在激忿之中也想到了自己「幫助、同情、憐憫」的責任，但最終的結果是，「不，事實上經過了一夜的思索之後，他準備把那個少女放棄了。」他放棄了愛情的同時也放棄了對鳴鳳的同情、解救。他放棄了愛情，也放棄了人道。那麼，這時，如果鳴鳳決意要追求愛情，勢必要頂撞到覺慧放棄愛情、放棄拯救的決定；如果鳴鳳只是一味妥協，順從地被送到馮家，又勢必要影響到覺慧對她的所有權。鳴鳳投湖、以死抗爭，正是以恰如其分的剛烈在精神、肉體雙方面為覺慧都保持了貞節，同時又讓覺慧獲得了不抗爭甚至不同情的自由。這個情節的設置，正是以女性生命為代價，最大限度地成全了男性全面佔有女性的虛榮和男性可以不為愛情負責的自由。

> 鳴鳳從覺慧的房裏出來，她知道這一次真正是：一點希望也沒有了。她並不怨他，她反而更加愛他。（巴金《家》）
> 她應該放棄他。他的存在比她的更重要。她不能讓他犧牲他的一切來救她。（巴金《家》）

> 她愛生活，她愛一切，可是生活的門面面地關住了她，只給
> 她留下那一條墮落之路。……她要把身子投在晶瑩清澈的湖
> 水裏，那裏倒是一個很好的寄身的地方，她死了也落得一個
> 清白的身子。她要跳進湖水裏去。（巴金《家》）

男性生命之外的一切，被愛著的女性看作是比自己的生命更為重要。這種女性之愛，對覺慧、鳴鳳現實身份上的主奴關係毫無超越，完全沒有獲得愛情雙方平等相處、共同承擔人生這應有的內涵，實際上是泯滅女性主體意識、使女性空洞化為僅僅是男性附屬物的奴性之愛。處於生存弱勢的女性將要被迫放棄愛情去當一個「可怕的老頭子」的姨太太，這既被女性視作是自己「無終局的苦刑」，也視作是自己的「墮落」。「墮落」、「清白」這一道德評價施加在無力保護自我性愛權力的女性身上，就把外部迫害問題部分地轉換為女性自己的貞節問題、道德問題，從而在控訴封建奴婢制度殘害女性生命的同時又保留了把女性生命價值界定為男性性所有物這一女性從夫觀念。鳴鳳的思想觀念實際上還在一定程度上延續了魯迅、周作人在〈我之節烈觀〉、《知堂回想錄・第二十五節》中早已批判過的封建節烈觀。鳴鳳這麼想，自有其當婢女的現實生存境遇和既有的傳統文化規範限制著她的思想高度，無可厚非。然而作家和代表作家立場的小說敘事者以及研究界對此毫無審視和批評，卻是思想的貧乏。敘事者、作者、研究者長期以來都把鳴鳳投湖前的這種犧牲自己、成全愛人、保持貞節的心理與她對自我生命的憐惜混攪在一切，一股腦兒地都予以聖潔化、詩意化，未曾加以辨析與批評，實際上是作家和研究界自身愛情觀念現代性匱乏的表現。殊不知，前者不過是作家男性中心意識在女性形象上的投射，是性別等級觀念的現代延續；後者才是男性作家對女性生命本體價值的愛惜、尊重，是現代人道精神的體現。由此可見，巴金的現代

生命觀念與性別等級觀念、同情女性的人道精神與男性中心意識、現代性愛觀念與傳統節烈觀是隱秘地交織在《家》的敘事中，使得《家》的現代思想傾向顯得十分複雜曖昧。

實際上，中國現代男性敘事中一切天使型女性的愛情都帶著鳴鳳這種放棄自我、犧牲自我的奴性特徵。經曹禺改編的話劇《家》中，瑞玨對梅表白說「你會明白一個女人愛起自己的丈夫，會愛得發了瘋，真的把自己整個都能忘了的。」男性作家在他們的男性敘事中，常常通過抒情筆調為女性泯滅自我的奴性之愛敷上高尚聖潔的道德光輝，使得女性能夠在天使的桂冠下自覺奉行女奴的人生哲學、心甘情願地為男性在啟蒙、革命中獲得拯救或安慰充當墊腳石。曹禺的《北京人》中，如果說曾文清走出曾家代表追尋生命的希望，那麼，決定留在家中為他照料一切的愫方，實際上是自覺選擇了將與家這個地獄一起沉淪的替死鬼的命運。這個主動留在地獄中為奴的選擇，因為其忘我犧牲的內涵而被曹禺賦予了崇高而優美的詩意。

> 他走了，他的父母我可以替他伺候，他的孩子，我可以替他照料，他愛的字畫我管，他愛的鴿子我餵。連他所不喜歡的人我都覺得該體貼，該喜歡，該愛，為著……（曹禺《北京人》）
> 為著他所不愛的也都還是親近過他的！（曹禺《北京人》）

聽著城牆邊上的號聲，愫方動情地說：

> 我們活著就是這麼一大段又淒涼又甜蜜的日子啊！叫你想想忍不住要哭，想想又忍不住要笑啊！（曹禺《北京人》）

這裏，女性自己把自己奉獻出去的愛所產生的虛幻的道德甜蜜感，自欺欺人地在她心頭照亮了在地獄中為奴的黑暗生活。有這一點道德甜蜜感作為底子，女性在地獄中作替死鬼的淒涼感，就只不過是一種哀而不怨的、沒有鋒芒的、柔順的審美情感，不會導致對

女奴生活的憎恨、對地獄的反叛，只會使得女性在又哭又笑中為受虐感到充實、感到高尚與聖潔。

　　你說這是牢嗎？這不是呀，這不是呀，——（《北京人》）

　　由於把泯滅自我的奉獻尊為愛的唯一真諦，女性甚至把囚禁自己的牢獄也當作了成全自己的神聖舞臺，迷戀上了這受虐兼自虐的女奴生涯，在對牢獄生活真相的否定中也否定了反抗的合理性，從而把自己釘在了奴隸的位置上再也不想動彈。愫方最後的出走，固然是一個重大突變，但「愫方的出走也只是基於對一個男人的失望，而不是自我意識的覺醒，」[8] 人物自身以及作家曹禺都沒有進一步對愫方放棄自我的愛的原則進行反思。那麼她走出去之後，恐怕只是會置換愛的對象，可能會把心「放在大一點的事情上去」，也就是放在更多人身上，而不會改變純粹是奉獻自我因而也是泯滅自我的奴性人生哲學。讚美愫方的隱忍、犧牲，既是曹禺男性自戀情結的體現，也是曹禺自身精神柔順化的曲折表露。

第三節　結局：死亡或者新生

　　在中國現代男性敘事中，這些溫柔可人的天使型女性無一例外地都陷入了受難的境遇。她們是男性愛人忠貞的同盟者，卻常常要比男人們受害更深。這固然是由於在社會歷史條件方面，女性長期以來一直就是男性主體種族延續的工具和性慾望的對象，未曾取得

8　陳順馨：〈「夏娃」與「聖母」的祭獻〉，《中國當代文學的敘事與性別》，陳順馨著，北京大學出版社，1995 年，第 1 版，第 132 頁。

與男性同等的生命價值；同時讓女性受難也是男性現代敘事的必要
安排。男性作家需要借助美好女性的苦難遭際向自己敵對的封建制
度、剝削階級制度提出控訴。在男性啟蒙表述、革命表述中，使好
女人受難的力量都是封建家長或黑暗社會，而不是她們的男性愛
人。這迴避了從女性立場對男性世界的審視，也就迴避了男性的自
審，而把批判的鋒芒集中指向現代男性啟蒙精神的敵人，饒過了男
性在性別觀念上的自我啟蒙問題，饒過了女性人生經驗的核心內
容，也使得這些男作家與白薇、丁玲、張愛玲、沉櫻、蘇青等著
重從兩性關係審視女性苦難的現代女作家拉開了距離。在這些男
性啟蒙文本中，受難女性主要有兩種相反的結局：死亡或者新生。
女性要麼在男作家派定的死亡中充當著男性控訴父權專制、黑暗
社會的道具；要麼在男作家派定的新生中為男性的拯救指明道
路。但無論死亡或者新生，表現的往往都不是女性自我的人生經
驗、生命願望，而是男性由反叛而走向自我拯救過程中的憤懣和
希望。

　　天使型女性一般都不為自己的苦難控訴。鳴鳳在挨打挨罵的女
僕生涯中，「她順從地接受了一切災禍，她毫無怨言。」直至要投
湖之際，雖然對生命有無限眷戀，暗自追問過「為什麼所有的人都
還活著，她在這樣輕的年紀就應該離開這個世界？」想過「我的生
存就是這樣地孤寂嗎？」但這種追問是適可而止的，她並沒有由此
進一步發出對任何人、對社會的詛咒。也就是說她的生命覺醒僅僅
限制在對自我生命的憐惜上，而不直接指向對任何人、任何制度的
直接控訴。愫方對欺壓自己、利用自己的曾皓、曾思懿從無怨懟，
只是一味地「淳厚」、「慈愛」、「心好」。小說中的瑞珏，在被告知
必須到城外生產時，雖曾以在覺新面前哭這個最無力的方式表示過
她的微弱控訴，但終究還是沒有怪罪任何人、沒有任何違拗地出城
去了，也就是說最終還是撤訴了。而到了戲劇中，瑞珏連這個一哭

也沒有了，只有絕對的順從、絕對的克己。這是由於女性一旦控訴，雖然是指向封建大家庭、指向黑暗社會，卻可能要連累到不抗爭的男性愛人，往往有連帶責備懦弱的男人不為愛情鬥爭或者逼迫愛人去鬥爭的嫌疑，不符合男性作家心中美好女性輕盈如天使、使男人無負擔的生命失重標準。同時，男性作者對女性人物無抗爭、無控訴的的行為往往並不進行審視、批評，作家對待她們並沒有對待覺新、周如水等男性妥協者時的那種「怒其不爭」的痛切心情。這說明即便是執著於啟蒙敘事、革命敘事的現代男作家，其無意識深處也還積澱著中國男權文化傳統中女性必須哀而不怨、也就是說即使受苦也不控訴頂多只怪自己命不好的奴性化的審美尺度。男作家固然不希望天使一般美好的女性親自為自己的生存提出控訴而失去她們柔順可人的奴性美感，但男作家在讓天使型女性受難甚至死亡的情節安排中，卻另有借她們為物證去控訴的意圖。男作家需要借美好女性的受難以及她們的屍骸替子輩男性、受壓迫階級男性向封建制度、黑暗社會提出強烈控訴。女性的受難與屍骸，在男作家文本中，體現的固然是女性自身的生命之痛，但首先是她們所屬之男性被敵對陣營奪去所有物的精神傷痛。

在小說《家》以子輩男性為主體的敘事中，儘管作家始終是以悲憫生命的現代人道情懷來理解天使型女性的人生苦難、悲憫青春生命的隕滅的，也曾借人物陳劍雲之口質問過「這究竟是一個人啊！為什麼人家把她當作東西一樣送給這個那個？……」但鳴鳳之死在小說結構中的功能，顯然主要是表現覺慧受到封建專制制度的掠奪而損失愛人的不幸。所以，過後反思放棄鳴鳳這件事時，覺慧固然也曾自責並控訴到：「我不敢想像她投水以前的心情。然而我一定要想像，因為我是殺死她的兇手。不，不單是我，我們這個家庭，這個社會都是兇手。」然而，作品並沒有在覺慧「想像她投水以前的心情」這一點上展開感同身受的描述，並沒有在覺慧體驗鳴

鳳面對死亡、面對命運的痛苦這一點上下功夫，而是把描述的重點放在覺慧等子輩青年受剝奪、受傷害的感受上。

> 他皺緊眉頭，然後微微地張開口加重語氣地自語道：「我是青年。」他又憤憤地說：「我是青年！」過後他又懷疑似地慢聲說「我是青年？」又領悟似地說「我是青年，」最後用堅決的聲音說「我是青年，不錯，我是青年！」他一把抓住覺民的右手，注視著哥哥的臉。（巴金《家》）

在這一過於誇張的戲劇性場景中，覺慧關注的是自我的「青年」身份。而「青年」的對應者是老年，是舊家庭。這說明，覺慧主要是面對封建家長思考他放棄鳴鳳的行為、探索自己的新生的，而不是以與女人、戀人相對應的「男人」來面對鳴鳳反思他的放棄的。這樣，放棄就只是自我的軟弱，而不是自我的罪惡。反思的重心就迅速由「我害了她」這種對自我的譴責轉向了對「家」的控訴、轉向「我是青年，我不是畸人，我不是愚人，我要給自己把幸福爭過來」的自我勉勵。覺慧的角色，這樣就輕易地從同謀轉向了受害者，獲得了道德赦免。鳴鳳的死，成全了覺慧的新生。鳴鳳的屍骸，實際上不過是促使覺慧以及與覺慧一樣的子輩青年下定決心與舊家庭決裂、走上反叛之路的必要道具。無論在小說《家》還是在戲劇《家》中，梅和瑞珏的死，在作品結構中的功能，也都在於以屍骸的強刺激方式控訴「家」的罪惡，呼喚覺新以及與覺新一樣懦弱的青年奮起與吃人的「家」決裂。出於男性反抗者的意識形態需求，死屍橫陳就成了天使型女性在男性想像中必然要代子輩男性去承擔的苦難命運之一。女性以受難和死亡的方式，為所愛之男性的反抗承擔了替死鬼和控訴物的作用。[9]她們的死亡，使得男性主體從

---

[9] 孟悅、戴錦華在《浮出歷史地表》一書中曾說：「……在五四時代，老舊中

死亡中得到豁免，又在與死亡擦肩而過的驚懼、憤怒中迸發出自救、新生的力量。巴金在《家》中，固然從珍愛青春生命的立場出發對鳴鳳、梅、瑞珏的生命隕滅表示了深切的同情、哀悼，但又縱容了覺慧主要是把鳴鳳之死當作自己被敵對階級奪去所有物而使自我批判淺嚐輒止、從而避免使自我產生深層道德焦慮的男性自我心理保護意識，使得作品在產生強烈社會控訴、文化控訴效應的同時，又失去了人物靈魂深層自我拷問的人性探索魅力，使得現代男性文化擦肩而過地失去了一個整合女性生命邏輯的主體建構機會。

從苦難走向新生，是天使型女性的另一條出路。女性的新生，既給沉淪於舊家族文化中拒絕自救的男性敲一計警鐘，也為男性自我指出一條新生之路，儘管這條新生之路，由於中國現代啟蒙思想、革命思想自身的歷史局限性，最終不過是烏托邦的虛幻之物，在實質上是值得質疑的。這裏，新生的女性，在男性自我拯救過程中的功能，已經轉換為助手兼引路人的角色。但這種引路人的光榮，並沒有帶來女性主體意識的高揚，因為它並沒有整合進女性自身的人生體驗、女性自身的人生願望，不過是男性作家借女性之姿宣揚男性啟蒙、革命原則而已，儘管這種啟蒙、革命往往從男性個性的覺醒走向了集體的融合、在不知不覺中已經走向了啟蒙的反面。但無論是始於個性、還是終於集體，啟蒙、革命總是男性主體內部的事，女性即便被封為引路人，其實不過是男性作家手中類似於火把、紅旗一般的象徵性道具，依然不過是一個被置換了所指的空洞能指而已。

李靜淑、張文珠、李佩珠等由小資產階級女性成長為革命聖女的新生歷程，遠不如她們的男性同胞來得那麼豐富曲折。李靜淑在

國婦女不僅是一個經過削刪的形象，而且也是約定俗成的符號，她必須首先承擔『死者』的功能，以便使作者可以審判那一父親的歷史。」河南人民出版社，1989 年 7 月，第 1 版，第 10 頁。

杜大心的感召之下放棄優越的生活條件走上了比杜大心更為正確的革命道路，張文珠由新式太太鄭燕華脫胎換骨而成工人運動的組織者，李佩珠受俄羅斯女革命家妃格念爾《回憶錄》的啟迪成長為一個堅定的革命者。這些女性的精神成長史中，既沒有覺新、覺慧那種受剝奪的傷痛，也沒有李冷那種劇烈的思想搖擺，也沒有吳仁民個人性愛的焦慮，也沒有陳真直面死亡的生命痛感。她們只要一次感悟便能豁然開朗；一旦選定革命目標，頂多只要克服「女性的脆弱」（《雨》），就能成為堅定的革命者。而且，這個「女性的脆弱」，巴金也無心展開具體的描寫，不過籠統地借助既有的性別等級文化對女性進行一個先驗的本質界定。這些女性一旦成為革命者，便只有一味的聖潔、美好、堅定、莊嚴，不像她們的男性戰友那樣因為有種種的煩惱、種種的性格缺陷而生成多種性格面貌。然而，成長經歷的單純與成為革命者之後的過分完美，恰恰使得她們失去了人的生命質感，失去了女性的生命內涵。這些革命聖女在完成自我新生、自我拯救之後，既不是與男性同等的、神性與魔性相混合的人，也不是與男性不同的、富有女性獨特生命感受的性別群體。「女人在抑閉自我中昇華出一種高尚的、神聖的自我圖騰，相對於父權文化對女性的異化─物化，這實際上是另一種形式的女性人格異化─神本化，這無疑堵死了女性作為性別主體的『自我』成長道路。」[10] 她們的文學真相，不過是男性視閾中一個抽象的革命符碼、性別符碼。

「我就是門，凡從我進來的，必然得救。」《新生》中，張文珠引《福音書》上的話進行自我比喻，呼喚不斷徘徊猶豫的男性人物李冷跟從自己去革命。女性是男性得救之門，因而具備了符合男性需求的兩重特性：一重是負載男性作家心目中犧牲自己、拯救大

---

[10] 王宇：〈主體性建構：對近 20 年女性主義敘事的一種理解〉，《小說評論》2000 年第 6 期。

眾的革命原則，也就是男性自救原則；另一重是成為男性感性世界中的性愛對象，也就是充當男性精神寂寞中的慰藉物。女性在把自己當作男性精神拯救之門的時候，獨獨不具備女性自我的性別主體意識、女性作為人的生命豐富性。這個比喻，把女性神聖化到至高無上地位的同時，也把女性空洞化為有別於男性人物精神豐富性的、毫無生命實感的抽象物。張文珠、李靜淑、李佩珠以投身革命脫胎換骨，無論是死是活，她們都已經把個體生命與永恆的意義相連。這正是男性作家借女性之軀，既為具備血肉真實的男性指明新生之路，也為男性的精神苦鬥歷程增添明媚「春光」、母性慰藉。這條崇高的新生之路內在地包含著這樣的歧途：以革命精神過濾去人性的豐富內涵，使女人們都在革命中神聖化為沒有個性的平面人，使她們的親情、愛情均變成信仰聯盟。所以，李靜淑、張文珠這兩位女性就像是一對思想合拍、行動一致的孿生姊妹，沒有什麼個性上的差異。她們帶著母性撫慰功能的兄妹之愛、情人之愛，也簡單地成為感化李冷去革命的工具，在其神聖化中趨於單調、貧乏、失真。李佩珠在與吳仁民的革命愛情中，也不存在有別於男性的性愛心理，不過是以女性之軀簡單地回應了吳仁民實際上也是作家本人的關於戀愛並不妨礙革命的觀點、回應了吳仁民因而也是巴金本人內心深處的愛情需求而已。李佩珠洞察秋毫、處事不驚這一「近乎健全的性格」[11]表達的不過是作家心目中完美的革命者這一抽象理念，而不是真實的生命感受。

　　其實，作家描寫這些面目相似、內心單純的革命聖女，本意就不在於探究人性的豐富性，不在於表現女性的生命真實，也不在於為女性探究生存之路、精神拯救之路，而不過是借這些女性的聖潔光輝照亮男性主體的精神之路，讓她們的新生為李冷、周如水、覺

---

[11]　巴金：〈《愛情的三部曲》總序〉，《巴金選集》第 4 卷，四川人民出版社，1982 年 7 月，第 1 版，第 460 頁。

新等提供一條示範之路,讓她們的革命堅定性為李冷、吳仁民等同志者提供一種精神支持,同時也讓她們的愛情慰藉李冷、吳仁民等的男性心懷。這樣,女性作為男性精神探索過程中的一種輔助性存在,其自身的生命邏輯便自然而然地被忽略不計了,只剩下對男性存在有用的部分。女性在神聖化的革命敘事中即使被封為引路人、領導者,其實也仍不過是男性作家手中類似於火把、紅旗一般的象徵性道具,成為一個被置換了所指的空洞能指而已,再次受到男性文化的剝奪而喪失了自我的主體性。實際上,一切以聖潔女性為引路人的男性文學想像,其真相都不過是在男性中心意識引導下,抹去了女性自己的聲音,借女性被男性派定的新生來代替男性探尋拯救之路、點綴男性的拯救之路,使女性成為男性自救路上一個沒有自我主體性的路標、道具。

有時,天使型女性的控訴功能與拯救功能是合一的,她們兼具了犧牲品與引路人的雙重角色,從而使得女性形象在滿足男性心理需求方面的作用更為全面。《憩園》中的萬昭華始終獨自忍受舊家庭的擠壓,繼承了天使型女性的受難遭際與賢淑品格;又在教育下一代的問題上有比丈夫更為高明的見解、有否定舊式家族教育的現代眼光,具備了女性為男性指路的功能。《雨》中的熊智君以自己的受虐、死亡使吳仁民得以逃生,以自己的屍骸代吳仁民向反革命官僚階級提出控訴,同時又留下遺言:

> 不要來尋我了。我希望你在事業上努力,從那裏你可以得到更大的安慰,這種安慰才是真正的安慰啊!(巴金《雨》)

吩咐吳仁民重返革命事業,為吳仁民指明了新生之路,從而也使自己成為男性精神成長過程中一個隨手可拋的工具物。經曹禺改編的《家》中,溫柔從夫的瑞珏,以「把自己整個都能忘了的」愛情體諒覺新的種種不抗爭行為,甚至把自己的性命搭進去也毫無怨

言，充分滿足了作家的男性自戀情結之後，在臨終即將奉獻出屍骸為男性之受損充當控訴物之際，又衍生出引導男性新生的功能，認同覺慧對覺新「你要大膽，大膽，大膽哪！」的期待，說「明軒，這就是我要對你說的話呀。」死神在即，她依然顧不上去體驗自我生命，因而沒有一絲青春生命直面墳所必有的驚懼、痛苦，只是一如既往地替丈夫的生存考慮，安慰覺新「不過冬天也有盡了的時候」，鼓舞覺新在自己死後勇敢地去追求新生。死亡在即，瑞珏也沒有恢復自己作為女性、作為人的生命知覺。她始終不過是一個負載男性自戀情結、控訴情緒與拯救願望的沒有女性痛覺的美麗木偶。

結論及餘論

　　中國現代男性敘事，在性別問題上維護了中國傳統的夫權秩序，在把符合男性理想的女性納入啟蒙、革命這一先進思想陣營中，賦予她們高於落後男性、剝削階級男性的價值定位的同時，依然把她們定位為附屬於子輩男性、受壓迫階級男性以及男性啟蒙原則的第二性。這些天使型的理想女性，其純潔美麗的身影，奴性化的愛的哲學，慰藉著受難中、奮鬥中的男性主人公，卻遮蔽了女性自己的生命經驗，失落了女性作為人、作為女性的主體性；她們受難甚至於死去的悲慘命運，成為男性主人公、男性敘事者控訴罪惡社會、封建家庭的有力證據；她們的出走、新生，表達的是男性世界的希望。她們不過是子輩男性、革命男性進行啟蒙鬥爭、革命鬥爭的文化符碼，是男性啟蒙、革命時代依然蒙昧從夫的封建婦德典範。她們聖潔的幻影並不表現女性生存的真相和女性願望的真實，只不過是男性青年反叛父權專制、反抗社會壓迫、進行自我拯救時忠心忘我的助手兼隨手可拋的工具。她們的文學存在既表現了作家

的男性中心意識，也在一定程度流露出男性作家自身的精神委靡。她們的存在，使得中國現代思想啟蒙在性別意識深處複歸於啟蒙一直要解構的封建等級意識、流失了現代性中應有的平等內涵，從一個重要方面暴露了中國現代啟蒙文學現代性不足的致命缺陷。

天使一般聖潔而空洞的女性，作為男性想像中的理想愛人，主要集中出現於中國現代男性啟蒙、革命敘事中。鴛鴦蝴蝶──禮拜六派文學中的佳人，固然也是男性逐色的對象，但因為與形而上的人生理想關係不大，難以獲得天使般的聖潔感，一般不屬此列。四十年代戰爭文學中，徐訏《風蕭蕭》中的白萍、梅瀛子、海倫，應是天使型女性在啟蒙、革命文學之外的家族延續。白萍、梅瀛子、海倫這三個絕色女人與男性敘事者兼人物「我」的關係，都介於友情與愛情之間。這充分滿足了「我」以及作家的男性自戀心理。三個女性不盡相同的人生取向，恰恰體現了「我」以及作家對戰爭、國家、人類問題的多層面思索，表達「我」以及作家對不同人生追求的價值探尋。白萍、梅瀛子沒有痛覺的生命，體現了作家男性視閾對女性人生經驗的盲視。海倫的成長，總在「我」和梅瀛子的操縱之下進行，也表現了作家面對女性時的精神優越感。她們雖然在一定程度脫離了啟蒙、革命的思想框架，但依然以沒有生命實感的聖潔美好為主要性格特徵，所以仍然不過是男性塑造的虛假女性鏡像，不表現女性的生存真相。

第二章　惡女型女性：

男性對女性主體性的恐懼與憎恨

　　受主流文化思潮的左右,中國現代男性敘事文學對男性人物善惡的評判尺度,首先與民族、國家、現代、革命等觀念緊密相連。中國現代男性敘事中,男性人物之惡雖是多方面的,但主要集中於封建家長、鄉村惡霸、軍閥官僚、都市流氓等權勢群體身上,體現在他們對現代青年、下層勞動者等代表「歷史的必然要求」[1]但暫時還處於劣勢地位的人物的壓制、剝削上,總體上呈現出一種政治化的價值評判特徵。多數男性作家對男性現代人性的思考,都深深烙上進化論或階級論的印跡。

　　不同的是,中國現代男性敘事對現代女性之惡的言說,首先集中於女性對男性的控制、欺壓上,其次才兼帶涉及女性人物各自的階級之惡與個性之惡。在男性敘事者眼中,惡女形象雖也常常被納入進化論、階級論的敘事框架中,但他們總是被賦予謀夫、欺夫的共性特徵。意識形態話語與性別話語的糾纏重疊,使得男性視閾中的現代女性之惡也常常免不了與欺壓社會政治經濟地位上的弱勢階層這一卑劣品格緊密相連,但是與男性之惡不同,女性之惡,在男性立場觀照下,首先在於她們對傳統婦德的譖越,在於她們對男性強勢地位的顛覆。

---

[1]　恩格斯:〈致拉薩爾〉,《馬克思恩格斯論文學與藝術》(一),人民文學出版社,1982年7月,第1版,第181頁。

　　中國現代男性敘事中的惡女，以老舍小說中的虎妞、「柳屯的」、大赤包、胖菊子，錢鍾書小說中的蘇文紈、孫柔嘉，穆時英小說中的蓉子，曹禺戲劇中的曾思懿，路翎小說中的金素痕為代表。如果不是抱著男權偏見，認定女性必須泯滅自我主體性、被動地等待男人的挑選、溫順地遵從男人的意志，那麼，就可以從敘事的縫隙間發現，這些被男作家貼上道德紅字布條的女人，她們謀夫的醜行其實不過是她們主動追求愛情幸福的勇敢大膽，她們欺夫的惡德中其實也透著女性做不穩女奴時垂死掙扎的辛酸。把女性之惡主要界定為她們對傳統婦德的譖越，表明中國現代男作家對現代女性人性的價值判斷，首先遵循的還是封建從夫道德，其次才是現代啟蒙、革命原則；男性的啟蒙、革命原則並沒有打破囚禁女性的封建從夫道德，並沒有真正把女性從第二性的附屬性生存中拯救出來，並沒有賦予女性與男性同等的主體性地位。

　　從文本的縫隙間，讀出這些「惡」女被囚禁於封建道德牢籠中的性別壓制真相，讀出男作家竭力貶抑叛女背後的男性霸權心理、男性恐懼心理，打碎男性視閾臆造的惡女鏡像，是對中國現代男性敘事文學現代性的有益反思。

第一節　　把主動型女性妖魔化

　　中國現代男性敘事文學，一方面在春桃（《春桃》）、蘩漪（《雷雨》）、蔡大嫂（《死水微瀾》）等主動把握兩性關係的女性形象塑造中褒揚女性主體意識，另一方面又仍然在虎妞（《駱駝祥子》）、蘇文紈（《圍城》）、孫柔嘉（《圍城》）等主動愛上男性的女性形象塑造中繼承封建男權道德，鄙視「有心事」的女人，在對她們的咒罵、

嘲弄中表達男權文化對女性主體性的憎恨、恐懼。現代男作家，經過「弒父」啟蒙之後，已不願再把安排女性性愛婚姻的權力歸於「父母之命」，而是要把這一主宰權從家長手中爭奪出來移交給與女性同輩的子輩男性。但其把女性當作純粹是男性主體對象物的思路、否認女性主體性的做法，仍然是幾千年男權文化傳統的延續。

男性文本貶損女性主體性的常規策略之一是，通過敘事內外的點評把「有心事」的主動型女性妖魔化，使她們在男性視野中成為不可理喻的、帶著危險性的異類，顯得可怖可恨。這樣，現代男性文本又再一次確認了女性以被動為榮、主動為恥的傳統女奴道德原則，背棄了從精神上解放婦女的現代文化觀念。

《圍城》中，趙辛楣在初始孫柔嘉不久就「先知先覺」地對方鴻漸這樣議論孫柔嘉：

> ……唉！這女孩兒刁滑得很，我帶她來，上了大當——孫小姐就像那條鯨魚，張開了口，你這糊塗蟲就像送上門去的那條船。（錢鍾書《圍城》）

像「張開了口」的「鯨魚」一般可怕的孫小姐，其實並沒有任何侵犯他人的惡意，只不過是對方鴻漸早就「有了心事」、有了愛情而已。女人一旦以自己的愛情去暗中期待男性的愛情共鳴，在趙辛楣乃至於作家錢鍾書的眼中，便成了要吞噬男人的可怖可惡之物了。孫柔嘉「千方百計」、「費煞苦心」謀得方鴻漸這樣一個丈夫的愛情追求，在趙辛楣的點評之下，罩上了一種陰險的氣氛，讓人不禁聯想起狹邪小說中妓女對嫖客的引誘、暗算。趙辛楣的點評，一是承襲了把性愛當作一種性別對另一性別的征服、而不是兩性相悅相知這一野蠻時代的文化觀念，二是承襲了男性為主體、女性為客體的封建性道德。它使得作品從根本上模糊了女性愛情追求與妓女

暗算嫖客這兩種不同行為的本質區別，遮蔽了女性的愛情是女性對男性世界的一種真摯情意、女性的愛情追求不過是要與男性攜手共度人生這一基本性質，背棄了女性在愛情上也擁有與男人同等主體性地位的現代性愛倫理。

實際上，被趙辛楣視為張嘴鯨魚的孫柔嘉，在男權道德的高壓下，所能夠做的也只不過是製造各種機會把自己的情感暗示給方鴻漸，並想方設法促使方鴻漸向自己表白愛情。至少在面子上，她還是要把追求異性的權利留給男人，而竭力保持女性被動、矜持的形象。儘管如此「費煞苦心」地使自己合理的愛情追求隱秘化，孫柔嘉終究仍然沒有贏得「好女人」的聲譽。這首先是由於文本內有趙辛楣為首的男性群體以火眼金睛嚴密審視著女性的任何譖越心理，一旦發覺，便迅速對它作出不公平的妖魔化處理；其次，文本外，還有楊絳那一句廣為流傳的名言：

> ⋯⋯她是毫無興趣而很有打算。她的天地極小，只局限在『圍城』內外。[2]

成為對孫柔嘉的權威性評語，使得孫柔嘉難脫在婚姻家庭問題上精打細算的庸俗小女人形象，因而在可怖可惡之外，又增加了一層可鄙可憐的渺小來。但如果孫柔嘉果真是「毫無興趣而很有打算」的女性，她何以獨獨會愛上方鴻漸這樣一個不僅毫無心計、連基本的生存應付能力都欠缺、倒是充滿了機智的幽默感、且心軟善良的「不討厭，可是全無用處」的男人呢？何以自始自終都能堅持「我本來也不要你養活」的女性自主性呢？雖然孫柔嘉在從三閭大學回滬停居香港的途中聽方鴻漸講到「全船的人」、「整個人類」這些人

---

[2] 楊絳：〈記錢鍾書與《圍城》〉，《圍城》人民文學出版社，1991 年 2 月，第 2 版，第 341 頁。

生哲理時，忍不住哈欠，體現出思維、興趣的有限性，但文本在孫柔嘉與方家二奶奶、三奶奶這兩位只會在「圍城」內外搞家庭鬥爭的妯娌的對比中，在與認定「女人的責任是管家」的方老先生、方老太太的對比中，分明已經從敘事層面確立了孫柔嘉自主謀事、獨立承擔人生的現代女性品格，使她從根本上區別於在家庭小圈子內斤斤計較的依附型女性。《圍城》的敘事層，實際上既與趙辛楣對孫柔嘉的不公正指責形成對峙，也與楊絳《記錢鍾書與〈圍城〉》中對孫柔嘉的鄙夷不相符合。而這文本內外的評點、議論，恰如層層枷鎖，緊緊壓制著小說的敘事層，使得敘事層中本來無辜的女性主人公在讀者眼中變得陰險鄙俗。其實，即便是最讓孫柔嘉顯得瑣屑凡庸的種種夫妻口角，也不過是婚姻中日常人生的常態之一，並非是由於孫柔嘉獨具小女人庸俗品格才帶累了並不庸俗的大男人方鴻漸。這種瑣屑凡庸，正是人必然要墜入的一種生存境地，而不是女人獨有、男人原本可以超越的處境、品格。也正因為如此，《圍城》關於人生「圍城」困境的現代主義命題才顯得深刻且更具有普泛性。《圍城》的這一深刻人生感悟正與其男權文化視角的狹隘、不公共存。認同趙辛楣評點的錢鍾書與在文本外闡釋《圍城》的楊絳，他們的人生智慧，既深刻地洞悉到人生的荒謬，又深深帶上男權文化對女性的偏見，遂成為跛腳的智慧。

具有性格主動性的女性，在中國現代男性敘事中被妖魔化是相當普遍的現象。《駱駝祥子》中主動愛上祥子的老姑娘虎妞長著一對虎牙、又屬虎，在祥子以及作家老舍的感覺中顯然就是老虎與女人的形象疊加。祥子新婚之際沉湎於性，又滿懷恨意地體會性對象虎妞是個可怖的走獸。

　　「這個走獸，穿著紅襖，已經捉到他，還預備著細細地收拾他。誰都能收拾他，這個走獸特別的屬害，要一刻不離地守

> 著他，向他瞪眼，向他發笑，而且能緊緊地抱住他，把他所有的力量吸盡。(《駱駝祥子》)
>
> 他第一得先伺候老婆，那個紅襖虎牙的東西；吸人精血的東西；他已不是人，而只是一塊肉。(老舍《駱駝祥子》)

這裏，性變成了女人來「吸」男人「精血」的事，女人也變成了「紅襖虎牙」、「吸人精血」的妖怪了。但是，如果不是男人自己也有慾望，女人又如何能來「吸」男人的「精血」，文本卻交代不出來。這顯然繼承了傳統民間文化以「母老虎」這一指稱來妖魔化性格中具有陽剛氣度的女性這一思路，同時又移用了道教文化把男性性對象妖魔化為吸人精血的可怖之物這一思路，從而成功地把男性的性恐懼轉換為對性對象的憎恨。

女人是妖精、女人「吸人精血」的謬論，古以有之。商朝的桀紂暴虐昏庸，便有神魔小說編造說王妃褒姒不是人，是狐狸精轉世來誘惑他、害他的。這樣，桀紂的罪過彷彿是身不由己，相當一部分責任便只能怪到被他消費的女人身上了。道教的採補說，把性理解為男女之間的交戰，也從男性本位的立場出發，充分表達了男人被女人吸去精血的恐懼。但是，現代醫學早就證明了女人「吸人精血」說法的荒謬性。如果不是男人也有慾望，性格再主動的女人也是難以把男人作為性奴隸的，除非男女間發生了性與金錢、權勢的交易。《駱駝祥子》文本中，祥子和虎妞在婚姻中的經濟實力是不平等的。祥子在錢的問題上倒是相當自尊的，卻在性的問題上不能按照自己的理智行事，這也只能怪他自己的慾望了。

穆時英小說《被當作消遣品的男子》中，與敘事者、隱含作者合一的男主人公「我」在性愛遊戲中不斷揣摩著交際花式的女學生蓉子，暗想——

> 對於這位危險的動物，我是個好獵手，還是只不幸的綿羊？
> （穆時英《被當作消遣品的男子》）

這種把不甘於精神劣勢狀態的女性妖魔化為鯨魚、老虎一般可怖可恨之物的思路，實際上是繼承了野蠻時代文化僅僅把女性當作性消費品和傳宗接代工具、不允許女性也擁有人的主動性的男權中心思維，同時還帶著男權文化把女性異化為非人之後男性對異物的恐懼感。這一貶抑、懼怕女性主體能動性的思維在東西方文化傳統中都有深厚的根底。西方中世紀常有把不安分的女人謗為女巫燒死的事；中國古代易學經典中，也有陰居陽位不吉的說法。中國現代男作家延續這一把主動型女性妖魔化的男權集體無意識，體現了中國現代文學人性觀念現代化在性別意識領域方面的滯後、艱難。

第二節　把女性主體性誣為是對男性主體性的壓抑

在性愛敘事中，抹去男性主體性痕跡，也就隱瞞了女性主體性往往是與男性主體性共鳴的事實，從而把女性主體性誣為是對男性主體性的壓抑，對之進行不合理的討伐，是男性敘事誹謗主動型女性的又一策略。中國現代男性敘事仍然在相當程度上繼承了這一源遠流長的男性偏見和男權陰謀，以之製造著虛假的惡女鏡像。

《駱駝祥子》中，祥子第一次與虎妞偷情後，自以為潔身自好的祥子——

> ……想起虎妞，設若當個朋友看，她確是不錯；當個娘們看，她醜，老，屬害，不要臉！就是想起搶去他的車，而且幾乎

53

要了他的命的那些大兵,也沒有象想起她這麼可恨可厭!她
把他由鄉間帶來的那點清涼勁兒毀盡了,他現在成了個偷娘
們的人!(老舍《駱駝祥子》)

到底是祥子自己的慾望毀了他的清白,還是滿足了祥子慾望
的女人毀了他的清白呢?這裏的關鍵是,性關係中,祥子到底是
慾望的主體,還是僅僅被女性當作慾望對象的客體。事實上,那
晚喝了酒之後,祥子分明對虎妞的綠襖紅唇感到「一種新的刺
激」,覺得——

> 漸漸的她變成一個抽象的什麼東西。……他不知為什麼覺得
> 非常痛快,大膽;極勇敢的要馬上抓到一種新的經驗與快
> 樂。平日,他有點怕她;現在,她沒有一點可怕的地方了。
> 他自己反倒變成了有威嚴與力氣的,似乎能把她當作個貓似
> 的,拿到手中。(老舍《駱駝祥子》)

這裏,祥子顯然也是充滿慾望的性主體,而同樣充滿慾望的虎
妞同時也是祥子慾望的客體。也就是說,分明是祥子的慾望與虎妞
的慾望相遇,才成一段好事的。兩人在性關係中是互為主客體的,
是平等的,並不存在一個沒有責任能力的、被動的受誘惑者。而且,
這段好事純粹是兩個成年男女的慾望使然,並沒有慾望之外的權勢
與性的交易或者金錢與性的交易。

祥子雖然在理智上不打算與虎妞有什麼性瓜葛,因為虎妞實在
不符合祥子的戀愛標準、婚姻標準,但還是鬼使神差地和她發生了
性關係,關鍵還是祥子自己的慾望起了作用。第二天祥子拉完車準
備回家的時候——

> 奇怪的是,他越想躲避她,同時也越想遇到她,天越黑,這
> 個想頭越來越厲害。……渺茫的他覺到一種比自己還更有力

> 氣的勁頭兒，把他要揉成一個圓球，拋到一團烈火裏去；他
> 沒法阻止自己的前進。（老舍《駱駝祥子》）

這個「比自己還更有力氣的勁頭兒」顯然是祥子自身的慾望，而不是虎妞的慾望。這段描寫又一次清楚地展示了祥子自己的慾望對自己的理智的背叛、控制。

從祥子的角度來說，虎妞的誘惑不過是這一段好事發生的外因，只有祥子自己的慾望才是具有決定性作用的內因。可是，祥子在過後的反思中，卻完全把自我慾望對自我人生觀念的背叛歸罪於虎妞。這是祥子對自己慾望的不能擔當。而作家認可祥子對虎妞的遷怒，顯然是繼承了男權文化觀念中男性既沉溺於性又恐懼性、把性歸罪於女人的思路，不公平地把同等性關係中的女人歸入淫蕩禍害之列、讓她為慾望承受道德鄙視；而滿足了慾望的男性卻被裝扮成受誘惑者，成為道德要保護的受害者。

固然，文本中暗示了虎妞並非非祥子不肯委身，有放縱之嫌，但是祥子難道又是認准了虎妞這個人才有慾望的？顯然不是。他也不過是在虎妞身上看到了性這個「抽象的什麼東西」、把虎妞當作普遍意義上的性符碼而不是一個富有個性的人來看待。即便是有放縱之嫌的虎妞，在她愛祥子、而祥子並不愛她、但又是雙方自願的性關係中，她顯然比祥子奉獻出了更多的情和愛。在性關係中，虎妞和祥子是都有各自的不完滿、但在性這一點上是相互契合的一對男女。虎妞作為性對象，替祥子承擔了男性對自己耽溺於性的恐懼，是祥子和作家對虎妞雙重的不公平。虎妞僅僅被祥子當作性代碼，甚至還復活在夏太太的身上。祥子與夏太太偷情時，他把夏太太感覺為「一個年輕而美豔的虎妞」。這就再一次暴露了虎妞、夏太太在祥子的性經歷中僅僅充當性符碼、性消費品而不是完整的人的真相，那麼，也就再一次顛覆了祥子在性之中是被動受女性之害

的男性言說。這樣，祥子「經婦女引誘」的性經歷，除了虎妞偽裝
懷孕、脅迫祥子成婚這一段確實是女性主體性無限擴張而壓制了祥
子的主體性、使他成為受害者之外，實際上是祥子受自己的性慾望
擺佈不能自拔而又在反思、判斷上嫁禍於女性的經歷。

即使在虎妞死後，祥子還是「沒法不恨她」，因為他認為「他
的身體不象從前那麼結實了，虎妞應負著大部分的責任，」而絲毫
沒有反思男性自我沉溺於性的責任。遺憾的是作品對此毫無審視批
判，並沒有對男性慾望與女性慾望取平等對待的尺度，敘事者、隱
含作者都一古腦兒地認同祥子把對自我男性慾望的恐懼替換為對
女性的憎恨這一思路，輕易地放棄了對祥子、虎妞性心理的多方位
審視，簡單地借助於貼階級標籤、性別標籤的辦法，把祥子與虎妞
錯綜複雜的性愛、婚姻關係武斷地判定為剝削階級女性對貧民男性
的壓制、剝奪，從而在對祥子溫情脈脈的袒護中失去了小說的人性
探索力度，在合理地批判虎妞追求婚姻過程中用欺騙、威脅、強迫
手段的同時，又在對虎妞合理慾望的不公平詛咒中回歸男權文化把
性歸罪於女性的仇女立場，使得有著品格缺陷、但也真摯愛祥子、
主動追求幸福的女性虎妞最終僅僅被簡單化為傷害祥子的社會惡
勢力之一，成為作品完成既定社會控訴主題的一個簡單代碼，再難
與男性主人公、隱含作者構成對話關係。小說的複調性由此也遭
扼殺。

在敘事中隱去男性實際存在的慾望，就使得男性與女性互為主
客體的性愛關係被闡釋成是女性慾望單方面運作、並使男性失去主
體性而淪為純粹性客體的不平等關係，從而完成了對主動型女性的
不合理指控。中國現代男作家仍在相當範圍內熟練地運用這一祖傳
的敘事策略。歸根結底還是男性作家在兩性關係中仍然沒有走出主
奴對峙的思維怪圈，看不到女性主體性可以與男性主體性相互共鳴
的事實，因而不免對女性的主體性充滿恐懼和仇恨，依然在文本中

織就詛咒女性主體性的男權嚴密羅網，通過抵禦女性主體性來宣洩男性不敢、不願與女性互為主客體的孱弱心理、霸權意識。

第三節　抹去主動型女性的生命傷痕

把主動型女性妖魔化，又把女性主動性謗為是對男性主體性的壓抑之後，中國現代男性敘事否定女性主體性的又一做法是，抹去女性這一弱勢群體在男權強勢文化壓制下辛苦掙扎的生命傷痕，從而使女性為生存而抗爭的行為失去合理性依據，使女性在掙扎過程中產生的人性變異失去讓人悲憫同情的價值、成為單一的惡行惡德。

入木三分地刻畫出沒落大家庭當家大媳婦禮教外衣下遮也遮不住的人性之惡，是曹禺戲劇《北京人》對中國現代文學的獨到貢獻之一，但他對曾思懿的人性鞭撻卻因為未曾整合進女性視閾而不免充滿男性中心意識的刻薄和把啟蒙簡單化之後的偏見。如果說曾家這個破落的士大夫家庭是個沒有希望亮光的地獄，那麼，陰狠歹毒而又膽小虛偽的曾思懿就是地獄中虐待囚犯的獄卒；但是曹禺在寫出曾思懿作為獄卒之兇狠的時候，卻對她兼為囚犯之苦視而不見，迴避開了曾思懿不過是奴隸總管、再兇惡也脫不了女奴悲苦命運、最終只能隨地獄滅亡這一事實。

眼見丈夫與姨表妹愫方詩畫傳情、書信表意的愛情交往後，曾思懿屢屢威脅丈夫說自己要進尼姑庵，並逼迫丈夫說「我要你自己當著我的面把她的信原樣退還她。」曾思懿阻礙曾文清與愫方愛情的可惡可憎行為，其實也不過是處於封建男權文化汪洋中暫時做不穩女奴者為保住女奴地位的瘋狂掙扎。舊式女性的處境和舊式女性

的思想並沒有提供給曾思懿以跳出女奴生命輪迴去做一個獨立女性的生存可能。哪怕是沒有愛的婚姻也仍是她的生存之本。曾思懿以妒的方式、以對同性的憎恨來維護無愛的婚姻、維護自己基本生存權的行為，從未得到男性作者的悲憫，只是被簡單地歸為一種惡毒品性。這就使《北京人》在對女性之惡的探索方面不及張愛玲的《金鎖記》來得深刻、辯證。《金鎖記》既寫出曹七巧用黃金的枷角劈殺了幾個親人的變態、狠毒，也對曹七巧三十年來困在「黃金的枷」中當女囚的壓抑之苦有著冷靜的同情，從而使得女性人性批判與女性命運感歎相結合，其批判的鋒芒不僅指向變態的女人，而且同時指向扭曲女性、造就惡女的不合理的社會文化。曹禺在貶斥曾思懿的妒意中，維護了曾文清、愫方之間以心靈共鳴為基礎的愛情，但同時在拒絕同情曾思懿中又扶持了不許女性妒忌的傳統女奴道德原則，從而在批判封建士大夫文化的同時不免又回歸於以男性為中心的封建男性性霸權觀念，維護了不合理的性別秩序。

曾思懿後來安排曾文清娶愫方為妾的行為，在曾文清一句「（激動地發抖，突然爆發，憤怒地）你這種人是什麼心腸噢！」的提示下，被演繹成是曾思懿對愫方、曾文清的有意侮辱，演繹成是她要長期役使愫方的陰謀。曾文清以及作家的這一判斷顯然忽略了曾思懿自身的利益邏輯。實際上，即使愫方不是曾文清的妾，曾思懿仍不會失去役使她的便宜。安排愫方作曾文清的妾，固然是對愫方人格的侮辱，但也是對愫方、曾文清戀情的成全。而純粹受害的卻只是作出這個決定的曾思懿一人。她將不得不壓抑住人類渴求性愛單一性的本能，與另一個女人共同擁有一個丈夫。

> ……我告訴你，我不是小氣人。丈夫討老婆我一百個贊成。男人嘛！不爭個酒色財氣，爭什麼！……（曹禺《北京人》）

　　實際上，即便是精明兇狠的曾思懿頭頂上也一直懸著男女性權力不平等的男權強勢文化之劍。舊家庭大奶奶的身份、得不到丈夫之愛的實際處境，都迫使她只有通過迎合封建男權中心這一強勢文化、委屈自己做好女奴來維護自己的基本生存條件。她既然不具備批判封建男權文化的現代思想理念，便只能在女奴的位置上羨慕男性特權，而又不得不無可奈何地為自己的性別自認倒楣、強迫自己用女奴教條來壓抑自我生命。給丈夫娶妾，便是她在人類維護性愛單一性這一本能妒忌心的痛苦煎熬中，又以「不妒」的封建婦德強行扭曲自己以籠絡人心的自虐舉動。

> 不過就是一樣，在家裏愛怎麼稱呼她，就怎麼稱呼。出門在外，她還是稱呼她的『愫小姐』好，不能也『奶奶，太太』地叫人聽著笑話。——（又一轉，瞥了文清一眼）其實我倒我所謂，這也是文清的意思，文清的意思！（曹禺《北京人》）

　　她所能爭取的並不是與男人在性愛、婚姻中平等相處的權利，所能爭取的不過是「太太，奶奶」這女奴道德所允許的一點可憐的名分，而且還不敢理直氣壯地去爭，只能虛偽地打丈夫的招牌。其可憐實在甚於可鄙！作家顯然對她囚禁在家中只能隨地獄而亡、永無出逃希望的女奴之苦缺少體諒與悲憫，對她面臨做不穩女奴的人生困境缺乏理解與同情，甚至還把她力爭作穩女奴的可憐之處亦歪曲為別有用心的可鄙可惡來鞭笞。這樣，曾思懿在作家男性本位意識和啟蒙簡單化思想的引導下就無可避免地被抹去自身的生命傷痕、而淪為沒有一絲正面價值的、不值得同情的純粹的惡女人。

　　對女性因處於女奴地位而受到男權中心文化壓抑所產生的人性變異、所做的無奈掙扎，嘲諷批判有餘、同情悲憫不足，是男性作家文本中普遍的價值傾向。《圍城》中，孫柔嘉「千方百計」使自己的愛情追求隱秘化以保護自己免受男權輿論的攻擊。這真實地

再現了女性在強大男權道德壓制下以分裂自我、扭曲自我為條件來保存聲譽的情形。但男性人物趙辛楣以及敘事者、隱含作者，顯然都對女性這一扭曲自己的無奈缺乏悲憫，當然也就不會溯源去批判造成女性人格扭曲的男權文化下的女奴道德準則，只是一味地把既不能泯沒愛情追求又不得不掩飾自己愛情追求的女人視為長於陰謀、虛偽造作的可怖可惡之物，而不去體諒孫柔嘉、蘇文紈等女性沒有權利開誠佈公地表達愛情、開誠佈公地追求所愛異性的生命苦楚。男性作家文本中往往因為女性視閾的匱乏而充滿男性中心立場文化對女性的冷酷刻薄。其簡單化的否定立場，由於放棄了對女奴的悲憫的，實際上也就放棄了對造就女奴人性變異的男權中心文化進行追根究底的批判。

第四節 以喜劇的態度嘲弄主動型女性

男權敘事貶斥主動型女性的又一策略是，以喜劇的嘲弄態度把這些不守傳統婦道的女性醜角化，使她們失去悲劇人物的崇高感。即使是她們的人生傷痛，也因此殘酷地成為人們茶餘飯後的笑料，失去人們的同情、理解。中國現代男性敘事以喜劇態度嘲弄主動型女性的方式主要有兩種，一種是以誇張的方式，把主動型女性的外貌、言行漫畫化；另一種是敘事者以評點的方式，對女性的主動行為進行嘲笑。前者以《駱駝祥子》、《四世同堂》為代表；後者以《圍城》為代表。無論何種形式，以喜劇的態度對待女性在兩性關係中的主動行為，都表現出男性作家把女性主動性當作「無價值的撕破

給人看」[3]，在價值評判上複歸於倡導女性被動性的封建男權道德，在性別觀念上背離了人性解放的現代啟蒙精神；而且，喜劇的態度，還體現了男性作家倚仗強大男權優勢所產生的精神優越感，體現了性別關係上的既得利益者對受壓迫者想改變自己弱勢精神狀態這一努力的輕蔑。

《駱駝祥子》、《四世同堂》中的虎妞、大赤包、胖菊子等均是經過作家喜劇精神處理過的漫畫式人物。大赤包、胖菊子是沒有民族氣節的漢奸，受到作家喜劇精神的嘲弄，本屬理所當然；但是作家均賦予兩個女漢奸以顛覆封建婦德的精神強勢，把她們的「妻管嚴」與缺乏民族氣節放在一起來諷刺、挖苦，這就體現出了作家在堅守民族氣節的同時，又仇視、輕蔑女性強勢精神的價值錯位。精明粗獷、「好象老嫂子疼愛小叔那樣」對待祥子的虎妞，一開場就免不了被畫上丑角的臉譜。她擦上粉的臉，

　　像黑枯了的樹葉上掛著層霜。（老舍《駱駝祥子》）

而沒擦粉的時候——

　　黑臉上起著一層小白的雞皮疙瘩，像拔去毛的凍雞。（老舍《駱駝祥子》）

這一臉譜化的醜化處理，體現的是男性作家對僭越性別秩序女性的強烈厭憎。虎妞因為愚昧導致難產而死，在《駱駝祥子》中是個悲劇事件，但作家對它的悲劇性感受僅限於把它當作是件祥子又要花錢而不得不失去車的倒楣事，而並沒有賦予虎妞生命喪失本身以悲劇意義。虎妞既愚昧無知，又要顯富擺闊，所以，懷孕以後老

---

[3]　魯迅：〈再論雷峰塔的倒掉〉，《魯迅全集・第一卷》，人民文學出版社，1981年，第1版，第193頁。

在床上躺著，不願意出去走動，以顯得比大雜院裏的其他婦女優越，而且「一吃便是兩三大碗」，平時又零嘴兒不斷，最終造成了「橫生逆產」。作家先以揶揄的口氣誇張地敘述了虎妞在懷孕這件事上所體現出的愚昧、懶惰、虛榮，而後又讓蛤蟆大仙陳二奶奶來畫符頂香，最終讓這一系列鬧劇以虎妞的死亡作為結局，從而把中國民間生育文化中的「無價值的撕破給人看」[4]，本來具有國民性批判的現代思想價值，但是由於創作主體在人物的死亡面前缺乏對女性生命悲劇所應有的悲劇性感受，這一批判便帶著瞧她咎由自取的冷漠，而失去諷刺應是飽含著愛意的恨這一熾熱情懷，不免流於冷嘲的刻薄。虎妞之死在小說敘事結構中的作用，在於表現祥子又要失去車、失去家的人生挫折。因為「祥子的車賣了！錢就和流水似的，他的手已攔不住；死人總得抬出去，連開張殃榜也得花錢。」「車，車，車是自己的飯碗。買，丟了；再買，賣出去；三起三落，象個鬼影，永遠抓不牢，而空受那些辛苦與委屈。沒了，什麼都沒了，連個老婆也沒了！虎妞雖然厲害，但是沒了她怎麼成個家呢？」作家的悲憫、同情僅僅指向男性人物祥子，而不指向道具性人物虎妞本人。哪怕在死亡面前，作家仍還是以喜劇的嘲諷態度對待虎妞，始終未曾以人道情懷來悲憫這一生命的隕滅。對男性人生傷痛的悲劇性體驗，與對主動型女性生命毀滅的喜劇化處理；對男性人物的厚愛，與對女性人物的刻薄，在《駱駝祥子》中形成強烈對比。歸根究底是作家的男權觀念使他的人性意識中無法整合進女性視閾，並且滋養了他對主動型女性的反感、輕蔑。

《圍城》以喜劇的態度嘲弄主動追求愛情的女才子蘇文紈，其諷刺形式與《駱駝祥子》、《四世同堂》不同。《圍城》並沒有把蘇文紈的言行本身過度誇張化、漫畫化，而是每當對蘇文紈的言行進

4　同上。

行一次符合女性心理的合度刻畫之後，總是讓方鴻漸從旁悄悄來一番否定性的心理獨白，使得蘇文紈動中有度的愛情舉動在男性視閾的無情審視之下顯出自作多情的滑稽相來，成為敘述者、隱含作者、隱含讀者暗中共同嘲笑的對象。

同樣是刻劃女性由於誤會而自作多情的故事，女性作家凌叔華在《吃茶》中，就採取女性視角敘事，敘述者對女主人公芳影小姐的愛情渴求有細膩的理解與同情，故事的悲劇性壓倒了喜劇性，小說由此獲得了理解女性人生傷痛的思想深度。而《圍城》的男性視角，把女性愛情失敗的生命傷痛界定為咎由自取、甚至還是使男人產生心理負擔的不應該的行為，使之完全失去了被悲憫、同情的價值，而成為喜劇嘲諷的對象。但男性人物方鴻漸誤導蘇文紈的種種愛意表達，儘管確實是方鴻漸準確理解蘇文紈的愛情之後有意作出的迎合，並不像是《吃茶》中的王先生那樣純粹是一種按照西方文化觀念作出的實際並無愛意的禮貌舉動，卻由於作家的偏袒，完全免於接受道德審視，在價值上被評判為是一種善良的、易受制於女人的弱點，既在敘事上承擔著誤導女性使之淋漓盡致地出醜的功能，又在價值指向上產生嫁禍於女性的作用、成功地把男性不能把握自己的弱點歸咎於主動愛上男性的女子。小說中，雖然蘇文紈早就對方鴻漸有意，但兩人的愛情糾葛顯然始於鮑小姐香港上岸後——

> 鴻漸回身，看見蘇小姐裝扮地嫋嫋婷婷，不知道什麼鬼指使自己說：「要奉陪你，就怕沒福氣呀，沒資格呀！」（錢鍾書《圍城》）

正如倪文尖所指出的，「雖然敘述者在此加了按語『不知道甚麼鬼指使』，但有一點終算客觀：即是有『鬼』，這『鬼』也在方鴻漸自己內心！……甚至，換個角度解讀，點明『鬼指使』又有為男

性主人公進一步推脫的嫌疑，因為從意識層面降到無意識層面，一般來說總能減輕個人作為主體應負的責任。」[5]

到上海後，兩人的愛情糾葛得以延續，顯然也是源於方鴻漸傷春之際把蘇文紈當作普遍異性符碼的情感排遣需求：

> 船上一別，不知她近來怎樣。自己答應過去看她，何妨去一次呢？明知也許從此多事，可是實在生活太無聊，現成的女朋友太缺乏了！好比睡不著的人，顧不得安眠藥片的害處，先要圖眼前的舒服。（錢鍾書《圍城》）

兩人的愛情糾葛磕磕碰碰，終能發展到高潮，更與方鴻漸月下虛假的慾望表白分不開：

> 我要坐遠一點——你太美了！這月亮會作弄我幹傻事。」我沒有做傻事的勇氣。（錢鍾書《圍城》）

然而，在《圍城》的男性立場敘事中，方鴻漸在精神寂寞的時候姑且把對自己暗含愛情的女性當作即時的精神消費品是無辜的、男性在沒有愛的情況下隨便向女性暗示愛情是無辜的；而暗懷熱烈愛情的女性，由於被男性當作即時的精神消費品但又沒有得到愛情、沒有得到婚姻，反而顯得可羞可恥，成為隱含作者嘲笑的對象。這正好應了這樣的男權邏輯：

> 一個女人上了男人的當，就該死；女人給當給男人上，那更是淫婦；如果一個女人想給當給男人上而失敗了，反而上了人家的當，那是雙料的淫惡，殺了她也還污了刀。[6]

---

5 倪文尖：〈女人『圍』的城與圍女人的『城』——《圍城》拆解一種〉，《二十世紀中國文學史論·第二卷》，第 476 頁。
6 張愛玲：〈傾城之戀〉，《張愛玲文集·第二卷》，安徽文藝出版社，1992 年

　　只不過男權文化殺這種女人的方式有多種，其中一種便是《圍城》中敘事者、隱含作者帶領隱含讀者躲在男性人物方鴻漸後面以嗤嗤暗笑的方式對這類女性進行精神閹割。當然，這一切還貫穿著《圍城》一以貫之的前提：男權文化把女性對男性的愛情混同於女人對男性世界的陰謀，混同於「女人給當紅男人上」的惡意舉動。這樣，被方鴻漸不負責任行為所誤導的女性蘇文紈，其愛情衝動與愛情傷痛，在《圍城》中並沒有被放在女性的生命本位上加以掂量、評價。得不到男性世界認領的女性戀情，在錢鍾書的眼中就成了應該「撕破給人看」的「無價值」的東西。這樣，一個女人受男性有意誤導的、悲劇因素大於喜劇因素的愛情失敗，就被錢鍾書從男性本位的立場出發，作了完全喜劇化的處理後成了冷嘲的對象。從中可見作家審度蘇文紈愛情舉動的價值尺度是：一是看它能否契合男性需求，也就是說看它能否被男性認領；二是看它是否符合壓抑女性主體意識的封建男權道德準則。這就暴露了錢鍾書《圍城》中的人的觀念中並沒有整合進女性群體、依然堅持把女性作為異類看待的價值缺陷。

結論

　　把主動型女性妖魔化為可怖可恨的異物，又通過隱去男性主體性的做法把女性主體性誣為是對男性主體性的壓抑，並且在敘事中抹去女性生命傷痕，從而放棄了對主動型女性生命困境的同情，並且以喜劇的態度居高臨下地醜化、嘲弄主動型女性……。中國現代男性敘事文學設置了重重男權羅網，使試圖超越傳統「敬順」、「曲

7 月，第 1 版，第 77 頁。

從」[7]女奴道德的、具有主動精神的女性被表述為是面目可憎的惡女人。這一敘事成果在有限度地完成女性人性的現代批判的同時，更多的是表達了男性對女性主體性的憎恨與恐懼，體現了他們壓制女性主體性的男性中心思維，表現了現代男性作家對傳統男權集體無意識的繼承。這從一個方面暴露了中國現代男作家對解放婦女精神的現代文化觀念的背叛，也說明了在性別意識領域方面實現人性觀念現代化的艱難。

7　〔東漢〕班昭：《女誡》，中央民族大學出版社，1996 年 6 月，第 1 版，第 2、3 頁。

第三章　正面自主型女性：

從男性視閾高揚女性主體性

中國現代男性敘事文學在《蝕》三部曲（茅盾）、《虹》（茅盾）、《雷雨》（曹禺）、《春桃》（許地山）、《死水微瀾》（李劼人）、《寒夜》（巴金）等小說、戲劇作品中塑造了慧女士、孫舞陽、章秋柳、梅行素、蘩漪、春桃、蔡大嫂、曾樹生等一系列獨立自主、美麗性感的正面女性形象，從而使得中國現代男性敘事文學在天使型、惡女型女性形象塑造中繼承封建男權道德、壓抑女性主體性之外，又表現出對抗男權道德、高揚女性主體性的現代思想覺悟。中國現代男作家對這些女性主體性的高揚，既有男性作家在平等的人的意義上對女性生命邏輯的細心體察和理解，也寄寓了男性作家自我多重的心理需求。這些心理需求，既有男性對女性的慾望，也有男性把自我人格的一個側面轉化為女性形象之後進行更為自由抒寫的藝術衝動。這些有聲有色、獨立自主的正面女性形象，實際上是男作家內心中的女性視角與男性視角相疊加的結果。男作家在相當程度上採取女性視角寫作、弘揚女性主體意識，在思想價值上是人性觀念對性別等級秩序的否定，在藝術成就上是小說複調性對小說獨調性的衝擊。男作家在女性形象塑造中投射自我的男性立場，其中既有男性合理的生命需求，也有男性作家主體性對女性人物主體性的不合理壓抑。中國現代文學性別意識研究的任務之一就是，以否定封建男權文化觀念、尊重男女兩性主體性、尊重男女兩性合理生命

欲求為價值尺度，從這些自主、美麗的女性形象入手，分析中國現代男作家的創作心理，仔細辨析他們的性別意識中女性立場與男性立場相交錯、男性立場中合理性成分與不合理性成分相疊加的複雜情況，從性別意識領域深入考察中國現代文學在人性建設上的成就與不足。

第一節　男性作家對男權道德的否定

　　慧女士（《幻滅》）、孫舞陽（《動搖》）、章秋柳（《追求》）、梅行素（《虹》）、繁漪（《雷雨》）、春桃（《春桃》）、蔡大嫂（《死水微瀾》）、曾樹生（《寒夜》）這些獨立自主型女性，都是一群在生命意志和肉體兩方面均異常成熟的美麗女人，不再是「五四」時期那一類困在愛情追求與戀母情結的心靈矛盾中艱難成長的青春少女。她們除了梅行素、蔡大嫂外，一出場都是無父無母的；即便是梅行素、蔡大嫂，她們的父母也不過是安排她們進入兩性世界的穿針引線者而已，只有她們與男人之間、她們與更廣闊的社會環境之間的故事才成為其人生戲劇的正場、成為文學作品的主體部分。中國現代男作家在這一系列精力旺盛、個性突出的自主型女性形象塑造中，肯定了女性把握自我命運的現代品格，表現了男性作家對女性主體性的尊重。男性作家不僅賦予她們獨立於父母意志之外的成熟女性品質，而且在不超出革命、進步的意識形態框架的前提下賦予她們獨立於男性意志之外的女性主體性。「我是我自己的」這一娜拉出走的姿態，到了她們身上，已經超越了女性與子輩男性結成弒父同盟、自由地叛出父親家門這一精神層面，而在相當程度上體現為女性敢於睥睨同輩男性，自由地走出或者拒絕丈夫的家門去探索真正

屬於自己的生活的深層覺醒。中國現代男性作家對自主型女性生命意志的讚賞、對女性主體性的認同，常在她們與同輩男性的比較中展開。在面對外部敵對的倫理環境和政治環境時，男性作家一般總讓這類女性顯得比同一陣營中的男性更為堅定、更有能力；在兩性互相審視時，男作家也一般總讓這類女性佔據精神強勢，使她們成為男性心目中的偶像、主心骨。以讚賞的態度想像這一群無父、弒夫女性的絢麗風姿，在敘事中讓她們在社會生活與兩性關係雙方面都佔據中心地位，讓千年來一直把女性當作消費品、附屬物的男人們退居邊緣；使作品的女性視閾與男性視閾相交錯而形成對話關係，有時甚至完全從女性視閾展開敘事，都體現了中國現代男作家對男性自戀情結的超越、對男性中心思維的突破、對封建男權道德觀念的否定。

> 她是虹一樣的人物，……她的特徵是『往前衝』！她唯一的野心是征服環境，征服命運！幾年來她唯一的目的是克制自己的濃郁的女性和更濃郁的母性！（茅盾《虹》）

這裏，梅行素「濃郁的女性和更濃郁的母性」與抗爭意志相對立，指的是女性的一些生命本能，包括對異性的愛欲，也包括庇護親人的母性情懷。這些原本是合理的女性生命需求，在封建男權文化把女性工具化的女性本質界定中，曾被無限誇大而實際上成了女性生命的異化物，反過來壓制著女性的獨立意志，實際上成了女性充當男性性玩偶與傳宗接代工具的前提條件。茅盾在設置梅行素的生命邏輯時，認同人物克服女性愛欲本能、母性本能這一不無偏激的思路，顯然對女性在封建男權文化重圍中的生存困境有深切的理解，並在價值評判上把尊重女性主體性、尊重女性的抗爭意志作為至上的原則，從根本上顛覆了把女性作為男性附屬物的男權道德。

　　茅盾讓梅女士以高揚的生命意志去衝擊家內家外壓制女性生命自由的男權力量，從而讓生命爆發出虹一樣耀眼的光彩。梅女士所要衝擊的首先是「柳條的筐」，也就是男性把女性作為性消費品的舊式婚姻，哪怕在這樣的婚姻中丈夫為了性消費的方便會百般地討好她，哪怕女性在其中也享受到了性歡樂，因為男性的寵愛、肉體的歡樂並沒有從本質上改變女性是男性享受物、消費品的婚姻本質，女性在其中頂多也不過是暫時做穩了女奴而已。其次，衝出家庭重圍的梅女士，在社會上依然必須繼續努力「往前衝」，以避免陷入軍閥的「阿房宮」中再次成為男人的性玩偶。女性追尋自由發展的生存空間、按照自己的生命意志安排人生，在梅女士來到上海、遇到梁剛夫之前，一直是梅女士壓倒一切的行為準則。這深得男性作者的理解和讚賞。把女性主體性的確立建立在女性抗拒家內家外的男性性霸權這一鬥爭基礎上，並且把小說的敘事視點確定在這富有主體性的女性人物身上，使敘事大致都在女性視閾中展開，茅盾在《虹》的前大半部分篇幅中顯然都緊緊扣住了女性與異性世界的緊張對峙關係來肯定女性「往前衝」的陽剛氣度，使隱含作者所代表的理解女性生命的現代男性立場直接衝擊著壓制女性生命的封建男權立場。這就在性別意識問題上非常明確地選擇了否定男權道德、從精神上解放婦女的現代倫理，實踐了男性文化借助女性視閾這一他者所進行的自我審視、自我啟蒙。儘管小說的結尾處，作者還是無法超越時代文化的局限，又把這種男性啟蒙和女性啟蒙都納入了以大眾為主體的革命政治框架中，讓男性革命者梁剛夫的「冷靜」對女性人物慧女士的主體性又形成新的蔑視，從而使個體精神呈現出消融於大眾權威的趨向，顯示了啟蒙的變異。

　　在不超出進化、革命等意識形態框架的前提下，不顧一切地「往前衝」是這一類自主型女性共有的陽剛氣度。孫舞陽這一充滿動感和陽剛之氣的名字（《動搖》），便是這一女性陽剛氣度的共同象徵。

慧女士「爽快、剛毅，有擔當」的個性（《幻滅》），實際上也是這些朝氣蓬勃的現代女性共有的性格特徵。雖然這些女性同時又有比一般男性人物更為焦慮的時間感和更為強烈的頹廢衝動，但她們的「雄強與脆弱」，均在各自達到極致的狀態下形成辯證統一。[1]不能由男性人物或男性價值原則來指派自己的命運，則是這些自主型女性最重要的人生準則。在對女性主體性的欣賞甚至仰視中顛覆封建女奴道德規範，在從女性視閾展開的敘事中悉心體察女性生命邏輯，則是塑造這類正面的自主型女性的男作家們共有的性別立場。

> 哦。你們商量著怎樣處置我來！可是我不能由你們派。（許地山《春桃》）

　　春桃對兩個商量著怎麼處理三角婚戀關係的男人劉向高、李茂明確地表達了女性人格的獨立性，徹底否定了傳統夫權意識。能幹、有主見、也有情有義的勞動婦女春桃，成為因離亂而產生的一女二男家庭中的家長，成為兩個男人的主心骨，也成為隱含作者傾心贊許的人物。

　　《雷雨》中「果敢陰鷙」的蘩漪，「有火熾的熱情，一顆強悍的心」。她斷然拒絕派定給自己的妻子、母親角色，即使困在家庭專制牢籠中找不到突圍之路，也「敢衝破一切的桎梏，做一次困獸的鬥」[2]，始終拒絕在男權秩序中作一個因乖順而得寵的螺絲釘。

---

[1]　關於她們的現代時間焦慮感和生命頹廢衝動，參看陳建華的論文〈革命的女性化與女性的革命化——茅盾早期小說中的「時代女性」與現代時間意識，1926-1929〉，見《「革命」的現代性——中國革命話語考論》，陳建華著，上海古籍出版社，2000 年 12 月，第 1 版。關於她們的「雄強與脆弱」的統一的論述，參看趙園的論文〈大革命後小說中的「新女性」形象群〉，見《艱難的選擇》，趙園著，上海文藝出版社，1986 年 9 月，第 1 版。

[2]　曹禺：《雷雨・序》，《曹禺全集》，花山文藝出版社，1996 年 7 月，第 1 版，第 9 頁。

> 我不是他的母親，不是，不是，我也不是周朴園的妻子。(曹禺《雷雨》)
>
> 周家家庭裏所出的罪惡，我聽過，我見過，我做過。我始終不是你們周家的人。我做的事，我自己負責任。(曹禺《雷雨》)

她以狂風暴雨般的生命激情去追尋愛、去追求生命的自由意志、去反抗既定的女奴命運，最終以飛蛾撲火般的慘烈使自己成為一個困在樓上的瘋女人，[3]也成為作者心目中「最『雷雨的』性格」的可歌可泣的悲劇英雄，使得作者忍不住讚歎道，「這總比閹雞似的男子們為著凡庸的生活怯弱地度著一天一天的日子更值得人佩服吧。」[4]

《死水微瀾》中的蔡大嫂，在情人逃命、丈夫被捕的危難之際，完全無視傳統的女性節烈觀，無視社會輿論，斷然改嫁顧天成，為自己、為兒子、為丈夫改善了生存環境，並且通過與顧天成鑒定不平等婚約，使自己成為兩性關係中絕對站上風的一方。敢做敢為的蔡大嫂成了改變自我命運的決策人，成了男性世界的操縱者、拯救者，也成為小說敘事的核心點。

這些女性要麼與男權下的女奴道德直接對峙，勇敢地追求自身幸福和人格獨立；要麼在與同一陣營中的男性共同追求理想時，往往比男性人物更為堅定勇敢、更有能力，由對男性人物的精神優勢中凸現女性主體性。《動搖》中的孫舞陽在動亂之際「態度很是鎮靜」。她總有比男同志們更準確的消息來源，因而「孫舞陽的報告一向是極正確的。」在方羅蘭慌得「心的跳動幾乎也停止了」之時，

3　陳順馨的〈「夏娃」與「聖母」的祭獻——曹禺戲劇中的女性〉曾把繁漪與《簡·愛》中的瘋女人進行比較論述，見《中國當代文學的敘事與性別》，陳順馨著，北京大學出版社，1995 年 4 月，第 1 版。

4　曹禺：《雷雨·序》，《曹禺全集》，花山文藝出版社，1996 年 7 月，第 1 版，第 8、9 頁。

孫舞陽依然「還是很鎮靜」地關照他趕快和太太出城去。小說敘事關於孫舞陽的描述總在方羅蘭仰視的視角中展開。這就從與男性的對比中強化了孫舞陽強健的精神風姿。《虹》，在追求自由戀愛中，梅行素的堅強與戀人韋玉的懦弱形成了鮮明的對比。小說從梅行素的視角展開敘事，對韋玉取俯視態度，也充分凸現了女性面對男性世界的精神強勢。《寒夜》中，曾樹生旺盛的生命力亦是衰頹、戀母的汪文宣所難以匹配的。敘事既在汪文宣的崇拜、仰視視角，也在曾樹生的悲憫、俯視視角中展開，女性的精神優勢通過與男性的對比顯得分外突出。

　　這一系列極有個性的女人，在追求自身幸福和征服外部環境這兩方面，都表現出擺脫男性中心思維的自主品格。她們的出現給「五四」之後仍然相當婉約優雅的文壇帶來「終於粗暴了，我的可愛的青年們」的審美欣喜[5]，也使得潘金蓮－賽金花以降的精力旺盛、慾望充足的文學女性系列[6]，由於作家價值尺度的變化，而在一步步走向正面的途中終成正果，徹底脫去了「禍水」的道德緊箍兒咒。

　　敘事者細心體察女性生命邏輯、在相當程度上從女性視閾展開敘事，也擺脫了傳統男作家居高臨下從男性視點讚賞甚至於把玩姽嫿英雄的精神優越感，而體現出男性對女性在平等的人的意義上的精神共鳴。中國古代文學傳統中原也不乏富有陽剛美的正面女英雄。替父從軍的花木蘭（《木蘭辭》）、殺賊救夫的俠女十三妹（《兒女英雄傳》）均不讓鬚眉，是「脂粉隊裏的豪傑」（《兒女英雄傳》第五回）。但她們的強硬實際上都不是對女性自我生命的關懷，只是對男性軟弱的補充。她們往往忘卻女身去實踐男性義務，一旦重

---

[5]　趙園的論文〈大革命後小說中的「新女性」形象群〉對此有精到的論述。

[6]　關於這類女性的論述，可參看王德威〈潘金蓮、賽金花、尹雪豔──中國小說世界中「禍水」造型的演變〉，見《想像中國的方法》，王德威著，三聯書店，1998 年 9 月，第 1 版。

現女身便只能遵從女奴道德。無論為俠為女，她們從來都只是男性利益的輔佐者、是男性視閾下的第二性。她們即使暫時對女奴道德規範有所譖越，也只是為了更好地替男人去行動、在另一個層面上更好地維護男性中心原則。男性作家對這些傳統女英雄的讚賞，頂多也只是在男權道德原則的邊緣上犯一些無大過之小險，並沒有真正整合進女性作為人的生命邏輯來否定把女性作為第二性的男權秩序。「可以斷言，中國古典文學沒有一部作品是真正站在女性的文化視閾來對自身作品中的形象進行『由內向外』觀察的。……這種互古不變的男性視閾成為一種集體無意識，一種全民文化的惟一視角，一種民族文化心理的積澱，……」[7]中國現代男性敘事讓一系列如此「出格」的女性以頑強的生命力按照女性作為人的邏輯行動、從根本上顛覆「夫為妻綱」的封建倫理秩序，敘事者或從男性視閾向這些顛倒乾坤、把握自我命運的女性投以景仰、認同的目光，或直接從女性視閾由內向外展開敘事，體現了中國現代男性作家克服自我性別視閾局限性、以平等的態度理解異性生命邏輯的現代思想維度，展示了中國現代男性敘事在性別意識領域反封建思想的最高度。

第二節　男性慾望的對象物

超越男性中心思維並不等於完全摒棄男性立場，不過是指作家的男性立場不能對人物的女性主體性形成壓抑。實際上，作家的主

7　丁帆：〈男性文化視閾的終結——當前小說創作中的女權意識和女權主義批評斷想〉，《文學的玄覽》，北京出版社，1998 年 6 月，第 1 版，第 478 頁。

體性與人物的主體性、男性立場與女性立場並非是水火不相容的矛盾對立面，它們完全可以形成對話關係，並由此構成小說的複調性。合理的兩性關係既不是男性主體性壓倒女性主體性、從而形成男性中心格局，但也同樣不是女性主體性壓倒男性主體性、從而形成女性中心格局。男性敘事中的女性人物形象，歸根結底仍是男性作家精神創造活動的對象物，是男性主體性運作的結果。中國現代男性敘事讓一系列自主型女性顛覆男權傳統，體現的是男性作家主體性對女性人物主體性的理解、認同，體現了男性作家對男性視閾有限性的超越，但並不等於男性作家在他的文學創造物面前已經萎縮了他的主體性。實際上，恰恰是女性人物的主體性越強，男性作家的主體性的內涵就越豐富、外延就越大，因為此時他的男性視閾由於整合進了女性視閾而必定更加寬廣、豐富。同時，男性作家在女性獨立性這一方面尊重、理解了女性的生命邏輯，並不說明他在其他方方面面也都能尊重、理解女性的生命邏輯。人的認識的有限性決定了主體不可能窮盡對象物。男性作家在以女性獨立個性衝擊男權傳統藩籬方面肯定女性主體性的同時，也必定會在他的創造物身上投射男性主體對女性的願望。這些願望可能符合女性自身的生命邏輯，體現男性作家在平等的人的意義上對女性的期待；但也有可能並不符合女性作為人的生命邏輯，僅僅承載男性對異性的心理需求。這後一類願望如果過分強大，就可能對現實中的女性生命形成心理壓抑，尤其在男性話語處於強勢地位的時候。中國現代男性敘事在女性外貌氣質的描述上，就充分表露了男性對女性外表形象上的期待，這些期待或關涉男性的精神需求，或關涉男性的本能慾望。它們代表著作家男性立場對女性人物世界的制約。

　　《死水微瀾》中的蔡大嫂高鼻樑、亮眼睛、小口白牙──

> 臉上是脂濃粉膩的，看起來很逗人愛。但是一望而知不是城
> 裏人，不說別的，城裏女人再野，總不會那樣天真地笑。（李
> 劼人《死水微瀾》）
>
> 那女人雖有點野氣，但還是正經人。（李劼人《死水微瀾》）

蔡大嫂的氣質體現出她既是正經女人又有著一般正經女人所沒有的天真野氣的特點。這一特點正是應男性心目中最有利於男性性愛需求的理想女性尺度而設置的。作家曾借羅歪嘴對妓女劉三金說的話表露了男性對女性的兩難態度：「……我當真要安家，必須討一個正經女人才對，正經女人又不合我的口味。你們倒好，但我又害怕遭綠帽子壓死！」美貌精靈的蔡大嫂，有城裏經禮教觀念壓制過的女人所沒有的天真野氣，保留了靈動的生命情趣，又有娼妓們所沒有的性忠誠，恰當地整合了男性心目中良家婦女與娼妓的這一矛盾的女性標準。而她的那一點野氣、那一份靈趣，恰是她在關鍵時刻應變形勢的性格基礎。如果說男性敘事在蔡大嫂的能幹、有決斷的個性設置中體現了作家對女性主體性的尊重、讚賞，那麼，蔡大嫂外貌氣質上的描述，既與蔡大嫂敢做敢為的個性相聯繫，同時也體現著男性在性愛意識方面對異性的心理需求。極端強調蔡大嫂的美貌，讓她「隨便放在哪里，都要算是蓋面菜」，宣洩男性慾望的成分顯然大於反映女性生命真實、弘揚女性主體性的成分。

如果說《雷雨》中作家描述蘩漪有「蒼白」的臉色、「憂鬱」的面目以及藏著「痛苦與怨望」的眼光，是按照蘩漪的性格特徵來設置她的相貌，體現了作家對女性生命邏輯的理解；那麼，接下去的外貌描寫顯然就已經純粹是男性視閾下的男性慾望表達了。

> 整個地來看她，她似乎是一個水晶，只能給男人精神的安
> 慰，她的明亮的前額表現出深沉的理解，像只是可以供清談
> 的；但是當她陷於情感的冥想中，忽然愉快地笑著；當著她

見著她所愛的，紅暈的顏色為快樂散佈在臉上，兩頰的笑渦也顯露出來的時節，你才覺得出她是能被人愛的，應當被人愛的，你才知道她到底是一個女人，跟一切年輕的女人一樣。（曹禺《雷雨》）

這男性視點下的女性描寫，完全從男性心理需求的角度來評價女性美。「深沉的理解」說明蘩漪「可供」男人「清談」之用、具備「給男人精神的安慰」的功能，「紅暈」與「笑渦」則是她在深層的精神共鳴之外能夠給男性以輕鬆的精神愉悅之處。深沉與輕鬆相結合，蘩漪以符合男性精神共鳴需求和心理療救需求來取得自己的美感。蘩漪儘管此時已經無法得到周萍的愛情，但仍是男性作家心目中的理想女性。現在厭倦蘩漪、愛戀四鳳的周萍與過去愛戀蘩漪的周萍，是作家人格的兩面。青春粗美的四風與深沉可愛的蘩漪是男性作家心目中不同的兩類理想女性。作家對女性的審美能力顯然寬於周萍。在現代男性敘事文本中，正面女性仍需在外貌上獲得符合男性心理需求的美感。這種美感即使溢出某一男性人物的心理需求之外，也不能溢出男性作者對女性的心理需求。

如果說曹禺《雷雨》中的女性形象美，偏於契合男性的精神需求；那麼，茅盾心目中的女性形象美則偏於肉感，更多地聯繫著男性的本能肉欲。無論是慧女士、孫舞陽、章秋柳，還是梅行素、杜若、張素素，這些自主型女性無一例外地都是豐乳肥臀、明眸小口、脂白肉香的性感尤物。孫舞陽的黑眼睛——

滿含著媚，怨，狠，三樣不同的攝人的魔力。

說話的時候——

……她的圓軟的乳峰在紫色綢的旗袍下一起一伏地動。（茅盾《動搖》）

章秋柳走起路來，則是——

水蛇似地嫋嫋地迎面而來。（茅盾《追求》）

章秋柳健康明豔的肉體既讓史循自慚枯寂，又是激發男性慾望從而拯救史循於虛無的工具。王仲昭的戀人陸俊卿、張曼青的戀人朱女士、史循過去的戀人周女士都與章秋柳長相相似，更說明了作家對女性外貌美的標準是單一的豔麗性感。「她們的再現更得益於唐宋傳奇的文學想像及其男性狂想，那種烏托邦成份得之於二十年代蘇俄的『杯水主義』，而那種『攝人的魔力』、『肉感』的刺激，或歇斯底里的『獰笑』，則帶著英法『頹廢』文學中的『尤物』（femme fatale）的影子。」[8]

茅盾在性與革命的互相激發、置換中，使女性軀體充分發揮其為男性慾望對象物的作用。這被充分對象化後的性感女體，使得作為肉體之主人的女性人物面臨淪為男性性客體而失去女性主體性的險境，這時，女性唯有用「克制自己的濃郁的女性」，也就是克服愛欲本能來保存自我。這裏，性感軀體，實際上是與女性的生命意志相反的自然力量，但又是男性視閾中不可缺乏的明媚「春光」。女性既要在男性視閾中顯得性感、顯得充分的女性化，又要在自我感覺中「克制」與性感軀體相聯繫的愛欲本能。這樣，與女性愛欲本能相背離的女性性感軀體在茅盾作品中反覆出現，實際上只是男性作家對女性的自然慾望投射的結果，並不是女性主體性的弘揚，更不是女性生命真實的再現。這裏作家的男性慾望立場顯然壓倒了創作主體體察人物女性生命邏輯的耐心。

渴望女性的精神慰藉、渴望女性肉體的性感，本是男性合理的生命需求。但這些需求，應以不過分膨脹而壓抑女性主體性為合理

---

[8] 陳建華：《「革命」的現代性——中國革命話語考論》，上海古籍出版社，2000年12月，第1版，第310頁。

存在之度。蔡大嫂的野氣與正經、蘩漪的深沉與可愛，固然契合了男性獲得女性精神共鳴、審美愉悅的需求，在形象塑造上體現了作家的男性立場，但這一男性立場尚未壓倒作家對蘩漪、蔡大嫂女性生命邏輯的理解、尚未壓倒作家對女性作為與男性同等的人的尊重。而茅盾筆下的女性性感，實際上是獨立於女性人格、個性之外的、純粹應男性慾望而設置的女性肉體特點。男性敘事對這一點的過分迷戀和極度誇大，顯然承襲了男權文化傳統中把女性當作純粹的性客體、從而使女性性感無限膨脹而成為女性生命異化物的偏頗。茅盾在女性性感這一問題上的男性立場，實際上已對女性的生命真實和女性主體性形成了壓抑，那麼，在價值判斷上就必須從女性立場出發予以清算和反思。

　　而且，中國現代男性敘事中的自主型正面女性個個都天生麗質。即使是賣破爛的春桃，也「露呈著天然的秀麗」，只要略加裝扮，模樣就與煙公司「還是她好」廣告畫上的摩登女「差不上下」。(許地山《春桃》)從邏輯上說，把握自我命運的獨立人格與外貌上的美麗性感與否並沒有必然聯繫。[9]現實中，這二者之間也存在不相重疊的部分。事實上有許多獨立自主型的女性並不性感美麗，也有大量的性感女郎仍缺乏強健的主體意識。在敘事中均賦予自主型正面女性以無與倫比的美貌與性感，並不反映女性的生命真實，不表現男性對女性在現代人性意義上的理解、認同或者期待，只是宣洩了男性世界對女性的慾望。「對於男性制定的女性軀體修辭學說來，女性軀體的活躍與生動不過是更好地成為男性目光的獵物。」[10]在這一

---

[9]　彭曉豐的論文〈茅盾小說中時代女性形象的衍化及其功能分析〉曾比較分析了茅盾與丁玲、夏綠蒂・勃朗特等「男女作家在表現這類先覺女性時」在女性外貌描寫上的差異，認為「人格自覺與意識健全同容貌之類並無瓜葛，但茅盾卻捨此無它，」由此發掘茅盾的男性中心意識。見《中國現代文學研究叢刊》1992 年第 3 期。

[10]　南帆：《文學的維度》，上海三聯書店，1998 年 8 月，第 1 版，第 165 頁。

點上，作家的男性本位立場在總體上顯然改造、壓抑了女性世界的
真實性、合理性。它說明女性的色相美在中國現代男性敘事中仍是
女性進入男性視閾、取得與男性同等的人的價值的必要條件。自主
型人格只有與她們的性魅力相搭配才能進入男性視閾獲得意義。缺
乏天仙之貌的女性之大多數，仍無法以正面形象獲得男性世界的認
同。男性慾望，依然在男性視閾中左右著女性的生命價值。對這些
美麗的自主型女性風采的描寫始終離不開男性人物仰視、膜拜、認
同的眼光，這也說明中國現代男性敘事中的自主型女性並不存在疏
離男性眼光自足地形成自我世界的任何可能。這既是對傳統「夫
為妻綱」秩序的顛覆，但同時也是在另一層面上不能徹底克服男
性中心思維的體現。

第三節　男性心理的女性面具

男作家在女性人物的美貌與性感上並不僅僅投射了男性對異
性的慾望。其實，女性人物明豔的軀體、旺盛的慾望中所流溢出的
生命活力，亦是作家驅逐心中虛無「鬼氣」的「身外的青春」，
進而亦是作家內心中拯救自我於虛無這一願望的形象凝聚，是男
性作家自我人格一個側面的顯現。章秋柳健康明豔的軀體，既是
激發史循男性慾望的性對象物，也是男性作家肉體健康美、生命
健康美觀念的形象表達，熔鑄著男性對自我生命的期待。曾樹生
「豐腴並且顯得年輕且富於生命力」（巴金《寒夜》）的軀體，不
斷在汪文宣的眼前晃蕩，讓他無比愛戀、也無比自卑。這健康且
富有活力的女性軀體表達的正是巴金這一時期關於生命健康的
理想。

其實，豈止是男性敘事對女性肉體美的描述，即便是男性敘事對女性性格主體性的描述，也同樣傾注著男作家自我的人格傾向、心理需求。中國現代男性敘事中自主型女性的陽剛氣度，總與她們的自然生命力相連，呈現出女性個體為追求自身人生幸福、追求生命自由感而抗爭的價值走向，而迥然不同於傳統男子為忠孝而獻身或傳統女性為節烈而自戕的、以禮教壓制自然生命的剛烈。這些女性的生命激情中，顯然凝聚了中國現代男作家以西方現代生命哲學對抗封建禮教的文化衝動。儘管這種生命激情在茅盾的《虹》、巴金的《寒夜》等作品中終又被納入革命、政治的框架中，被作家的政治意識觀念所馴服，但政治觀念總未曾象喧囂的生命激情那樣啟動作家的藝術想像力，只是起著蒼白的觀念干涉的作用。作品動人的藝術魅力總在這些女性生命激情的不羈流淌中產生。

曹禺在《雷雨》中，既借周萍追求與四鳳之間像初陽一般明朗單純的愛情來拯救自我，擺脫生命的憂鬱感；也借蘩漪雷雨般的生命激情，來衝擊令他感到窒息的封建家長專制制度，追尋生命的自由感。為周萍所拋棄的蘩漪，實際上與四鳳一樣，是周萍性格的補充。蘩漪的瘋狂熱烈，與周萍的軟弱頹廢、四鳳的單純粗美一樣，都是作家自我人格的一個側面。

> 他們漸漸學會了你父親的話，『小心，小心，她有點瘋病！』到處都偷偷地在我背後低著聲音說話，嘰咕著。慢慢地無論誰都要小心點，不敢見我，最後鐵鏈子鎖著我，那我真就成了瘋子了。（曹禺《雷雨》）

蘩漪對自我處境的敏感、恐懼，體現的正是曹禺對社會環境的窒息感，表達的正是曹禺對先覺者、反叛者命運的憂慮感。蘩漪拼生命的全力義無反顧地去衝擊封建家長制牢籠，甚至不惜在雷雨中

毀滅自我、毀滅他人，也正是曹禺生命反抗力的體現。男性作家曹禺正是借助女性人物的勇敢、瘋狂來實現自我人格中潛在的反抗願望、破壞衝動。

把男性自我人格的某一側面易身為女性面目，使之超越現實限制而得到淋漓盡致的抒寫，是男性敘事中常見的現象。慧女士、孫舞陽、章秋柳等一系列時代女性，面對歷史、時間時，她們一方面高居於眾男同志之上，有著比一般男同志更強的革命意志和革命能力，同時又有比一般男性人物更為焦慮的時間感和更為強烈的頹廢衝動。她們的「雄強與脆弱」，把茅盾心理中渴望駕馭社會、歷史、生命的願望和難以把握社會、歷史、生命的焦慮都淋漓盡致地表達了出來。「茅盾筆下的女性心理世界完全是男性社會心理的演繹，作者只不過借女性心理場來達到人生觀注釋的最終目的。」[11]「當梅女士被抽掉『女性』與『母性』時，她也就成為重現『英雄』價值與美學的道具」[12]，而不再是女性自身。

男性心理借助女性人物形象而得以淋漓盡致地抒寫，很可能跟作家在某一側面上把自我易為女性之後的自由狀態有關。弗洛姆曾說「我們必須永遠記著，在每一個個人身上都混合著兩類特徵，只不過與『他』或『她』性別相一類的性格特徵更占多數而已。」（弗洛姆：《為自己的人》，三聯書店）榮格把男人心理中女性的一面和女人心理中男性的一面分別命名為「阿尼瑪」(anima)和「阿尼姆斯」(animus)（霍爾等，《榮格心理學入門》，三聯書店）。這樣看來，任何一個人，如果在心理上要向與自己生理性別相反的性別角色轉換，就並非難事。基於這一性格結構，或許人類在深層心理中根本上就普遍潛伏著或強或弱的易性衝動。受兩性差別壁壘

---

[11] 丁帆：〈男性文化視閾的終結──當前小說創作中的女權意識和女權主義批評斷想〉，《文學的玄覽》第 478 頁。
[12] 陳建華：《「革命」的現代性──中國革命話語考論》，第 354 頁。

森嚴的既有文化傳統的塑造，多數人在日常生活中從一而終地扮演著與自己生理特徵相一致的性別角色，易性衝動被壓抑在潛意識層面中並不自知。作家在創作的激情迷狂中，放鬆乃至於放棄了對潛意識的壓制，哪怕是平時不占性格主流的易性需求就很可能會在不知不覺中釋放出來。福樓拜對包法利夫人的心理感同身受，湯顯祖覺得自己就是春香，歐陽修、辛棄疾在詞中大作怨婦語，屈原選定香草美人而非別的美好事物作為自己人格的象徵，這類現象大量存在，過去並未引起我們足夠的重視。我們往往以作家具有非凡的想像能力為由，把這類現象視為人類心理中的特例；進一步也僅僅認識到封建君臣關係與男女關係的同構關係，知道封建等級制度下有些男性作家需要借助女性境遇向君王、上司傾訴衷腸，[13]而忽視支持這一現象的人類普遍心理。實際上，作家創作心理之獨特，並不在於進入一種完全特異的心理狀態中，而是把人類固有的心理潛能從社會文化的壓抑中釋放出來；君臣關係在文學想像中向同構的男女關係轉換，也需要一定的性別認同作為心理前提。作家在創作中把異性心理體驗得維妙維肖，固然由於兩性之間存在著超越性別差異的共同人性，還植根於人類性別心理中普遍的易性需求和易性能力。當代先鋒的性文化，實際上已經把人類心理中的易性需求視為常態，而不再把它貶為性變態或捧為創作天才之特殊權利。美國社會學家、激進的傅柯主義者巴特勒的社會性別表演理論就認為，性傾向不過是一個不斷改變的表演系列，它無需以性感器官為生理基礎，每個人都是易性者。

---

[13]　舒蕪的論文〈「香草美人」的奧秘〉（見舒蕪著《哀婦人》，安徽教育出版社，2004 年）、周樂詩的論文〈換裝：在邊緣與中心之間——女性寫作傳統與女性批評策略〉（見《文藝爭鳴》1993 年第 5 期）和喬以鋼的著作《中國女性的文學世界》（湖北教育出版社 1993 年版）對此有深刻的分析。

　　易性想像釋放了作家潛意識中的另一種性別需求，同時也給自我帶上一層面具。帶上性別面具的自我，憑著超越現實真實之身，自然能夠更為無所顧忌地專注於自我願望、焦慮的自由表達，而無須羈絆於令人煩惱的現實條件和理性束縛，從而在一定程度上帶來創作的浪漫主義和心理現實主義色彩，也使女性人物的主體性烙上了男性主體性的痕跡。

　　以讚賞的態度寫蔡大嫂毫無道德顧忌地追求婚外的愛情、追求個人幸福，正是作家自我人格中渴望突破社會俗規的限制、自由自在地按自己的願望生活這一生命渴求的形象表達；同樣以讚賞的態度寫蔡大嫂在關鍵時刻毅然與顧天成結婚，從而改變自己與情人、丈夫、孩子的命運，也是男性作家渴望自己能夠靈活地把握局面、在關鍵時刻具備臨機應變能力這一人格願望的形象投射。

　　男性作家借助女性人物形象來表達自己的人格傾向、心理需求，是男性文學創作中必然產生的現象。女性作家在她們的男性形象塑造中也同樣要投射女性心理。文學形象作為作家主體的創造物自然而然地要帶上創造主體的生命烙印。但男作家借助女性形象來表達自我生命體驗、自我內心要求，就要求男性作家主體性要以不壓抑女性人物的生命邏輯為前提；男性作家借助高揚女性主體性來舒展自我的生命意志，也要求男作家要有正確的主體性觀念。中國現代男作家處在新舊文化轉型時期，可能從現代人性觀念出發，堅持兩性互為主客體、不同性別人物的主體性互相對話的原則；但他們也可能還會或多或少、自覺或不自覺地殘留著以一種性別為主、另一種性別為奴的傳統性別等級觀念。他們的性別觀念、主體意識往往呈現出徘徊於現代人的意識與傳統主奴對峙觀念之間的文化雜揉特點。男作家的藝術想像能力和男性對主體性觀念的不同理解必然會影響、決定著男性敘事中女性主體性的不同風貌，決定著作品思想價值、藝術成就的高低。

　　我不能愛你，並不是我另有愛人。我有的是不少粘住我和我糾
纏的人，我也不怕和他們糾纏；我也是血肉做的人，我也有本
能的衝動，有時我也不免──但是這些性欲的衝動，拘束不了
我。所以，沒有人被我愛過，只是被我玩過。（茅盾《動搖》）

　　茅盾早期小說中慧女士、孫舞陽、章秋柳這些時代女性的主體
性總與她們玩弄異性於股掌之間的精神強勢緊密相連。把男性視為
性玩偶，是女性對封建男權專制的簡單報復，其中仍然缺乏現代人
性價值尺度。對此，趙園有尖銳的批評。她一針見血地指出了這些
女性心中的男女關係「完全符合受到階級社會現實限制的思維所能
設想的唯一的一種『世界秩序』：要麼是『主』，要麼是『奴』。」
「梅行素、章秋柳的自我擴張，決不可能一絲一毫地改變現存秩
序，而女性的解放也不能經由男性的被奴役而取得。」[14]隱含作者
以仰視的眼光注視這些女性玩弄異性的精神強勢，說明茅盾的性別
觀念仍然沒有走出一種性別壓制另一種性別的男權思維模式，儘管
其男女角色來了一個對調；說明茅盾的主體性觀念尚停留在主體無
限膨脹階段，並未真正整合進平等的現代人性觀念。這裏，還可以
進一步探究的是，作家在設置、解決這些女性虛幻的精神強勢時是
如何漠視、歪曲了女性的生命邏輯。

　　能夠玩弄男性於股掌之間而自我仍然神采奕奕、風姿瀟灑，孫
舞陽、章秋柳借助的是自我靈肉分離的法寶。把性接觸比作恰如「偶
爾喜歡」「伸手給哈巴狗讓它舔著」[15]，她們在性之中棄絕愛情，
嚴禁自我心靈的投入，只是把性當作即時消費、把男性當作泄欲的
工具，因而她們的軀體雖然性感美豔、成為男性慾望的客體，但她
們依然能夠保持住雄強的精神優勢，始終居高臨下地君臨於眾男性

[14]　趙園：〈大革命後小說中的「新女性」形象群〉，《艱難的選擇》第 272 頁。
[15]　《茅盾全集》第 1 卷，人民文學出版社，1985 年，第 1 版，第 347 頁。

之上，使男性不僅不能按自己的慾望去消費女性、反為自我慾望所
異化。與女作家丁玲筆下的莎菲女士不同，這些時代女性並沒有因
與性對象只有肉慾交往、缺乏靈交流所帶來的自我分裂的痛苦。莎
菲那種「為什麼呢，給一個如此我看不起的男人接吻？既不愛
他，還嘲笑他，又讓他來擁抱？……總之，我是給我自己糟蹋
了，……」[16]內心折磨，她們是沒有的。「在茅盾筆下，你可以看
到男性對這種分離現象的或憂懼、或欣賞的反應，但看不到分裂的
女性內在世界本身。我們將會發現，這一點也是茅盾的『新女性』
與丁玲的『莎菲』的重要區別。」[17]章秋柳們的痛苦只是人應該享
樂還是應該奮鬥這一人生總體設計上的矛盾，她們的道德論證只在
傷害不傷害、可以不可以傷害史循、方羅蘭們這一層面展開，她們
從沒有玩弄異性是否必定能享到歡樂的疑問、從沒有靈肉分離對自
己是否道德的自審。這種心理設置表明，作家的邏輯前提是女性人
物在沒有愛的性中享受歡樂是不成問題的。這種前提設置，體現的
是作家對女性心靈邏輯的盲視、是作家對傳統男權性消費觀念的
承襲。

　　傳統男權文化把女性視為傳宗接代或泄欲的工具，儘管造成靈
肉分離，但並不影響男人們在異化狀態中把自我確立為社會歷史的
主人，因為男權文化界定中的女性從來就沒有進入社會歷史生活
中，男性世界可以自成體系地構成社會歷史。而這一群新女性，欲
成為社會歷史主人中的一員，就必須與革命的男人們攜手共進；徹
底睥睨男性就必然放逐自我於仍然以男性為主體的革命歷史空間
之外。她們不具備傳統男性將自己置於純粹異化狀態中享肉體之樂
而仍能在一定程度上維持靈相對獨立的歷史條件。作家解決這些女

---

[16] 丁玲：〈莎菲女士的日記〉，《小說月報》，1928 年，第 19 卷第 2 期。
[17] 孟悅、戴錦華：《浮出歷史地表──中國現代女性文學研究》，第 41 頁。

性睥睨男性世界、又不放棄革命歷史空間這一矛盾的做法是，讓她們在性方面實行靈肉分離之外，在對待男性的態度上再來一次性與革命的分離。她們在性之中踐踏男性尊嚴、在革命之中又關懷男性境遇。性與革命不能兩全，方羅蘭既被確認為是革命同志，浪漫的孫舞陽除了給他「幾分鐘的滿意」之外在性關係上是止乎禮儀的。似乎時代女性的性興趣主要在龍飛、朱民生這類她們鄙夷的「姝姝然小丈夫」身上。然而，殊不知「對自我的分割是一種扭曲，會導致人性的喪失。」[18]作者既無法正視這種自我分割中的人性喪失，便只能迴避開描寫上的困難，不去構築她們玩弄男性而取得歡樂、靈魂不受損傷的不可能的場景。對章秋柳性活動的正面描寫中，作家的人性尺度在一定程度上修正了他對時代女性性丰姿中靈肉極端分離的想像，使得章秋柳對張曼青、史循這兩個既是性對象又是同志的男性沒有玩弄和鄙夷，但她和他們的性關係仍不是愛的交流，只或是單純的官能刺激（故需要以刺激的強度取勝），或是激發男性原始生命力從而也拯救自己於虛無的工具。

　　沒有讓這些女性整合起一種統一的對待異性世界的態度，想像她們能在自我的一再分割中毫無心理負擔地一會兒扮演魔女角色、一會兒扮演聖母角色，只能使這些女性人物失去性格的完整性而背離生命邏輯。茅盾在這一不成功的易性想像中，實際上是讓自己的男性心理不斷對女性生命邏輯進行干擾，從而造成人物性格支離破碎的尷尬。易性並沒有易到女性的生命真實中，只是在對女性性風姿的虛幻想像中，自由地宣洩了「男人在女性肉體魅力面前」「軟弱不敵」的沮喪感[19]，其實亦是宣洩了男性無法把握自我慾望

---

[18] 〔美〕凱薩琳・巴里：《被奴役的性》，江蘇人民出版社，2000 年 10 月，第 1 版，第 29 頁。

[19] 王曉明：〈驚濤駭浪裏的自救之舟──論茅盾的小說創作〉，《二十世紀中國文學史論》第 2 卷，第 276 頁。

的生命無力感;同時,書寫女性所向披靡的性丰姿,也暗暗寄寓了男性自我無限性魅力、無限性放縱的心理渴求,並得以迴避開「五四」以來敏感的婦女壓迫、性別壓迫問題,免受道德和現實條件的束縛。「對中國的知識男性而言,這樣的心理衝突是有代表性的,在情感上他們被性的誘惑所吸引,而理智上他們卻擔負著巨大的社會道德義務。把這類性開放女子作為一種理想女性刻劃出來,總給了知識男性的心理衝突以某種補償。」[20]性感的時代女性,既是作家男性視閾中的慾望對象物,也是作家男性自我慾望的化身。慾望極為強大,既補償了慾望在現實中受壓抑而產生的心理不足,亦造成異化而形成對男性自我的壓抑。這些女性形象凝聚了男性作家心中慾望奔突與疲軟的複雜情形,亦體現了作家對男權文化性消費、性壓迫觀念這一集體無意識的繼承,展示了男性作家在性愛意識方面尚難以貫徹平等和諧的現代兩性關係觀念這一心理格局。

讓時代女性在顛倒一切異性的同時,又具備「大姊姊」關懷「弱弟」的母性情懷,時而讓孫舞陽「用了類似哄孩子的口吻」勸方羅蘭維護婚姻,時而讓章秋柳關心張曼青的戀愛選擇,體現的也是作家的男性心理需求。作家借助女性形象的母性化塑造來舒展男性渴望受到關懷、庇護的柔弱心懷。這種柔弱具有男性作為人的生命真實,是男性立場但非男權立場的言說。它曲折地暗示了男性在兩性關係中靈方面的基本需求,悄悄瓦解了作家在女性性姿態中寄予的放逐靈的性觀念。總之,男權立場以及非男權立場的男性自我過分強大且自相衝突,阻礙了茅盾在慧女士-孫舞陽-章秋柳這一時代女性系列的塑造中進行成功的易性想像,從而使這些形象成為「狂亂的混合物」[21],終不過是男性視閾中虛幻的女性鏡像,儘管蘊涵

20 彭曉豐:〈茅盾小說中時代女性形象的衍化及其功能分析〉,見《中國現代文學研究叢刊》1992年第3期,第219頁。
21 茅盾在〈從牯嶺到東京〉中說「《追求》就是這麼一件狂亂的混合物。」見

豐富的新舊文化代碼，卻缺乏性格的內在統一性，不能成為真正富有生命力的藝術形象。

結論

中國現代男性敘事在自主、美麗的正面女性形象塑造中，肯定了女性蓬勃的生命活力和頑強的生命意志，高揚了女性自主把握命運的主體意識，並在一定程度上採取女性視閾寫作。這直接否定了壓抑女性生命的封建男權道德，在平等的人的意義上尊重了女性的生命邏輯，也在平等的人的意義上表達了男性世界對女性覺醒的傾心贊許，實踐了男性在性別問題上借助女性他者而進行的自我反思、自我啟蒙。

但一律賦予自主的正面女性以美麗性感的外貌美，中國現代男作家又在這些女性形象塑造中傾注了自我的男性慾望，在另一層面上以男性中心立場制約著女性的生命價值。高度弘揚女性主體性，同時也是男性作家把自我人格的一個側面戴上女性面具之後超越現實和心理的阻礙進行淋漓盡致抒寫的一種方式。中國現代男性敘事中的女性主體性，既凝聚著中國現代男作家以現代生命意識對抗封建禮教的文化衝動，同時也以曲折、隱蔽的方式保留著男性作家從封建男權舊營壘中帶來的性別等級秩序觀念。男作家在這些自主型女性形象塑造中所傾注的男性心理需求，既有男性作為與女性平等的人的生命合理性，也有以男性中心立場歪曲女性生命邏輯的、壓制女性主體性的不合理性。女性形象塑造中作家的男性視閾有時

《茅盾研究資料（中）》，中國社會科學出版社，1985 年 5 月，第 1 版，第 10 頁。

與人物的女性視閾形成對話，構成小說的複調性；有時則壓抑了人物的女性視閾，使得女性人物成為男性視閾中虛幻的女性鏡像。

中國現代男作家從男性視閾高揚女性主體性、塑造出一系列自主美麗的正面女性形象，這代表了中國現代男性敘事文學在性別意識領域反抗封建禮教、建立現代性別倫理、在平等的人的意義上尊重女性生命的最高成就；同時，也真實地寄寓了男性面對女性世界時多重的心理需求，在一定程度、一定層面上仍然體現出男性中心的立場偏頗。其中所蘊含的男性多層次的性別立場，深刻地體現了兩性關係在現代文化中的複雜性，從一個層面生動地展示了中國現代男性文學在人性建設上的成就與不足。

第四章　落後型女性：

生命的超越性追求與女性日常人生

　　日常生活與生命的超越意識相對，聯繫著人的自然生存狀態。自然的人與自為的人，是生命不同的兩個基本層面。生命在自為的超越性追求中，可能萌發出形而上的詩意追問，在超越大地的神性嚮往中獲得意義的慰藉；也可能在仍是現實的層面上建構超越自然狀態的歷史理性，從而把個體的存在與社會事業、歷史時間、民族國家等緊密相連，由此也獲得另一種意義的慰藉。

　　超越自然生存狀態、追尋存在的意義，是人類高於動物世界的標誌。然而，作為人類自然生存狀態的日常生活，並非除安頓人的肉體存在之外，由此便失去價值、失去意義。因為生命詩意、歷史理性，並非是先驗的絕對理念，而正是人從自然性存在中昇華出的超越性追求。原生態的日常生活永遠是人類萌發超越性人生追求的基礎和源泉。從生命的超越意識出發對日常生活的愚鈍狀態進行批判，是人類追尋生命詩意、歷史理性的起點和必要環節；但這一批判又時時面臨著這樣的歧途：把日常生活與生命的超越性追求置於絕對對立狀態，從不合理的先驗理念出發，把日常人生中合理關懷生命的成分也當作日常人生的庸俗性加以否定，或扼殺日常生活中所萌發出的新的超越性追求的萌芽，從而在潑倒污水的同時把新誕生的嬰兒也倒出去了。

　　中國現代男性敘事在對生命做種種超越性追求的時候，往往把女性指認為落後於男性的、缺乏生命詩意追問和歷史理性追求的、沉淪於日常生活的價值否定對象。由於現代男性作家對男權集體無意識的繼承，這種指認往往存在著多種偏頗：一是在以生命詩意批判庸俗人生的時候，也否定女性日常人生關懷的合理性，把女性在男權文化壓制下的的生存掙扎也當作日常人生的庸俗態予以否定。這以老舍的《離婚》為代表。二是把日常生活與社會事業絕對對立起來，以男性事業追求否定女性日常生活方式。這以魯迅的《傷逝》為代表。三是把日常生命邏輯置於革命激情的對立面，從而沉湎於革命狂熱之中。茅盾的《蝕》三部曲在一系列革命魔女的形象塑造中呈現出這一價值偏頗，但茅盾對靜女士、方太太女性生命邏輯的細心體察中又彌補了這一不足，從而使得日常生命邏輯、女性人生邏輯在起到反思革命、反思歷史作用的同時，也為自身在現代男性意識中爭得了珍貴的一席之地。

　　原本被認為是落後的女性及其所代表的日常生活原生態，有時被現代男性作家抬升到至高無上的地位，從而在另一層意義上與歷史理性掛上鉤，往往又呈現出另一種偏頗：在超越性昇華的過程中被抽去了女性生命、個體生命的豐富性，從而造成女性生命、個體生命的異化。這以老舍的《四世同堂》為代表。

第一節　女性日常思維與生命的詩意追求

　　在漫長的父權制統治歷史中，女性一直被壓制於歷史地表之下。促仄的生存條件也造成女性思維在整體上的狹隘、簡陋。她們再怎麼力爭上游往往也不過是力求做穩女奴，而難以超越艱難的現

實生存條件去追問生命的形而上意義、難以去關注自己不能置身其中的歷史之理性。女性在長期的女奴生涯中，總是作為男性視閾中的自然存在物而在生生死死、柴米油鹽等日常生活層面上沉浮，難以超越自然存在而成為自為的群體。然而，女性缺乏自為意識的精神貧乏，又造成男性在追問生命詩意、追尋歷史理性過程中的精神寂寞。

中國現代男性敘事在作形而上的生命詩意探尋時，一方面既從男性精神共鳴的角度揭示、批判女性精神生活的貧乏，另一方面又出於男性中心意識而對女性譖越男權道德的行為進行不合理的否定、從根本上堵死了女性成為自為的人的現實通道。由於把原本不乏合理性的女性人性批判與不合理的性別等級觀念相融合，中國現代男性敘事依然維持著男權文化對女性的刻薄面目而背棄了解放婦女的現代啟蒙理性。

老舍的《離婚》，以生命的詩意追求來批判日常人生的平庸、無聊。代表社會人情的張大哥，與代表家庭桎梏的李太太、代表社會組織的財政所共同構成讓男主人公老李感到痛苦的平庸生活。對生命詩意的追問與對庸常人生的批判，使得《離婚》成為老舍小說中最具有哲學深度的優秀作品之一。然而，作品在把李太太作為老李體會家庭桎梏的具體代表、狀寫其凡庸愚昧時，卻沒有傾注曾傾注於男性落後人物張大哥身上的悲憫情懷，而始終貫穿著男性強勢性別群體對女性弱勢性別群體的刻薄、霸道。

人物老李以及隱含作者在以生命詩意批判張大哥夫婦的庸常人生時，也理解著張大哥這個「地獄裏最安分的笑臉鬼」遭惡人欺壓、遭眾人遭棄時的人生傷痛。對張大哥認真敷衍一切的生命無聊感，作者在進行痛切批評的同時，也給予了深切的悲憫。同時，在否定張大哥的認真敷衍時，隱含作者以及人物老李都在自我思維中整合進了張大嫂的女性思維、女性生命苦痛。老李想到了「張大嫂

可憐」。作品還讓伶俐能幹的張大嫂對二妹妹抱怨說「誰叫咱們是女人呢；女人天生的倒楣就結了！」這樣，作品對張大哥夫婦無意義生活的否定中，除堅持了生命超越性需求的形而上尺度之外，還堅持了對有缺陷生命的悲憫立場，堅持了尊重女性生命的現代人道尺度。然而，隱含作者以及人物老李對有缺陷生命的悲憫，並不能在女性人物身上貫徹到底。他們對張大嫂女性生命傷痛的有限理解只是基於這一女性傷痛的揭示有利於批判張大哥的庸俗人生觀，而不會對貼近隱含作者的男性中心人物老李形成批判力。一旦生命的缺陷出現在女性人物李太太身上，隱含作者往往也和人物老李一樣，立刻就收回悲憫的熱心；一旦女性的生命傷痛涉及對男性中心人物老李的指控時，隱含作者往往也和人物老李一樣，故意對女性心理視而不見。

> 她的心中蓄滿了問題，都是實際的，實際得使人噁心要吐。她的美的理想是梳上倆小辮，多搽上點粉，給菱作花衣裳。她的丈夫會掙錢，不娶姨太太，到時候就回家。她得給這麼個男人洗衣服，作有肉的菜。有客人來，她會鞠躬，會陪著說話，送到院中，過幾天買點禮物去回拜，她覺得在北平真學了些本事。跟丈夫吵不起來的時候自己打嘴巴，孩子大鬧或是自己心中不痛快，打英的屁股；不好意思多打菱，菱是姑娘，急了的時候只能用手指戳腦門子。她的一切都是具體的。老李偏愛作夢。她可是能從原諒中找到安慰：丈夫不愛說話，太累了；丈夫的臉象黑雲似的垂著，不理他。老李得不到半點安慰。越要原諒太太越覺得苦惱，他恨自己太自私，可是心中告訴自己──老李你已經是太寬容，你整個的犧牲了自己。（老舍《離婚》）

　　李太太的思維總在實際問題上盤旋，這固然是李太太自身缺乏形而上的超越思維使然，但也是做不穩家庭女奴、隨時都有被丈夫送走的女性的生存困境使然。尚未爭得生存權的家庭女奴，自然顧不上人生的詩意追求，只能誠惶誠恐地為日常生活的實際問題操心，其精神缺憾中也自有其生命無奈為底子。而且，李太太的日常人生思維，固然缺乏形而上詩意追問的哲學深度，但顯然與張大哥的庸俗人生周旋不同。它是對生命自然生存的必要關懷，並不是人與人之間的無聊敷衍。老李出於夫妻精神共鳴的愛情痛苦，不滿於太太缺乏形而上追求的精神匱乏，自有其合理性，但這並不等於說日常人生思維本身的無價值。而隱含作者顯然並沒有在理解老李精神寂寞的同時，把李太太的日常人生關懷與張大哥的庸俗人生周旋在內涵上加以區分、在價值判斷上予以甄別。老李缺少精神共鳴的愛情痛苦與李太太唯恐被丈夫送走、失去女奴地位的生存憂慮，從生命傷痛的體驗上看，具有同等的價值。它們分屬生命形而上存在、日常基本生存這兩個不同層面，都源於生命合理的需求。然而，隱含作者在合理地表現男性主人公老李對無愛婚姻的痛苦感受時，不僅基本上沒有展示李太太絲毫得不到丈夫之愛時的內心苦痛，而往往只是把她按照鄉村邏輯為防她人奪愛所採取的種種行動完全當作喜劇要嘲弄的愚蠢舉動、當作「無價值的撕破給人看」[1]，而沒有付予基本的理解、悲憫，從而違背了關懷生命基本生存權的人道基本準則。作品由於女性視閾的匱乏，而在相當程度上放棄了對李太太有缺陷生命的悲憫，放棄了對李太太女性生命邏輯的理解，而在相當程度上縱容了男性人物對女性的刻薄、霸道。

---

[1]　魯迅：〈再論雷峰塔的倒掉〉，《魯迅全集·第一卷》，人民文學出版社，1981年版，第 193 頁。

　　老李對缺少見識、沒有形而上超越性思維的李太太厭惡到憎恨的地步，哪怕被她深情照顧病痛也覺得自己「在生死之際被她戰敗」，並為自己「欠著她一條性命的人情」而懊惱。這從無愛的婚姻扭曲人性、扭曲夫妻關係的角度來看是作品心理刻劃的深刻。然而，老李對太太任何僭越夫權權威、舒展自我的行為都心懷恨意並予以堅決壓制，就不只是夫妻間愛情匱乏所必然產生的心理、行為了，更不是生命詩意對庸常人生的回擊，而顯然僅僅是源於男性壓制女性主體性的攻擊本能。

> 前幾天的要錢，剪髮，看朋友去，都是她試驗丈夫呢；丈夫沒有什麼表示，好，叫她抓住門道。今個晚上不等門，是更進一步的攻擊，再不反攻，她還不定怎麼成精作怪呢！（老舍《離婚》）

　　李太太從鄉間到都市，從與丈夫的實際相處中，有逐漸擺脫傳統媳婦以丈夫為天的趨向，懂得主動向丈夫要家用的錢，開始自主妝扮自己，開始自主與其他太太交朋友，懂得在丈夫深夜遲歸時與他要一點小脾氣，也就是說李太太開始逐漸擺脫家庭女奴意識而逐漸向與丈夫平等的人的觀念靠近時，便被丈夫視為大逆不道，並立即予以壓制。李太太對夜裏遲歸的丈夫要小脾氣不成，已「並非全無悔意」地主動求和時，

> 老李不言語，一口吹滅了燈，專等她放聲大哭：她要是敢放聲的嚎哭，明天起來就把她送回鄉下去！（老舍《離婚》）

這裏，老李觀念中的夫妻關係、男女關係，顯然仍滯留在不是你壓倒我就是我壓倒你的傳統主奴對峙模式上，在此基礎上他必然要嚴密防範妻子僭越女奴地位而謹防自己失去家庭主人的權力優勢。這種對妻子人的意識的壓制，顯然已經完全溢出了老李把家庭生活當

作缺少詩意的人生桎梏、追求生命超越意識的思想框架，而透露出男性對女性的強烈的霸權意識。作家儘管並沒有把老李看作一個完美的人物，在許多方面對他也有審視與批評，從而實現著作家的男性自審，但在老李這一壓制太太女性主體意識的思想、行為上對他並沒有什麼否定，倒是隱含作者在老李敵視、懲治妻子女性覺醒行為的描述中也恣肆地宣洩著男性把女性重新逼回精神劣勢時所產生的快感。這種由奴役另一性別而得來的快感顯然屬於人性惡的範疇。

作品中，老李對太太們之間的女性情誼取敵視、輕蔑態度，也溢出了對日常人際交往庸俗性批判的範疇，而流露出男性對女性同性情誼的防範意識、仇視心理。李太太與吳太太方墩、邱太太紙板等女性之間的來往，並不完全等同於財政所男性同事間無聊的人情應酬，還有女性結成聯盟相互慰藉、既共同防範丈夫不軌行為也舒展友情的意義，至少這一交往給在丈夫面前膽怯畏縮的李太太提供了精神後盾，儘管這個後盾曾在李太太蓄勢想對丈夫鬧事的場景中被作者揶揄為「後頓」（即後一頓飯）而進行冷嘲，從而顯出隱含作者、敘事者對女性同盟的蔑視和厭憎。正是敏感到女性之間的交往有瓦解男性中心地位的危險性，與敘事者合一的隱含作者不免對它充滿敵意，從而使作品在同情張大嫂女性苦楚的同時，又顯出男性對女性世界的刻薄與敵視，顯出作家壓制女性的非人觀念。這一女性同性情誼中的重要成員吳太太方墩和邱太太紙板，都因為肥胖或消瘦這與個人品格性情完全無關的生理特點而受到隱含作者以及敘事者的反反覆覆的無情嘲笑，從而使作品顯出以男性對女性的肉體欲求為尺度來衡量女性生命價值的刻薄。作者以喜劇的態度，把這些女性關於與丈夫離婚還是不離婚的兩難選擇，處理成一幕幕醜陋的鬧劇，顯出作品對女性生存困境缺乏悲憫的刻薄。這些女性最終因生存條件牽制不敢與丈夫離婚，被作者歸入只會敷衍人生的

缺乏詩意的一族時，作者並沒有付出批評男性人物老李、張大哥時所兼帶的悲憫與同情，只是一味地予以居高臨下的嘲諷，也顯出男性對女性人生無奈缺乏同情的冷酷。

《離婚》在合理進行生命詩意追問的同時，又不合理地把女性在現實日常人生層面上舒展人性、爭得做人甚至不過是做穩女奴的人生努力，都當作日常生活的庸俗態予以嘲諷、壓制，作品的超越性人性追求中實際上潛藏著男性優勢性別群體壓制女性弱勢性別群體的霸權意識、封建糟粕，從而由關懷生命的起點出發卻不免讓一隻腳滑進否定生命合理關懷的泥潭。

第二節　女性日常人生與社會事業

中國現代男性敘事，並不僅僅是在作生命詩意追問的時候，才存在著不合理指控女性合理生命關懷的價值誤差。在追求歷史理性的社會事業、革命激情、國家民族敘說中，中國現代男性敘事也仍不時地陷入壓制女性合理生命需求的價值陷阱中。

在父權制統治歷史中，女性長期被排擠出社會生活領域、圈定在家庭的圍牆內，從而成為社會歷史之外的自然存在物，難以整合進社會事業、歷史時間、民族國家等社會歷史存在中。現代婦女解放的基礎就是讓婦女重返社會公共生活領域，使她們在介入社會歷史過程中也拓展自我的思維空間，從而在身心兩方面都獲得解放。然而，重返社會公共生活領域，應是使女性在為自己拓展出社會生存空間、社會意識的同時也從根本上改變其家庭生活質量，而不是以社會事業來簡單否定女性日常生活、從而造成新的生命異化。但是，中國現代男性敘事在批評女性落後的時候，往往以社會事業簡

單地否定家庭日常生活，以既有的男性生命尺度簡單地否定既有的女性生存方式。這種簡單指責，在女性尚不具備立足社會的歷史條件下，尤其不公。

《傷逝》中，子君人生悲劇的原因，長時間內總被歸於子君自身覺悟的程度有限和外部環境的嚴酷兩方面。近年的研究則涉及到了涓生的責任以及敘事者、隱含作者的男性中心立場。[2]李之鼎就曾尖銳地指認出「不是社會而是涓生直接地導致了子君的死」，並認為《傷逝》的敘事有著明顯的「性別歧視」，而「隱含作者所以從主觀的性別關懷滑入客觀的性別歧視，可說是男性中心化文化所具有的巨大的、命運般的歷史無意識力量施逞威風的結果。」[3]

這裏，我將對《傷逝》中「愛情必須時時更新，生長，創造」與「人必生活著，愛才有所附麗」這兩句常誦於讀者之口的經典格言進行剖析，從中管窺《傷逝》文本的男性霸權意識。這兩句作為點睛之筆的格言，一直是魯迅思想高於其他「五四」作家的標誌之一，也成為子君必須為自己的悲劇負責的理論依據。

> 愛情必須時時更新，生長，創造。（魯迅《傷逝》）

這句貌似客觀的話出自涓生之口，也代表著隱含作者的價值立場。在特定的文本語境中，它暗含著這樣的判斷：子君停滯不前因而破壞了愛情。涓生隨後就提供了子君確實停滯不前從而使愛情不能「更新，生長，創造」的證據：忙於做飯、養雞、養狗之類的家務事竟至於和「我」談天以及讀書、散步的時間都沒有了。這樣她

---

[2] 李之鼎、周玉寧、李怡、馮金紅、周楠的論文分別從不同側面對該主題進行了相當有深度的論述，參看何雲貴：〈近年來〈傷逝〉研究綜述〉，《魯迅研究月刊》，1997 年第 9 期。

[3] 李之鼎：〈《傷逝》：無意識性別敘事話語〉，《魯迅研究月刊》，1996 年第 5 期。

的見識越來越短，以致於不給「我」買的花澆水而愛餵她的小狗，以致於要和官太太暗鬥而不向「我」傾訴沮喪的心情，以致於總是為了催促「我」吃飯而打斷了「我」的構思，把她的功業「彷彿就完全建立在這吃飯中」……。總之，子君變成了一個隻懂得日常生活而不懂得理解「我」、不懂得人生更多追求的小女人了。然而，何以子君理解「我」是必需的，而「我」卻從未想到要去理解她轉入家庭事務時的內心感受呢？莫非新式家庭中還是應該妻子以丈夫為軸心？何以愛花又一定比愛狗高一籌呢？莫非還有前者高雅、後者庸俗的區別？何以每日三餐的吃飯一定要讓時間給「我」的工作、構思呢？莫非「生活著」並不重要？

　　這裏，當涓生借懺悔之名再一次對子君進行停滯不前的指控時，首先是思維上以自我為中心，把愛情雙方的心理隔膜完全歸罪於女性，而完全沒有反思男性「我」在這場婚姻中對異性邏輯、異性人生處境缺少理解的過失；其次，價值判斷上，涓生以及隱含作者顯然是把日常生活完全置於愛情「更新，生長，創造」的對立面，把摒棄日常生活的「我」確認為樹立價值標準的權威，把沉入日常生活的子君判定為價值否定對象，而並沒有在愛情的「更新，生長，創造」中整合進社會事業追求與日常生活這婚姻家庭生活中應有的雙重內涵。然而，只要我們不能否認婚姻與日常生活的必然聯繫的話，倒首先要得出的結論是：涓生從戀愛轉入婚姻時，由於不能在浪漫愛中整合進日常生活的現實內涵，由於不能對自我心靈進行擴容而不能整合進異性的生命邏輯，因而失去了愛情「更新，生長，創造」的心理能力，從而讓愛情夭折。這樣，《傷逝》的故事，實質上則是：一個始終充滿愛心的女人與一個在由浪漫愛進入婚姻生活時缺乏愛情更新能力的男人走到一起，最終不得不寂寞地死去，然後還要讓他借懺悔之名來一番不合理的指控。在這個不合理指控的懺悔過程中，隱含作者顯然是操縱話語霸權的男性人物涓生的同

謀。而在婚姻生活中，把社會事業與日常生活置於價值絕對對立狀態，以前者否認後者的價值，便是隱含作者、敘事者、男性人物共同倚仗的價值霸權。

說子君是一個始終充滿愛心的女人，並不是說在這場愛情悲劇中，她完全沒有缺陷。然而，她沉入日常生活而不作超越性人生追求的生命缺陷，可能是自我個性中的超越意識不夠使然，也可能是女性面對社會困境時的無奈，或者更有可能是二者的合力所致。同時代盧隱的《前塵》、《勝利以後》等小說便是新女性婚後只能無奈地定位於廚房的旁證。其實，《傷逝》文本就已經自足地證明了女性進行超越性人生追求的艱難：既然男性人物涓生都要為自由戀愛而丟掉飯碗，那麼，出走的娜拉難道還可能在墮落與回來之外站穩腳跟、獲得社會事業嗎？然而，完全沉於日常生活中，到底給子君帶來的是家庭安樂的心理滿足還是不能振翅飛翔的精神痛苦，在《傷逝》完全以男性視閾寫作的文本中是一個空白，是一個無解的謎，也是與敘述者合一的人物涓生沒有興趣去解的謎。涓生關注的只是子君終究是「傾注著全力」做家務這個令「我」不滿的現象而已，並沒有興趣去探究子君從浪漫愛陡然墜入日常家務時的女性心理。而涓生拒絕在婚姻中認同日常生活瑣事，卻並沒有外部環境帶來的無奈，純粹只是自我心靈缺乏應有的包容度、整合能力，也就是說他的個性中就缺乏愛情「更新，生長，創造」的能力。這樣，涓生、子君這一對由浪漫愛轉入婚姻生活的男女，雖然都有各自的缺陷，但他們各自的缺陷中應由自我承擔責任的份量卻並不相同。令人遺憾的是，即使是懺悔時的涓生，也始終沒有反思自己對待日常生活、對待子君的不公平態度，沒有去理解子君彼時的心境，只是一味地借懺悔之名把責任推卸給子君。無怪乎帕特裏克說「在《傷逝》中，那個敘述者儘管滿心悔恨，卻並沒有在道德上和感情

上公平對待他拋棄的子君」[4]，他「並沒有特別說謊，但卻都沒有充分反映事實，也沒有真正憑良心說話」[5]。敘述者兼主人公在反思愛情問題時，不能公平地對待男性自我和女性人物，不能公平地對待日常家庭生活的價值，造成了《傷逝》文本關於愛情「更新，生長，創造」理念的偏頗與狹隘。

> 人必生活著，愛才有所附麗。（魯迅《傷逝》）

這句格言，如果是用以告誡爭取自由的叛逆女性要注意經濟權問題，那麼是男性作家思想深刻與人道情懷的表現。魯迅曾經在《娜拉走後怎樣》中表達過這個意思。他說「……所以為娜拉計，錢，高雅的說罷，就是經濟，是最要緊的了。自由固不是錢所能買到的，但能夠為錢而賣掉。」[6]但是，如果「人必生活，愛才有所附麗」這句話，並不是為弱者計，而成為兩性關係中生存能力強的一方保護自我生活利益、以免與沒有社會生存能力的一方共分一杯羹的遁詞時，體現的就是人性的自私、強者的無恥，就是對人道基本精神的背叛。當面對外部生存壓力以致於衣食無保時，涓生想到

> 其實，我一個人是容易生活的，……現在忍受著生活壓迫的苦痛，大半倒是為她，……（魯迅《傷逝》）
> 她早已什麼書也不看，已不知道人的生活的第一著是求生，向著這求生的道路，是必須攜手同行，或奮身孤往的了，倘使只知道撓著一個人的衣角，那便是雖戰士也難以戰鬥，只得一同滅亡。（魯迅《傷逝》）

---

[4] 帕特裏克：〈魯迅小說的技巧〉，《國外魯迅研究論集》，樂黛雲編，北京大學出版社，1981 年 10 月，第 1 版，第 324 頁。

[5] 同上。

[6] 魯迅：〈娜拉走後怎樣〉，《墳》，魯迅著，人民文學出版社，1956 年 9 月，第 1 版，第 119 頁。

那麼，這時涓生要子君離開，就已經不再是涓生能否忍受或者是否應該忍受愛情消失了的婚姻的問題了，而是如何處理基本的「求生」問題、是「我一個人是容易生活的」的問題了。也就是說，面臨生存危機時，兩個叛逆之子中的一人，便要掰下另一隻緊握著的手，讓她獨自去面對「連墓碑也沒有的墳」，好省下一口飯自己獨食、好省下一點力氣自己獨自求生。「人必生活著，愛才有所附麗」中「生活」對「愛」的瓦解，在這裏，並非是指生活實際困難帶來愛情雙方的心理差異或現實阻隔，從而破壞了愛情；而是指兩性關係中占生存強勢的一方，在掂量清楚另一方的社會生存能力確實比自己弱的時候，就可以毅然「奮身孤往」，從而避免與愛人或曾愛過的人共患難，從而在不顧惜愛人或曾愛過的人的生死的情況下先保證自己的生存。「……涓生雖然標榜男女平等，也真心希望子君能與他共同奮進，卻仍脫不了男權意識，最終還是習慣性地以女性為犧牲。」[7]文本中，子君「賣掉了她唯一的金戒指和耳環」以加入家庭「股份」的舉動，已經證明了她至少在結婚時並不是「只知道捃著一個人的衣角」的寄生型女人。不過是男性人物涓生繼承傳統的社會價值觀念，拒絕承認子君家務勞動的價值，在無力與社會抗爭時，便把承擔家務勞動的女性強行指認為自己求生的累贅物。然而，「將自己生存的無能轉嫁於子君，雖不如『女色亡國』式的思維嚴重，但其精神實質卻是一致的。」[8]只是，為愛情而義無反顧地走出父親、叔子家門的女性，並不曾預測到對「『川流不息』的吃飯」都頗為鄙夷的男性竟是以他個人的獨自「生活著」、獨自「求生」為一切之前提的，未曾想到那貌似超越日常生活的男性其實是最實際、最功利的。令人遺憾的是，《傷逝》文本中，涓生反覆懺

---

[7]　周玉寧：〈性別衝突下的靈魂悲歌──〈傷逝〉解讀〉，《江蘇社會科學》，1994 年第 2 期，121 頁。

[8]　周玉寧：同上。

悔的只是自己「說出真實」這「無過之過」[9]，而在懺悔過程中，這「人必生活著，愛才有所附麗」卻成為他再次不合理指控子君而為自己辯解、為自己憐惜的理論依據。隱含作者、敘事者與懺悔的涓生合一，那麼涓生懺悔時的思想局限，實際上也就是《傷逝》文本的思想局限了。

日常生活中所蘊含的生存觀念，在《傷逝》文本中，成為人物涓生以及隱含作者可以隨手拋棄和隨手加以改造利用的工具。至於是拋棄還是利用，則根據其不合理指控女性的方便而定。人物及隱含作者或在否定日常生活生存基本關懷的意義中，否定與日常生活緊密相連的女性生命價值；或在把日常生存關懷歪曲為強者生存的邏輯中，背棄基本的人道道義，使女性成為男性生存的犧牲品。

第三節　女性生命邏輯與革命激情

革命一直是中國現代男作家心頭揮之不去的核心情結。女性在中國現代男性敘事的革命敘說中，要麼充當引導男性前進的抽象的革命符碼、性別符碼，如巴金小說中的革命聖女李靜淑、李佩珠，茅盾小說中的革命魔女慧女士、孫舞陽等；要麼充當落後於男性革命激情的、思想彷徨猶豫的代表，如茅盾小說中的靜女士、方太太；要麼充當男性革命所要拯救的苦難對象，如《白毛女》中的喜兒。

在茅盾小說《蝕》三部曲中的《幻滅》、《動搖》中，較為貼近女性日常生命邏輯的靜女士、方太太，分別與堅定果敢、性感

---

[9]　馮金紅：〈懺悔的『迷宮』——對〈傷逝〉中涓生形象的分析〉，《魯迅研究月刊》，1994 年第 5 期。

動人、超然於日常生命邏輯之上的革命魔女慧女士、孫舞陽相對，是男性作家心中對革命感到猶疑、困惑這一弱質心態的形象投射。儘管茅盾在觀念上對自我的這一猶疑、困惑頗為不滿——它們與茅盾觀念中的革命追求、歷史進步觀念不相契合，然而，作為一個具有優秀藝術想像力的小說家，茅盾並沒有用自我的革命、歷史觀念對自我的真實生命體驗做簡單否定；他在借女性形象宣洩自我某一類情感時，也沒有簡單地使女性人物成為男性觀念的傳聲筒，而往往能夠按照女性固有的生命邏輯來設置人物心理。或者說茅盾簡直就是沉潛到女性角色中去體驗女性心理，使自我人生經驗與女性生命邏輯水乳交融，從而在出色的易性想像中實現了作品男性立場與女性立場的對話效果，實現了作品日常生活邏輯與主流革命觀念、歷史進步觀念相對話的效果，實現了小說藝術上的複調性，[10]也使他無愧於「現代中國女子底心理底最好的描畫者」[11]之美名。

　　靜女士和方太太這兩位女性人物都是作家女性視閾與男性視閾相疊加而創造出的內涵豐富的藝術形象。女性視閾在作品中一般體現為靜女士、方太太女性心理的逼真描寫；男性視閾在靜女士的形象塑造中，往往體現為權威敘述者對靜女士的議論、批評；男性視閾在方太太的形象塑造中，往往體現為人物方羅蘭從男性性愛心理出發而對方太太產生的不滿、體現為人物胡國光從男性審美標準出發而對方太太產生的審美感受。文本中，靜女士、方太太的女性生命邏輯與權威敘述者以及男性人物方羅蘭等的男性立場相對峙

---

10 丁帆〈《蝕》的人物主體性〉中對此有精到分析。見《茅盾研究》第 3 卷，北京：文化藝術出版社，1988 年 7 月，第 1 版。

11 楊昌溪：〈西人眼中的茅盾〉，《茅盾專集》第 1 卷 · 上冊，福建人民出版社，1983 年 5 月，第 1 版，第 22 頁。

而構成作品的內在張力，從而深刻地體現了作家茅盾對待革命、性愛等問題的矛盾態度，體現了作家的二重人格[12]。

《幻滅》中，靜女士對學潮、革命都有一些不入主流的消極感受——

> 她自去年的女校鬧了風潮後，便很消極，她看見許多同學漸漸地丟開了鬧風潮的正目的，卻和『社會上』那些仗義聲援的漂亮人兒去交際——戀愛，正合著人家的一句冷嘲，簡直氣極了；她對於這些『活動』，發生了極端的厭惡，她的幻想破滅了，她對於一切都失望，只有『靜心讀書』一語，對於她還有些誘惑力。（茅盾《幻滅》）

而在武漢轟轟烈烈的大革命中——

> 她看透了她的同班們的全副本領只是熟讀標語和口號；……有比這再無聊的事麼？
> 同事們之舉動粗野幼稚，不拘小節，以及近乎瘋狂的見了單身女人就要戀愛，都使靜感到不快。（茅盾《幻滅》）

靜女士在革命中的種種不適應，與慧女士把握時局、在革命以及兩性關係中一直處於主動地位的「老練精幹」相比較，顯得敏感而脆弱。這種不適應的感受使靜女士對群體、對革命都產生了一定的游離感。但正是這一近乎過敏的心理感受從一個側面敏

---

[12] 丁帆在〈人格的矛盾，矛盾的人格——20 世紀名作家重讀之三（茅盾）〉中認為：「……在靈與肉的搏殺中，茅盾作品中表露出的人格分裂是顯而易見的：一方面是革命失敗後不甘墮落的政治誘惑，企圖重振雄風的心願在作祟；另一方面又投入肉慾和情慾的海洋中，試圖以新的刺激來消解革命失落的痛苦，逃到表像的世界裏去。這種人格的分裂幾乎成為茅盾終生的政治和寫作的悖反情緒。」見《夕陽帆影》，丁帆著，知識出版社，2001 年 5 月，第 1 版，第 157 頁。

銳地批評了革命中的混亂情形，使作品內涵溢出了整合現代時間意識、追隨時代革命洪流的框架，而在歷史宏大敘事場景中凸現出以個體、人性為尺度的審視眼光，產生了反思政治運動的審美張力。隱含作者一方面在對靜女士敏感心態的抒寫中，表達了自己對革命中泥沙俱下情形的懷疑、對世態人情的針砭這些心靈深處揮之不去的人生感悟；另一方面又出於追趕歷史洪流、整合現代時間的心理焦慮而對自我的這一帶弱質的敏感心態不滿，故又以權威敘述者的身份在第十一章中把靜女士判定為「怯弱，溫婉，多愁，而且沒主意」，並在靜女士心理上仰視、依賴慧女士、王女士的敘說中加強這一判斷，從而順理成章地把靜女士不同於慧女士、王女士的游離於群體、革命的感受歸之於靜女士自我的個性缺憾，而消解它的批判鋒芒。然而，恰是這種被權威敘事者判定為有缺撼的個性，支撐了作品的人性深度、支撐了作品反思革命潮流的思想深度。其實靜女士相對於慧女士而言的所謂弱質，不過是女性去除革命魔女的虛幻神聖光環之後的人性真實。權威敘事者在價值判斷上否定靜女士真實生命的敏感體驗，把靜女士界定為相對落後的人物，體現的不過是作家難以直面真實的人性、難以直面真實的歷史殘酷這一欲逃避而又不能的痛苦心態。敏感的靜女士恰是因為具備了對革命、歷史潮流的反思能力，因而較其他人物更具審美現代性價值。因為審美現代性的尺度首先便是人性的尺度、個體生命的尺度。審美現代性便是以生命「內在的自然和靈性抒發」，對生活理念的「合理化」、「刻板型」提供「救贖」與「解脫」。[13]

---

[13] 參看周憲的〈現代性的張力——現代主義的一種解讀〉，見《文學評論》，1999 年第 1 期。

靜女士實質上並非如權威敘事者所斷定的那樣是弱質的舊女性，而是具有獨立思考能力、獨立行動能力的現代女性，也可以從她與異性的關係中再次得到證明。靜女士回想與抱素的性關係──

因為自覺並非被動，這位狷驕的小姐雖然不願意人家知道此事，而主觀上倒也心安理得。（茅盾《幻滅》）

與強連長的結合──

在靜女士方面是主動的，自覺的。（茅盾《幻滅》）

在性愛中始終取主動態度，並以此為「心安理得」的基礎，靜女士就決決非傳統從夫的被動女性，而全然已是自覺把握命運、主動把握兩性關係的覺醒的現代女性。

權威敘事者的價值判斷與《幻滅》敘事層之間的裂溝，以及權威敘事者在革命、性愛兩方面對靜女士判斷的不一致，在一定程度上造成靜女士形象缺乏內在統一性的分裂特徵，從而在一定程度上傷害了《幻滅》的藝術完整性。但靜女士游離於革命洪流之外的女性敏感、女性心理邏輯，恰是作家借助女性人生體驗，而在成功的易性想像中不自覺地完成了作品思想深度的拓進。

《動搖》中，作家對方太太的雙重矛盾態度，並沒有在作品中造成人物性格的分裂。這是因為作家並沒有把任何一種態度設立為權威敘事者的態度，而是一方面展開方太太女性獨特心理體驗的出色描寫，另一方面又把批評她的態度設置為方羅蘭的態度，而方羅蘭心理活動的展開又不僅僅是為批評方太太而進行設置，完全是按照人物男性生命邏輯的真實而展開的，其間不滿與眷戀相結合。這樣，作品就在方太太、方羅蘭心理的出色對話中形成了複調小說的

藝術魅力。作品「是用一個人物的主體去衝擊另一部分人物主體」。[14]

《動搖》中，作家追隨時代革命主流、追隨現代歷史時間的焦慮外化為方羅蘭對太太「很有些暮氣」的溫婉批評，外化為方羅蘭眼中方太太「略帶滯澀的眼睛，很使那美麗的鵝蛋臉減色不少」的形象描寫。這些批評總與方羅蘭對孫舞陽站在革命潮頭、自由操縱兩性關係中所流溢出的旺盛生命力的崇拜相對照。同時，作家追隨時代洪流的焦慮也外化為方太太關於「實在這世界變得太快，太複雜，太矛盾，我真真地迷失在那裏頭了」的感歎。但另一方面，作家又讓方太太辯解說自己「並未絕望」──

> 因為跟著世界跑的，或者反不如旁觀者看得明白；他也許可以少走冤枉路。（《動搖》）

從而使女性反思歷史、反思革命的眼光與男性人物追趕革命潮流的強烈焦慮在一定程度上形成微弱對話。

如果說，方太太在革命洪流挾裏而來之際堅持旁觀思考的話語，還太過微弱，其反思革命狂熱現象、反思歷史權威話語的作用還太過弱小的話；那麼，方太太在兩性關係中受傷害的感覺，則與作品中與革命激情相交融、相置換的性激進觀念形成了勢均力敵的對話關係。這種性激情與革命激情的交融、置換關係，在文本中形象地凝聚為孫舞陽豔麗性感而又堅定瀟灑的革命魔女形象，凝聚為方羅蘭對孫舞陽不能自已的崇拜、迷戀心理。其實，方太太對歷史、革命的迷惘有時本就與對愛情的迷惘交織為一體的。方太太在向方羅蘭提出離婚時說：

---

[14] 丁帆在〈〈蝕〉的人物主體性〉中對《追求》複調性的這段論述，同樣適用於《動搖》。見《茅盾研究》第 3 卷，北京：文化藝術出版社，1988 年 7 月，第 1 版，第 121 頁。

> 我近來常常想，這個世界變得太快，太出人意料，我已經不
> 能應付，並且也不能瞭解。可是我也看出一點來：這世界雖
> 然變得太快，太複雜，卻也常常變出過去的老把戲，舊曆史
> 再上臺來演一回。不過重複再演的，只是過去的壞事，快樂
> 的事卻是永久去了，永不回來了。我們過去的快樂也是決不
> 會再來，反是過去的傷心卻還是一次一次地要再來。……（茅
> 盾《動搖》）

這裏，方太太把夫妻間由於方羅蘭對孫舞陽的迷戀而產生的裂
痕上升到「悲觀的哲學」的高度，其所用語言幾乎都與前面她對歷
史、革命的感歎相同。對兩性關係的悲觀感受與歷史循環論交織在
一起，這樣，方太太在感歎愛情不再的同時，實際上也對革命所負
載的線性歷史進步觀念形成質疑，對盲目的革命狂熱激情進行了反
思。其實，即便只是方太太並不直接涉及歷史反思的愛情痛苦本
身，由於具備審視方羅蘭不能直面自己的性愛波動這種懦弱個性的
功能、具備審視孫舞陽靚麗風姿中的放蕩意味的功能，就已經具備
了批評孫舞陽形象中、方羅蘭價值觀中與革命激情相互激發的性激
情的功能。這就使得女性注重愛情生活的日常思維也成為與革命主
流話語相並存而構成實際對話關係，而沒有使之簡單地淪為闡釋社
會歷史進化邏輯的工具，在一定程度上為女性個人情感生活在現代
意識形態中爭得了一席之地，在一定程度上質疑了孫舞陽形象中所
代表的現代歷史時間意識，也使得作品的價值取向趨於多元，形成
了耐人尋味的思想張力。

游離在革命狂熱激情之外的方太太並非傳統的弱質女性，也如
靜女士一樣，可以在她的愛情觀念中再次得到確證。方太太固執地
追問方羅蘭「你愛不愛孫舞陽」，著眼點並不在於探究丈夫是否有
實際的越軌行為、是否有變異婚姻的企圖。她並不執著於守護婚姻

外殼，而是執著於兩性關係中的情感質量，追求靈的和諧。她的痛苦，有著男權文化中「想做奴隸而不可得」的傳統女性所沒有的高貴和尊嚴；並在一定程度上反駁了作家在孫舞陽等形象設置中所推崇的靈肉分離的性愛邏輯。以靈的共鳴來設置方太太的性愛邏輯，以人的尊嚴、人的自主性來設置方太太的靈魂高度，說明她全然已是在性愛中追求人的價值的現代女性，體現了茅盾在性別意識上顛覆封建男權文化、建設現代人性價值觀念的一面。正是由於沒有用男性傾心於社會歷史廣闊空間的立場完全壓制住方太太的女性話語，使之得以充分言說，方太太才成為「這部作品中人物主體性描寫最成功的一個。」[15]

　　靜女士、方太太，可以說是茅盾性格中敏感、細膩、苦悶、狷傲的一面帶上女性面具後的形象表現。這些女性儘管沒有象孫舞陽、章秋柳那樣以虛幻的英雄姿態來承擔茅盾宣洩追逐時代革命潮頭、整合現代時間意識、自由操縱兩性關係的渴望，卻以現代人的真實面貌承載了茅盾另一些豐富、細緻的生命體驗。她們所謂的落後，恰恰是脫去虛幻的神性與魔性光輝之後的現代女性的人性真實，恰是作家對歷史、革命進行深刻反思之後的思想深刻。她們的女性生命邏輯，質疑了狂熱的革命激情，從而使得作品在追趕革命主流之外，又產生了反思革命風暴、質疑歷史理性的審美張力。

---

[15] 丁帆：〈《蝕》的人物主體性〉，《茅盾研究》第 3 卷，北京：文化藝術出版社，1988 年 7 月，第 1 版，第 118 頁。

第四節　女性日常人生與民族、國家

　　生命超越自然存在的又一種方式是把個體生命與民族、國家觀念相結合，從而在追逐現代歷史理性之一的民族、國家信念時獲得生命的昇華。但是對具體生命存在的任何一種昇華都有可能對生命存在造成異化。是否會形成異化，關鍵要看對生命某一內涵進行昇華時，是否依然保存了個體生命的人性豐富性，是否依然尊重了個體生命的主體性價值。

　　女性在男權文化中作為第二性的自然存在物，在父權制歷史常態之下，一般難以與民族、國家等社會歷史存在物直接掛上鉤，除非女扮男裝，改變性別身份。但一旦在民族危亡之際，女性往往可以以殉節的方式成為男性歷史的點綴品。現代男性敘事的一個進步表象便是女性開始直接投身於民族國家事業中，開始被直接整合進民族國家話語中。但這種整合有時是以象徵的方式為女性的自然生命存在尋找符合民族國家意識形態的宏大意義。這樣，民族國家意識形態需求作為一種先在理念，往往難免對女性的生命豐富性作出削足適履的取捨，從而對女性形成新的壓抑。老舍四十年代的長篇小說《四世同堂》中的韻梅便是應作家反思國民性、整合民族國家意識需求而設置的女性形象。這一形象在作家的闡釋中因與民族國家意識掛上鉤而提升了價值，但這一提升價值的昇華實際上是以犧牲女性生命真實、個體生命的豐富多樣性為前提的，因而對女性的生存真相形成了遮蔽。

　　《四世同堂》中的韻梅是《離婚》中李太太的形象延續。老舍對韻梅這個形象的內涵闡釋及價值判斷主要在兩個層面展開：一是她沒有文化，不能理解丈夫祁瑞宣的思想。「在思想上，言論上，和一部分行動上，瑞宣簡直是她的一個永不可解的謎。」但這個分歧以及由此帶來的夫妻雙方的精神痛苦，作家並沒有象三十年代的

作品《離婚》那樣對此展開充分描寫，只是迅速把它歸結到到一點上：在抗戰這個問題上夫妻雙方的思想覺悟不同，因而精神難以共鳴。丈夫祈瑞宣有著極為敏感的民族自尊心和民族羞恥感，一直在為家庭盡責與為國盡忠不能兩全的痛苦中自我折磨著；而妻子韻梅只懂得柴米油鹽，在抗戰這樣重大的問題上缺少見識，以為——

> 反正咱們姓祁的人沒得罪東洋人，他們一定不能欺侮到咱們頭上來！（老舍《四世同堂》）

第二個層面是韻梅既麻利又和氣，既機敏又厚道，是一個既能幹又通情達理的當家孫媳婦。在日本人佔領北平的艱難歲月中，富有傳統女性美德的韻梅成為大家庭實際的頂樑柱。同時，正是從日常生活倫理出發，韻梅在日本人佔領下體會到日常生活的艱辛，因此對侵略戰爭形成直覺式的樸素批判；由目睹日本孩子的霸道而迸發出樸素的民族反抗意識。

> 她仍然不大清楚日本人為什麼要和我們打仗，和為什麼佔據了北平，可是她由困難與勞累中彷彿咂摸到了這些不幸與苦痛都是日本人帶給她的。她覺得受到更大更多的苦難已經是命中註定的事了，……（老舍《四世同堂》）
> 我不管！他們要不是日本孩子，我還許笑一笑就拉倒了呢！
> 他們既是日本孩子，我倒要鬥鬥他們！（老舍《四世同堂》）

這樣，韻梅在男性作者的眼中，其精神缺憾就由《離婚》中家庭主婦缺乏形而上的人生詩意追求轉化為家庭主婦與社會歷史的隔膜；但同時，韻梅作為家庭主婦，在男性視閾中，又由於其堅韌的母性品格，而於不自知中天然地被當作社會歷史的堅強後盾；又由於其樸素的生活直感，而被賦予與社會歷史理性暗自息息相通的意義。母親型女性，作為男性視閾中民族日常生活原生態的典型代

113

表，在民族存亡的危難之際，成為作家闡釋新的歷史理性、思考民族文化優劣性的理想人物。「辛勞一世的勞苦婦女被人記起母親式的形象特點，因而成了慷慨、博大、寬厚、能承受命運給予的一切的大地之母。闇啞的女性獲得了遠遠超出自身性別個體之外的價值，她代表著社會革命的新興意識形態極要尋找的精神及物質之根──理想中給人安全感和希望的下層勞動大眾。」[16]正是基於這一意識形態需求，韻梅在作品的後半部形象越來越往正面價值方向發展，其形象所蘊載的國民性批判主題逐漸為整合民族意識主題所遮掩，以致於「女主人公韻梅的『世界』『由四面是牆的院子開展到山與大海』，她的母親的『愛』也由『家庭』『放射』到『社會』、『國家』，這些描寫顯然帶有很大的抽象性，其實是表達了作者的一種主觀體驗與意願：『母性』（『女性』）不僅作為『家庭』，更作為『國家』、『民族』的支撐力量。對『女性』作用的這種誇大，在社會學上自然是毫無意義的，但卻反映了一種心理上甚至本能地對於『女性』（『母性』）的依戀、歸依。」[17]

　　無論是作為缺乏民族整體觀念的大眾代表，還是作為支撐民族心理的母性代表，韻梅這一形象在《四世同堂》中的作用都是男性作家在特定時期反思民族心理、整合民族國家意識的道具。作品的民族國家話語壓倒了人物的個性話語，人物成了作家演繹民族國家理念的傳聲筒，因而韻梅的心理只能圍繞不正確和正確的民族國家理念展開，其餘的一切諸如夫妻精神不能共鳴時的女性痛苦、大家庭中只能任勞任怨時的複雜感受等均被省略、被壓抑了。當她抗日觀念糊塗時，她的思想與祁老太爺完全相同，有廣大「老中國兒女」

---

[16] 孟悅、戴錦華：《浮出歷史地表──中國現代女性文學研究》，河南人民出版社，1989 年 7 月版，第 39-40 頁。

[17] 錢理群：〈「流亡者文學」的心理指歸──抗戰時期知識份子精神史的一個側面〉，《批評空間的開創──二十世紀中國文學研究》，王曉明主編，東方初版中心，1998 年 7 月，第 1 版，第 254 頁。

的共性特徵，而沒有多少自我的個性面目；當她作為民族的母性心理支撐時，她仍然不過是大眾的典型代表，她的刻苦耐勞、母性力量都是民族心理需求的形象凝聚，具有平均約數的無個性特徵，而獨獨缺乏了個體生命的鮮活魅力。

　　韻梅作為母性美德的代表，在男性作家文本得到歌頌。這種歌頌以得到男性主流意識形態的褒揚為前提，遮蔽了女性在只有奉獻、沒有索取的生存狀態中的苦難體驗，從而使得女性再次淪為迎合男性尋找精神歸宿的弱質心理需求、而喪失自我生存真相的意識形態符碼；使得《四世同堂》文本顯出民族國家話語與傳統男權話語合謀的性質，而區別於以女性苦難體驗與民族國家一體化觀念尖銳對立的女性文本《生死場》[18]。整合民族國家意識的需求，使得《四世同堂》中與日常生活樸素狀態唇齒相依的女性或被批評、或被頌揚，都未曾在權威敘事者、隱含作者、隱含讀者的眼中獲得關懷自我生命的許可權，她不過是作為民族、國家、家庭中的一個螺絲釘而在男性視閾中取得了角色的價值，卻從沒有為女性、為個體生命爭得主體性的存在。所以，對女性母性美德的這種單一歌頌，由於在價值判斷上肯定了把女性異化為一種喪失人性完整性的母性對象物，雖然把女性價值抽象化到支撐民族心理的至高無上的地步，在本質上仍包含著從男性心理需求出發、從民族國家意識形態需求出發而對女性人性進行割裂、掠奪的霸權意識。

---

[18] 對《生死場》中女性立場與民族國家立場尖銳對立關係的闡釋，參看劉禾〈文本、批評與民族國家文學〉，《批評空間的開創——二十世紀中國文學研究》，王曉明主編，東方初版中心，1998 年 7 月，第 1 版。

結論

　　中國現代男性敘事在以生命的詩意追問與歷史理性追求這兩種超越性人生追求為價值尺度，批評缺乏自為意識的生命自然狀態時，由於強大男權集體無意識的滲透，往往流露出壓抑女性合理生命欲求、否定女性生命價值的價值錯位。這種價值錯位，即便是魯迅、老舍這樣的大家也未能倖免。茅盾的《蝕》等少數文本，在某一個側面能夠超越男權立場偏見，在尊重、理解女性生命邏輯的同時，也實現了對歷史、革命觀念的有益反思。在整合民族、國家觀念時，中國現代男性敘事雖然出於意識形態需求，有時也把與日常生活原生態息息相通的女性抬升到崇高的地位，但實際上是以犧牲女性生命豐富性、把女性抽象化為空洞符碼為前提的。中國現代男性敘事在落後型女性的形象指認中，呈現出男性性別立場的複雜性、呈現出男性面對日常人生關懷與生命超越性追求時理念模糊的價值雜亂。對之進行細緻辨析，是有益於中國現代文學現代性探究的必要工作。

總結

　　中國現代男性敘事中的女性形象以天使型、惡女型、正面自主型、落後型四大類為最多。中國現代男作家以現代啟蒙、革命思想為依託，對性別秩序進行重新言說，改變了傳統男性敘事把女性分為賢妻良母、才女佳人、淫婦潑婦的分類，從而在一定程度上改變了傳統分類中所蘊含的封建性道德與男性慾望相混合的價值評判尺度，否定了這一尺度中貶抑女性的封建男權立場。然而，現代男性作家往往只看到舊陣營男性對女性的奴役、歧視，而對現代男性主體缺乏反思，因而在代現代女性立言的時候依然不免從現代男性自我需求出發歪曲異性生命邏輯、壓制女性生命需求，而不能從女性視閾出發設想女性自身的生命邏輯，從而再次陷入男性中心立場。天使型女性形象表達的不過是現代男性心目中從夫、殉夫的理想女性標準；惡女型女性形象表達的不過是現代男性對女性主體性的恐懼與憎恨；正面自主型女性形象雖然高揚了女性主體意識，在相當程度上顛覆了男權道德，卻不免在另一個層面上改頭換面地表達了男權文化消費異性的非人觀念；落後型女性形象，從總體而言，也表現了男性倚仗文化優勢壓抑女性基本生命需求的霸權實質。中國現代文學在有限度同情女性苦難遭際、有限度地褒揚女性主體性、有限度地理解女性生命邏輯的同時，仍然十分頑強地在總體格局上維護著男性為具有主體性價值的第一性、女性為只有附屬性存在價值的第二性這一不平等秩序。這種價值偏頗不僅出現在鴛鴦蝴蝶——禮拜六派等通俗作家身上，不僅發生在新感覺派等摩登作家身上，而且也相當普遍地存在於新文學主流作家、經典作家身

上，從而使得現代新文學在現代男性啟蒙、革命的框架內悄悄背離了兩性平等的啟蒙原則，而在實際上走向了啟蒙的背面。性別意識領域，由此也成為中國現代文學現代性最為匱乏的思想領域。

下編
覺醒的青春女性情懷
——「五四」女性文學的性別意識

引論

「五四」女性文學指的是冰心、陳衡哲、凌叔華、馮沅君、盧隱、石評梅、蘇雪林、陳學昭、陸晶清、白薇、濮舜卿以及丁玲等女作家在新文學第一個十年的創作，是中國現代女性文學的源頭。它始於陳衡哲一九一七年發表於《留美學生季報》的散文《一日》，而以丁玲一九二八年發表於《小說月報》的小說《莎菲女士日記》、《阿毛姑娘》為終結。

以往的「五四」文學研究中，研究者們一般都把目光集中投注在男性作家身上，女性作家作為一個獨特的群體一直沒有得到應有的重視。許多文學史著作，在肯定「五四」女作家參與建設新文學的貢獻時，往往又把她們獨特的女性角度籠統地視為廣度和力度上的缺陷，予以不合理的否定。在現代女性文學研究中，人們往往只重視新文學第二、第三個十年中具有更為激進思想意識的女性創作，而忽略過先驅者最初的腳印，籠統地稱「五四」十年是男性發現女性的時期，而無視女性群體初步建構現代女性主體性的的貢獻。「五四」女性文學研究方面的荒歉局面與「五四」女性創作的實際狀況、與當前呼喚深化女性文學研究的歷史要求不符。

一、平等意識與理性觀念

中國古代社會中，占主導地位的封建男權意識認為「女子無才便是德」。漫長浩瀚的中國古代文學史中，女性文學創作只占很小

的一部分。古代遺存下來的,「現在我們看到的只有三種類型的女性文學:(1)閨閣文學,作為男性文學的附屬品,所謂『紅香小冊』、『翠閣吟稿』即是。……(2)班昭、班婕妤一類,她們的作品有一定的文采,但她們的作品之所以能夠在封建社會中被突出出來,就是因為其作品維護了封建禮教。(3)漢末蔡文姬、宋代李清照、朱淑真一類,她們在我國詩歌史上有著不滅的光芒,是封建倫理道德撲不滅的女性文學的天才的火花。但整個封建時代這類作品卻寥寥無幾。」[1]其中一、二兩類閨閣文學與禮教文學都是封建男權傳統下的直接產物,是女性女奴地位的表徵。只有第三類女性文學才算得上是具有女性意識的文學。這具有女性意識的文學,在作家人數與作品數量上均寥若星辰,是整個古代社會和中國文學史上的特殊現象。

「五四」時代,中國女性得以掙脫家庭女奴地位、以平等的人的身份進入社會生活領域。中國的女作家這時才第一次以群體形象在人的位置上言說自己的心聲,女性文學作為「人」的文學才第一次成為歷史的必然。「『五四』時期女作家群的出現,實際上是「五四」新文化運動反對封建倫理文化的一項從理論到實踐的重大勝利。」[2]

「五四」女作家都是被「五四」驚雷「震」上文壇的。陳衡哲、馮沅君、廬隱、蘇雪林、白薇等走出家庭去求學都有一番曲折的鬥爭;陳衡哲、蘇雪林、白薇還曾經受過舊式婚約的束縛,也是通過艱苦的奮鬥才得以擺脫牢籠。她們對封建男權勢力與周遭黑暗大都有充分的體驗,內心中有天然的反封建要求。這種天然要求與「五

---

[1] 楊義:《文化衝突與審美選擇》,人民文學出版社,1988 年,第 1 版,第 107 頁。

[2] 楊義:《文化衝突與審美選擇》,人民文學出版社,1988 年,第 1 版,第 106 頁。

四」新思想相遇合，她們很自然地萌生出自覺的婦女解放意識。
另一類「五四」女作家，冰心、袁昌英，自小生活在開明的資產
階級家庭中，受到現代民主思想的浸染，她們也天然地傾向於解
放婦女的「五四」現代思想。冰心的《「破壞與建設時代」的女學
生》、盧隱的《「女子成美會」希望於婦女》、《中國的婦女運動問
題》、凌叔華的《讀了純陽性的討論的感想》、陳學昭的《我所希
望的新婦女》、《現代女子的苦悶問題》、《「現代女子苦悶」的尾
聲》，蘇雪林的《新生活裏的婦女問題》，石評梅的《〈婦女週刊〉
發刊詞》、《致全國姊妹們的第二封信》都是「五四」女作家直接
討論婦女問題的雜文。

　　在價值觀上，「五四」女作家認為只有男女和諧平等的社會
才是合理的、人的社會。她們認識到男女平等是人類整體的進
步，而不僅僅是單方面為女性造福。同時，她們也不贊成把女性
作為與男性對立的、或比男性更為優越的性別群體來看待。石評
梅說：

> 我們相信男女兩性共支的社會之軸，是理想的完美的組織；
> 婦女運動，與其說是為女子造幸福，何如說是為人類求圓
> 滿；既覺純陽性偏枯的組織為逆理，同時須認以女子為中心
> 的社會欠完美。（石評梅《致全國姊妹們的第二封信》）

盧隱也說：

> 我們所爭的，只是同此頭顱的人類平等，並不是兩性的對
> 敵，事實上兩性在世界是相互生存的，若故為偏激之論，兩
> 性間樹起旗幟，互相戰鬥，……不獨無意義，而且是大謬誤。
> （盧隱《中國的婦女運動問題》）

　　以男女和諧平等的人道主義理想作為婦女解放的指導思想，「五四」女作家避免了以女性中心主義來替代男性中心主義的偏激。由於歷史條件的限制，她們在理論上還只能較多地思考婦女與男子在人格、社會地位方面應有的平等，而不可能進一步去思考婦女與男子在平等的基礎上的不同特點，不可能去強調每一位婦女作為單個人的獨特個性，也就是說她們還不能在理論認識方面整合進「差異性」文化觀念。

　　在婦女解放的途徑上，鑒於女性被圍困在家庭中、無法參與社會公共生活的歷史痼疾與現實情況，「五四」女作家普遍認為女性應該通過參與公共生活來取得經濟上的獨立，由此獲得與男子平等的權利。陳學昭說：

> 原來要恢復女子固有的人格，最要緊的是自立，自立必須要經濟獨立，倘仍困守家庭，除了飲食男女而外，還有什麼發展可言！有不少女子，具有天賦的智慧，一沉溺到家庭漩渦裏，就從此埋沒了。（陳學昭《我所希望的新婦女》）

　　禁錮女性的不僅是舊式的父權或夫權家庭，就是由愛情組合的現代家庭也同樣會給女性帶來過分繁重的家務，成為她們參與社會公共生活的阻礙。逃脫家庭事務的羈絆與渴望家的溫暖，是多數「五四」女作家與同時代女性感到難以兩全的矛盾。陳學昭等認為應該要允許女性有為事業而放棄家庭生活的權利，但一般的說，「五四」女作家在這點上都未走向完全否定家庭生活的極端，她們只是強調女性應該有多種人生選擇的自由，並沒有從根本上否定女性的賢妻良母職責。冰心則從來未曾要把女性與家庭生活割裂開來。在這個問題上，她們的思想局限主要是，還不能質問父權制下家務勞動主要由女性單方面承擔的角色分工模式，這樣，她們對賢妻良母的認可往往包含著對不平等性別秩序的認可，她們對賢妻良母角色的放

棄往往又包含著女性在人生幸福某一側面的自我放逐。總之，她們太過於把選擇的兩難放在女性肩上，而怯於更深入一步去質問男權文化下的家庭生活模式了。

對婦女解放力量的思考上，「五四」女作家既呼喚女性的自強自立，也希望得到先進思想界的提攜，表現出一種既積極向上的健康心態和還不免有依賴性的弱質心理。盧隱曾經探討道：

> ……婦女解放的事實，大半都是失敗了，這是什麼緣故呢？這是因為婦女本身沒有覺悟，所以經不起折磨，終致於失敗。（盧隱《「女子成美會」希望於婦女》）

她們把女性自身的覺悟擺在第一位，同時也對新文化界懇切提議道：

> 我還要誠懇地告訴新文化的領袖，或先進者，請您們千萬不要把女子看作「無心前進，可以作詩就算好的，或與文無緣的」的一路人，更祈求您們取旁觀的態度，時時提攜她們的發展，以您們所長的，補她們所短的。不受栽培，加以忠告，忠告無效，不妨開心見誠的指摘，可是千萬不要說「她們又回到梳頭裹腳，擦脂弄粉的時期，女子們是沒盼望的了！」（凌叔華《讀了純陽性的討論的感想》）

盧隱等少數女作家把婦女解放運動同勞動運動相聯繫，說「……我們女子不求真正的解放則已，否則我們就不能不重視勞動運動，因為除此以外，再沒有更重要的了。」（《中國的婦女運動問題》）

總之，作為新文學第一代的女性創造者，「五四」女作家，在主體意識的自覺建構方面，表現出可貴的人的自覺，具有明確的男女平等觀念，反對壓迫婦女的不平等秩序；但她們又對男性先進思

想界過分依賴，不可能在認可平等性的前提下深入去思考性別與個
性的差異性問題。她們的可貴之處在於能夠自覺建構女性與男性同
等的人的主體性，她們的局限性在於不能自覺建構與男性不同的女
性主體意識。

二、深層心理與文學自覺

　　作為第一代覺醒的現代女性，「五四」女作家在理性觀念上多
數都有自覺的婦女解放意識，又缺乏不同於男性的現代女性主體
意識；而在深層心理上，她們的人生體驗又呈豐富複雜的狀態，
而區別於同時代的男性作家。

　　「五四」女作家懷著「不僅僅作個女人，還要作人」（盧隱《今
後婦女的出路》）的理想，走向社會、走進校園，卻發現如何作個
人並沒有已定的具體模式可供套用。傳統的習慣勢力、黑暗的社
會現狀是阻止她們走向社會公共生活領域的路障。封建父權與母
女親情結盟也使得她們反叛壓迫的行動變得無比艱難。她們以初
步覺醒的青春女性情懷，感受童心世界、享受自然美，既體會到
掙脫人性桎梏的喜悅，也進一步對現實社會感到失望。她們在同
性的姊妹情誼中得到些許的溫暖，又不禁為女性同盟的解體感到
悲哀。她們既有平等的愛情追求，又懼怕受到異性傷害。她們既
有柔弱的女兒心態，又有寬厚博大的母性情懷。她們憧憬未來，
歌唱理想，探索婦女解放之路，也撫摸自身傷痛，還關懷同在黑
暗中摸索的男性青年，關注、探討複雜多面的社會問題。總之，
她們既有女性剛剛衝出封建牢籠的豪情，也有現代女性尚未成熟
的怯懦、軟弱。

　　這種帶著青春特質的女性心理，根源於「五四」女作家的人生閱歷與思想水平。「五四」女作家是一批倘佯在大學校園內外的青春女性。她們中年齡最大的是一八九〇年出生的陳衡哲，年紀最輕的是一九〇四年出生的凌叔華。同時，「五四」女作家並不是新文化運動的倡導者，而只是感應「五四」反封建思潮而成長起來的新文化運動的參與者。儘管加入新文化陣營後，她們有自己主動而獨特的追求，但她們在整體思想水平無法達到同時期魯迅等男作家的高度。單純的生活閱歷、相對狹窄的學識視野與有限的思想深度，使得她們往往熱情有餘，理性力度不足。她們既憧憬未來、滿懷理想，也易於陷入感傷中。她們能夠批判社會、宣洩痛苦，卻無力對自身內部的長短處進行深刻反思。所以，在理性層面上她們毅然追隨時代思潮，熱情倡導婦女解放理論；而在深層心理上，她們的內心世界要複雜得多。

　　在議論文、雜文中，「五四」女作家著表現她們的理性認識；在詩歌、小說、散文、戲劇等創作中，她們則較多地表現自己深層的複雜心理。這種差異主要取決於「五四」女作家的文學觀。

　　「五四」女作家普遍提倡「真」的文學。冰心說：

> ……能表現自己的文學，就是『真』的文學。（冰心《文藝叢談》）

　　這裏「真」實際上是自我個性的真實，而不是外部世界的真實。「真」成了「誠」的同義詞。陳衡哲說：

> ……我的小說不過是一種內心衝動的產品。他們既沒有師承，也沒有派別，他們是不中文學家的規矩繩墨的。他們存在的唯一理由，是真誠，是人類情感的共同與至誠。」（陳衡哲《小雨點・自序》）

127

廬隱也說：

> 足稱創作的作品，唯一不可缺的就是個性。（廬隱《創作的
> 我見》）

她們推崇作家個性的真實、情感的真誠，而不是摹寫客觀現實
的逼真。

「五四」女作家還強調文學以肩負社會責任來為人生服務。冰
心在《我做小說，何曾悲觀呢？》中，曾說：

> 我做小說的目的，是要想感化社會。

但「五四」女作家以文學承擔社會責任一般都能與自己對人生
的真實思考相結合，與真誠的文學觀念取得一致，較少脫離自己的
內心真實去演繹外部社會意識形態強加的抽象觀念。

對作家個性的重視、對作家真誠情感的提倡，使得「五四」女
作家能夠真實地表現自己豐富複雜的人生體驗，而沒有把文學創作
作為婦女解放思想的傳聲筒。「五四」女性文學雖然廣泛關注「五
四」社會現實，但其表現最深刻、藝術創造最成功的，是「五四」
女作家作為現代最先覺醒的青春女性的獨特情懷。對女性情懷的忠
實抒寫，使得「五四」女性文學獲得了同時代男作家創作無法替代
的思想、藝術價值。執著於女性情懷的自我表現，無力站在一個更
高的角度對此進行理性審視，無力以此為立足點成功地拓展領地，
也使得「五四」女性文學帶上初步走上「人」的文學之路的過渡和
開創性質。總體上說，「五四」女性文學總屬於「五四」人的文學
的範疇，具有鮮明的女性特質，但並非自覺的女性主義創作。

本編把「五四」女性文學放在文學的坐標系上加以考察和定
位，從文學創作中考察「五四」女作家獨特的女性情懷。其縱坐標
是中國女性文學史，橫坐標是包括男性文學在內的整個「五四」文

學。馬克思主義婦女解放理論、女性主義文學理論是本文主要理論依據。本編著重考察的是「五四」女性文學的主體情感世界與文學品格，力圖綜合運用多種文學研究方法，努力把思想內容分析與藝術分析、主體心理情感研究與文本研究相結合，從女性情懷及其審美表現這一重要側面深入把握「五四」女性文學的真實面貌，探討其開創中國現代女性文學新傳統、初步建構現代女性主體意識的思想、藝術價值，從而使「五四」文學的研究更為全面、深入，使現當代中國女性文學的歷史成為源頭清晰的完整歷史，從一個側面開拓和深化中國現代文學、女性文學的研究。

第一章　重返社會公共生活領域

「婦女解放的第一個先決條件就是一切女性重新回到公共的勞動中去」[1]。女性由與男子平等的人淪為附屬於男性的女奴，就是從女性被排擠出社會生活領域、圈定在家庭的圍牆內開始的。只要社會還是以家庭為經濟單位，家庭內部的勞動就無法以價值形態出現而取得社會意義。在此前提下，女性把生命全部貢獻給家務這種非社會性勞動，只能使自己的生命貶值。而且，家庭成為不可逾越的牢獄之後，深深的庭院也必定會限制婦女的視野，抑制她們的思維，使她們孤陋寡聞、目光短淺、喪失了參與社會生活的自覺意識和行動能力。是否介入社會公共生活，實際上是決定女性命運、女性素質的一個婦女解放的基本問題。

中國古代女性文學，作為中國古代社會存在和社會意識的一種審美表現形態，除清代的《再生緣》等少數創作之外，不僅難以超越生活實際去正面想像女性參與社會公共事務的情形，也難以超越社會對女性角色的限定去正面表現女性參與社會公共生活的願望。中國古代女性文學中的婦女生活和女性內心世界絕大多數都在家庭倫理關係、男女兩性關係以及日常生活瑣事中展開。近代，隨著社會生活的變化和社會意識的發展，革命女傑秋瑾在詩詞創作中抒發了「休言女子非英物，夜夜龍泉壁上鳴」[2]的豪情，表現了女性介入社會生活的願望和膽識。但這種體現婦女自覺精

---

[1] 恩格斯：〈家庭、所有制和國家的起源〉，見《馬克思恩格斯選集·第四卷·上冊》，人民出版社，1972 年 5 月，第 1 版，第 71 頁。

[2] 秋瑾：〈鷓鴣天〉，見《中國歷代女子詩詞選》，新華出版社，1983 年 8 月，第 1 版，第 253 頁。

神的女性創作，在封建末世仍是荒野中寂寞的呼喊，得不到普遍的回應。只有到「五四」時代，婦女解放成為先進思想界的廣泛共識後，女性文學才第一次大量表現了婦女對社會生活的干預、思考，多方位展示了現代女性衝破家庭藩籬後的精神風采，使婦女對社會生活的介入成為一個具有廣泛意義的文學母題。

從家庭走向社會，是一條曲折漫長的路。其間不僅落後的社會意識設下層層路障，使覺醒者難以通行；而且由於所有具體的目標都沒有既定的藍圖，先行的女性只能一邊摸索，一邊構設理想，在探尋合理生活方式的同時不斷建構符合人性的心理範式。「五四」女性文學在直面廣闊的社會人生時，首先表達了覺醒女性把握自身命運的自覺、表達了她們服務社會的人生理想，同時也真實地袒露了她們追尋這個理想過程中的種種精神困惑。

第一節　「造命」的人生哲學

婦女能否介入社會公共生活，首先取決於女性把握命運的主體意識覺醒的程度。由於女性角色對作家和人物的雙重限定，傳統女性文學難以發出把握自我命運之聲。因為女奴的地位決定了女性的命運把握在她所從屬的男人手中。「婦如影響，焉不可賞」[3]，女性固然可以在被動的位置上作一些努力去改變自己的處境，但這種努力只能是扭曲自身人格的奴性奉承，不可能是張揚主體意識的人的自覺；而且這種奴性奉承仍然不能在大局上決定女性命運。女性自身命運把握權利的長期喪失，也必然會造成女性把握命運自覺意識

---

[3]　〈女憲〉，轉摘自（東漢）班昭《女誡》，見《女誡》，中央民族大學出版社，1996 年 6 月，第 1 版，第 3 頁。

的失落。少數未曾完全奴化的女作家，能夠在一定限度內審視自身命運，但也難以超越禮教的層層藩籬去高唱把握命運的強者之歌，而只能傾向哀怨、自憐。

女性要重返社會公共生活領域、爭得做人的權利，首先必須收回自己把握命運的權利。女性意識的現代覺醒，首先是把握自身命運的自覺意識的覺醒。第一位以昂揚的氣度高唱把握命運之歌的現代女作家，是陳衡哲。

> 「……世上的人對於命運有三種態度，其一是安命，其二是怨命，其三是造命。」（陳衡哲《我幼時求學的經過》）

「造命」相對於「安命」和「怨命」而言，是對命運的創造，是主體對生命意義和生存方式的主動把握。陳衡哲對「造命」人生哲學的抒寫具有明顯的浪漫主義傾向，迥然有別於她關注社會現實的寫實文學。這是作家內在生命激情與時代生活的特殊遇合。因為「五四」初期只是現代曙光初露的時期，覺醒女性仍是鳳毛麟角，社會生活還無法提供出女性主動把握命運的豐富素材供作家進行現實主義意義上的提煉、摹寫。具有現代女性意識的作家，要從正面表現女性主動把握命運的人生態度，只能著重抒寫自我情感，追求內心世界的真實，通過主觀抒情來表達理想。鑒於表達理想、主觀抒情的浪漫主義藝術傾向，陳衡哲闡發「造命」人生哲學的創作自然地向抒情文體傾斜。詩歌《鳥》、散文詩《老柏與野薔薇》、《運河與揚子江》以及童話《小雨點》便是這類創作。

從「造命」的態度出發審視生命的意義，陳衡哲看重生命的質量，而不是壽命的長短。這種充分張揚主體意識的情感外化在她塑造的一系列藝術形象上。《小雨點》中，青蓮花主動邀請小姑娘把她折下戴在頭上，讓她的美點綴人間，從而實現了生命的價值。在命運選擇的過程中，她根本不計生命的枯萎夭亡。《老柏與野薔薇》

中，野薔薇「美麗」、「柔媚」，雖然只有三日的壽命，但那「僅僅三日的光榮，終究完成了生命的意義：圓滿，徹底，和儘量的陶醉。」

對生存方式的思考上，陳衡哲也以揚子江、鳥兒等藝術形象體現自己對自由奮鬥的熱烈讚美。穿岩鑿壁的揚子江知道雖然「奮鬥的辛苦呵！筋斷骨折；奮鬥的悲痛呵！心摧肺裂」，但認為只有「奮鬥來的生命是美麗的！」它鄙視命運「成也由人，毀也由人」的運河（《運河與揚子江》）。《鳥》中，儘管那只自由的鳥兒在「狂風急雨」中，「撲折了翅膀，睜破了眼珠，也找不到一個棲身的場所！」但那只籠中的鳥兒仍然想：

> 我若出了牢籠，
> 不管他天西地東，
> 也不管他惡雨狂風，
> 我定要飛他一個海闊天空！
> 直飛到筋疲力竭，水盡山窮，
> 我便請那狂風，
> 把我的羽毛肌骨，
> 一絲絲都吹散在自由的空氣中！

（陳衡哲《鳥》）

在這狂放的激情中，奮鬥是超越一切功利目的的本體追求。人在自覺的奮鬥中超越了自然、社會對生命的限制，在生命意義的把握中取得了最大限度的精神自由。對奮鬥代價的思考，使陳衡哲的「造命」哲學在激揚、高亢中顯出蘊蓄、深沉。這種蘊含著現代個性主義內涵的人生觀，徹底否定了卑弱順從的傳統女性意識，使陳衡哲的創作獲得剛健的力度，區別於獨偏婉約的傳統女性文學。

通過童話思維和象徵手法的普遍運用，陳衡哲把激揚的浪漫主義情感外化為一系列具有高度生命自覺的擬人化動植物形象，從而

避開了主觀抒情文學常有的情感直露、形象模糊等缺點,達到了藝術地表現情感的審美基本要求。但簡單的類比對照和隨意的擬人化處理,又使其中多數藝術形象仍然跳不出作者思想情感傳聲筒的窠臼,顯得單一、平面化,無法獲得生動的藝術感染力。這使得陳衡哲高唱「造命」之歌的創作,難免質勝於文。

濮舜卿的三幕話劇《人間的樂園》中則把女權啟蒙的意義與人的解放結合起來。該劇改編《聖經》故事,設置一個智慧女神的形象引領夏娃亞當走出蒙昧的伊甸園,到人間去開創新生活;而在創造過程中,夏娃又表現出比亞當更為堅定頑強的奮鬥精神,被智慧女神稱作是「女權運動的始祖」。這裏,濮舜卿把女性主體性建構作為人的解放的基石,充分表現了現代女性對自我性別主體價值的自信。在獨幕劇《黎明》中,濮舜卿再次展示了她的女權解放觀念。該劇以象徵主義創作方法批判男性世界、禮教、金錢、輿論對女性的壓迫,提倡男女兩性的「互助」。自覺批判男權力量,而不僅僅是在反叛父權中迴避對異性世界的審視,濮舜卿的戲劇充分展示了現代女性主體精神強健的風貌。

第二節　服務社會的人生理想

女性建構出主動把握命運的現代心理範式,才可能也必定會以人的自覺去參與廣闊的社會生活。只有通過對社會生活的積極干預,女性才可能擺脫男權鐐銬、全面實現人的價值。冰心、石評梅、陳學昭等「五四」女作家都在自己的創作中正面抒發了肩負社會責任的主人翁情感。她們擺脫男權傳統的第一步,顯然與西方女性、當代中國女性不同。她們首先關注的並不是男女性關係中的不平

等，而是把目光投注在以往對女性關閉而為男性所獨有的社會生活
領域，通過實踐自己的社會責任來實現與男性的平等。冰心把青年
「犧牲自己服務社會」（冰心《秋雨秋風愁煞人》）的崇高理想詩意
地化為「燈台守」的形象：

> 燈台守的別名，便是「光明的使者」。他拋離田裏，犧牲了
> 家人骨肉的團聚，一切種種世上耳目紛華的娛樂，來整年整
> 月的對著渺茫無際的海天。（冰心《往事‧（二）之八》）

冰心由具體的「燈台守」職務昇華出一種普泛的人生追求，認
為「清靜偉大，照射光明的生活，原不止燈台守，人生寬廣的很！」
（《往事‧（二）之八》）石評梅「一想到中國婦女界的消沉」，便覺
得重擔在身，「我們懦弱的肩上，不得不負一種先覺覺人的精神，
指導奮鬥的責任。」她在書信體散文《露沙》中熱忱地向友人倡議
道：「露沙呵！我願你為了大多數的同胞努力創造未來的光榮，不
要為了私情而拋棄一切。」陳學昭則希望女子能在「政治、教育、
職業、蠶業、商業、醫業、文學、藝術」各方面都能有所建樹（《我
所希望的新婦女》）。

無論是冰心的形象化表達還是石評梅、陳學昭的直抒胸臆，「五
四」女性文學對婦女參與社會生活人生理想的思考都偏於詩意和籠
統。作為被現代思想解放運動「震」上文壇的第一批現代女性，「五
四」女作家多是未曾踏出大學校園的女學生或女教師。校園以外的
廣闊社會，她們大多還沒有真切地涉足，而且那個男權痼疾根深蒂
固的陌生世界事實上也根本沒有提供出可供女性施展才能的天
地。她們以女性剛剛浮出歷史地表的激情關注社會，但對女性應該
如何去服務社會還無法作出任何具體的設想。這使得她們表達理想
的創作也同樣只能向抒情、議論文體傾斜，在激情、議論的自由表
達中省略過細節的描摹、想像。這點和後來解放區文學對女性參與

社會生活的敘事性描寫形成鮮明對比。儘管缺少具體的構設,「五四」女性文學中這一股「服務社會」的熱切情感,仍然如初綻的蓓蕾一樣,雖然未曾顯現出每一花瓣的具體形態,還是令人欣喜地初步證明了女性覺醒後難能可貴的廣闊胸襟和精神力度。

第三節　現實苦悶與哲學困惑

「五四」女性一旦把服務社會的滿腔熱忱落實到具體的生活中,往往陷入無法擺脫的苦悶。「五四」女性文學真實地袒露了覺醒女性的這一精神困境。這種困境首先是「五四」女性生存處境對其人生理想的抑制。初步覺醒的女性環顧周遭世界,發現至少有兩道難以逾越的關坎阻止女性踏上社會公共領域。一道關坎是傳統的家庭生活方式,另一道關坎是黑暗的社會現實。

集中思考女性由於不合理的家庭生活方式而陷入社會困境的女作家是冰心、廬隱、陳衡哲、凌叔華。冰心在問題小說《秋雨秋風愁煞人》中,通過有志青年的精神憔悴批判了舊式家庭的腐朽、黑暗。女青年英雲懷抱著「犧牲自己,服務社會」的崇高理想,可一旦結婚,陷入官僚家庭中,就被迫「捲入這酒食徵逐的旋渦」,「心裏比囚徒還要難受」。只知享受、遊樂的封建大家庭只能把子弟培養成「高等遊民」,並且吞噬、壓抑著異質的先進青年。中國現代文學中批判舊家庭的傳統異常發達,冰心是開風氣的作家之一。巴金、曹禺、路翎等在揭露舊家庭中所傾瀉的青春的熱情和苦痛,均可在《秋雨秋風愁煞人》找到其最初的現代源頭。冰心站在覺醒男女相一致的立場上質問封建舊家庭。在新與舊、現代學生與封建家

庭的價值對峙中,她把女性的痛苦與覺醒納入了「五四」的現代啟蒙框架中。

盧隱、陳衡哲、凌叔華則更多地單獨從女性角度,思考婦女家庭生活與社會事業的矛盾。盧隱筆下的已婚婦女往往是以精神憔悴的面貌出現在作品中的。這種憔悴與沉櫻、張愛玲、蘇青筆下女性對丈夫情人、愛情婚姻的深刻失望不同。它不以對異性對象、兩性關係的透徹審視為前提,而是由家庭分工方式對女性的限制而產生。由於未曾在家庭中建立起夫婦雙方共同承擔家務、平等向社會發展的現代合作方式,現代知識女性一旦步入婚姻,往往也只能與男權壓制下的傳統女性一樣,承擔起管理家庭的全部事務,以便丈夫能全心全意地向社會拓展事業。這樣,哪怕是由愛情組合的溫暖家庭也會悄悄蛻變為束縛女性的牢籠,女性就會不由自主地失去社會的廣闊天空。

《麗石的日記》中雯薇抑鬱厭生,是因為「她當初作學生的時代,十分好強,自從把身體捐入家庭,便弄得事事不如人了。」《海濱故人》中,宗瑩一結婚也因生病、育兒不能為社會服務,令露沙等為之喟歎不已。盧隱的創作以情緒的宣洩展示了覺醒女性受家庭拖累後的精神困境;凌叔華在痛切地感受到女性的這一痛苦後,則嘗試從女性放棄家庭幸福中找尋解決婦女家庭與事業矛盾的方法。小說《綺霞》中,女主人公綺霞感到練琴與家務的矛盾無法解決,最終決定放棄家庭去修琴。通過優美琴聲的描寫和學生評價的介紹,作者對這種做法表示了讚許。但從人類歷史發展的規律上看,在相當長的一段時期內,家庭和社會都是個體人生中不可偏廢的兩個領域。家庭作為男女兩性合作的基本方式,是圓滿人生的重要一翼。割捨家庭幸福固然可以保證女性逃脫家庭女奴地位,但同時也無可避免地帶來女性人生的另一個重大缺憾。《綺霞》後半部分放棄對人物心理的關注,只是以第三人稱視角概括性地介紹人物

的結局，與前半部分的第一人稱視角以及細膩的人物心理體察極不協調。這表明了作者對女性這一作法的認同實際上還缺少現實把握，因而她無力構設出逼真的心理邏輯來證明其可行性。陳衡哲的問題小說《洛綺思的問題》則正面表現了女性作出放棄家庭生活這種無可奈何取捨後的精神失落。洛綺思年輕時為了學術事業毅然割斷戀情、捨棄婚姻，但當她取得學術上的巨大成就後，卻「忽然感到她現在生活的孤寂了。」名譽、成功、學術和事業，「這些都是可愛的，都是偉大的，但他們在生命之中，另有他們的位置。他們或者能把靈魂上升至青天，但他們終不能潤得靈魂的乾燥和枯焦。」

對於女性而言，為婚姻而犧牲事業和為事業而犧牲婚姻都不是理想的人生歸宿。廬隱、凌叔華、陳衡哲和她們筆下的主人公一樣，強烈感受到女性家庭與事業的矛盾，卻都無力進一步溯本探源去質疑傳統的家庭分工模式，未曾深入批判父權制文化把照顧家庭的責任單一地壓在女性身上的不公平。究其原因，還是因為「五四」女性作為剛剛覺醒的第一代女性，她們的批判觀念還僅限於與男性青年結成同盟一同去反抗父輩的封建壓迫，並沒有拓展到對男女兩性關係的徹底審視上。她們在四面突圍中，如入無物之陣，始終找不到矛盾的癥結所在，自然也無法找到解決問題的正確方法，只能或於痛苦的旋渦中漸漸憔悴下去，或在有所迴避中尋找慰藉。由於缺少究根尋底的深層理性批判，她們對女性這一困境的藝術表現，不免流於表面化和幼稚簡單。但是她們對「五四」女性精神一角的敏銳把握卻真實記錄了現代女性浮出歷史地表過程中的最初心跡，開創了中國女性文學的一個嶄新傳統，為新時期文學對女性生存處境的深入探尋奠定了基礎。

「五四」女性文學不僅表現了傳統的家庭生活方式阻礙女性踏上社會公共領域，也表明了黑暗的「五四」社會現實根本沒有提供女性參與社會公共生活的可能。「……我覺得女子入了家庭，對於

社會事業，固然有多少阻礙，然而不是絕對沒有顧及社會事業的可能。現在我們所愁的，都不是家庭不開放，而是社會沒有事業可作。」（盧隱《勝利以後》）社會的層層阻力，是女性施展抱負的更大障礙。這種反面的社會壓力，在早期「五四」女作家的感受中，是覺醒的男女青年共同承受的。在盧隱眼裏，教育事業在當時呈「江河日下之勢」，

> 至於除了教育以外，可作的事業更少了，——簡直說吧，現在的中國，一切都是提不起來，用不著說女子沒事作，那閒著的男子——也曾受過高等教育的，還不知有多少呢？這其中固然有許多生性懶惰的，但是要想作而無可作的分子居多吧？（盧隱《勝利以後》）

這裏，盧隱雖然是從女性視角抒寫青年陷入社會困境的苦悶，但男性青年理想受挫的痛苦與女性青年的事業失落，都同樣進入她的創作視野。面對強大的社會黑暗，最初的覺醒女性是自覺與同一處境中的青年，無論男女，結成精神盟友的。這種代表社會進步力量但暫時又還處於劣勢的弱者同盟雖然並不能從根本上改變覺醒者的被動處境，但相互間的同情卻在周遭的寒冷中給這些年輕稚嫩的心帶來些許的溫暖。正是出於這種心靈慰藉的需要和傾向主觀抒情的藝術觀念，盧隱、石評梅、陳學昭等都大量以書信體、日記體創作傾訴對社會黑暗的痛切感受。

也正是出於對男女青年精神同盟的體驗，早期的「五四」女作家不僅直接從女性視角表現青年的社會困境，還從男性視角表現了青年所受的社會壓抑和精神苦痛。冰心的問題小說《去國》中，留美男學生英士學成歸來，滿懷報效祖國的熱忱，入了衙門，卻無所事事，滿目所見都是腐敗惡濁的現象，不得不滿心淒涼地再度去國赴美，以圖能作一點實事。盧隱的《彷徨》，則著重抒寫了男青年

秋心在學和為師時「彷徨和失望的悲哀」。這兩篇小說，都以細膩的心理刻劃見長。兩位女性作家均以深切的同情理解、咀嚼著同一社會困境中的男性覺醒者的痛苦。與同時期男性作家的創作相比，女性作家筆下受挫青年的心態明顯地傾向柔弱憂鬱，而沒有魯迅、郁達夫等男性作家筆下主人公－如魏連殳、于質夫－的絕望、冷峻。女性作家在撫摸青年內心傷痛時也沒有象這些男性作家那樣對青年自身的弱點展開內省反思。這與女性作家是有史以來首次大批地走上歷史舞臺有關，也與她們是被新文化運動「震」上文壇有關，還與「五四」早期女作家全都是年輕女子有關。無論從覺醒者成長的歷史看，還是從個人成長的歷史看，她們都不免年輕稚嫩，自然也難免柔弱、欠深刻，但她們創作中表現的青年哀痛卻別有一種青春女性的特質，同樣能激起人們對當時社會黑暗的深切痛恨。女作家在創作中自由出入於同性和異性角色，既令人欣喜地展示了中國女性文學前所未有的心靈跨度，同時，也表現出不能明晰地辨析兩性世界差異性的思想混沌。

　　而到「五四」後期，社會歷史的發展帶來青年內部的分化，早期的精神盟友有些甚至已經蛻變為新的異己對象。逐漸成熟的女性已經能夠更為細緻地辨別自己與周圍世界的差異，從而把其他青年也作為自己審視的客體對象。這時期的女作家創作中，青年男女面對社會黑暗的同盟已經不象早期那樣難以分辨出個體間或兩性間的差異了。在丁玲的《夢珂》和《莎菲女士日記》中，夢珂和莎菲周圍固然不乏匀珍、蘊芳、雲霖這樣同性或異性的熱心朋友，但夢珂和匀珍因為負氣便很輕易地不再往來了；蘊芳、雲霖雖然百般照料病中的莎菲，卻由於精神的平庸而從來未曾真正理解莎菲孤傲的靈魂；同為青年的曉淞、凌吉士更是卑鄙無恥的靈魂墮落者。唯一能理解、撫慰莎菲的蘊姊因精神痛苦而死，象徵性地說明了內部一致的青年同盟已經隨著時代的發展而成為難以回溯的過去。夢珂、

莎菲對青年靈魂黑暗面的審視、批判，對青年盟友之間的心靈隔膜的體察，說明現代女性在精神上已經比她先行的姊妹成熟了一步，但她們在此中體驗到的也是更為孤獨的個體人生處境。正是這種對女性困境的進一步抒寫和女性個體生命孤獨感的表現，使丁玲的早期創作成為「五四」女性文學的總結，也成為新文學第二個、第三個十年女性文學創作的開端。

覺醒女性在現實中受到家庭和社會的重重圍困，難以踏上社會公共生活領地去自由地施展自己的人生抱負。現實中的不自由感必然會更深一層引起女性對生命不自由的形而上感受。「五四」女作家常常借描述人物心理在作品中展開大段的人生哲理討論，造成「五四」女性文學普遍的議論化傾向。盧隱筆下的自敘性女主人公露沙──

> 看見鴨子在鐵欄裏游泳，她便想到，人生和鴨子一樣的不自由，一樣的愚鈍；人生到底作什麼？聽見鸚鵡叫，她便想到人們和鸚鵡一樣，刻板地說那幾句話，一樣地跳不出那籠子的束縛；看見花落葉殘便想到人的末路──死──彷彿天地間只有愁雲滿布，悲霧迷漫，無一不足引起她對世界的悲觀，弄得精神衰頹。」（盧隱《海濱故人》）

冰心小說《劇後》的女主人公愛娜倚鏡凝想：

> 似乎看見了年光的黑影，鷲鳥般張開巨翼，蓬蓬的飛來，在她光豔的軀殼上瞰視，迴旋。（冰心《劇後》）

她由此體驗到人最終必須面對衰老、死亡的無奈、恐懼。

大量抒寫生命不自由的形而上感受，只有在作為創作主體的女性作家已經初步克服奴性意識、能夠以人的自覺來審視自身存在的時候才成為可能。但另一方面，初步覺醒時期的青春稚嫩往

往又限制了「五四」女作家的理性思辨力度，使她們和筆下主人公普遍都無法將充滿靈性的生命感悟當作理性思辨的一個起點，由此出發建構起自己的人生哲學。「她們的哲學迷津，是把死亡的終點也誤認作對人生進行哲學思辨的終點。殊不知，人生哲學思維的徹悟，恰恰是把面對死亡這一無可更改的終點當作創造人生價值的起點。」[4]同樣感受到死亡不可避免，她們暫時還無力象魯迅等成熟思想家那樣昇華出即使不知道墳之後是什麼也仍要頑強走下去的奮鬥哲學，而往往只是擱淺於對人生不自由的淺層質疑中，走不出困惑悲哀的精神迷霧陣。無論在正視絕望的深度上還是在反抗絕望的力度上，這些女作家都沒能達到魯迅等優秀思想家的理性高度。

在面對人生哲理的困惑上，冰心是女作家中的例外，也是「五四」文學中的一個獨特存在。她雖然同樣沒有取得魯迅肉搏虛無的思想力度，但她卻從宇宙萬物——無論其形態如何變化——精神上都是相結合的的感悟中尋找到了精神歸宿。散文《「無限之生」的界線》中，她借人物之口表明死亡不過是生命「越過了『無限之生的界線』」罷了。死去的宛因對活著的冰心說：

> 我同你依舊是一樣的活著，不過你是在界線的這一邊，我是在界線的那一邊，精神上依舊是結合的。不但我和你是結合的，我們和宇宙間的萬物，也是結合的。（冰心《「無限之生」的界線》）

冰心在有差別的生命中看到了生死之間、萬物之間的內在統一性，由此超越死亡給生命帶來的恐懼，甚至賦予死亡以一層寧靜的

4　劉思謙：《「娜拉」言說——中國現代女作家心路紀程·二盧隱：悲哀的女兒國》，上海文藝出版社，1993年12月，第1版，第49頁。

詩意美，並且在思辨中給孤獨的個體生命帶來宇宙大家庭的融融暖意。在她眼裏，靈魂是先於生死而永恆存在的；不僅人有靈，萬物也均有相互感應的靈魂，因而「萬全的愛」是世界的本質（《「無限之生」的界線》）。所以她能自信地宣告「現在不過是一個憂鬱時期，以後便是奮鬥時期了」（《一個憂鬱的青年》）。

冰心的人生觀明顯受到印度哲人泰戈爾的影響。在普遍以歐風美雨拯救中國的現代社會中，冰心創作從東方哲學中汲取人生智慧，自然難以佔領主流文學的地位。同時，冰心以矛盾的同一性遮蔽矛盾的對立性，把靈魂看作是超時空的存在，也具有明顯的唯心主義色彩。但冰心作品中所流露的廣博愛心和樂觀精神卻默默地溫暖了在黑暗中上下求索的青年的心，她對東方文明的繼承也在一定程度上彌補了現代中國文學與古老傳統之間的裂痕。在抒寫人生哲理中，冰心莊嚴靜穆的詩性情感和優美純淨的語言風格也使其創作在藝術提煉上遠遠高於同時期的女作家，為鑄造現代中國文學傳統作出不容忽視的貢獻。

結論

女性擺脫家庭女奴地位、重返社會公共生活領域是一個艱辛曲折的歷程。「五四」僅僅是這一漫長路途中最初的一段。從把握命運自我意識的覺醒，到滿懷豪情地要為社會服務，再到受困於家庭和社會的層層阻礙，以至於感受到生命不自由的苦痛，而去探尋人生的哲理，現代女性初次踏上這一征程中的豪情與怯懼、覺悟與沉迷在「五四」女性文學中留下了清晰的印跡。

「五四」女作家在對女性重返社會公共生活領域心跡的抒寫中，呼喚女性作為人的生命意識的覺醒、強調女性的社會責任感、

表露女性作為人的生命困惑。到丁玲創作出現之前，她們顯然主要強調女性作為人的特性，而相當忽略女性作為女人的性別特性。

「五四」女作家顯然更著重於抒寫女性初步重返社會公共生活領域時的心路歷程，而忽略她們參與社會公共事務的現實情形。冰心散文《旱災紀念日募捐記事》，盧隱小說《秋雨秋風愁煞人》，石評梅散文《女師大慘劇的經過》、《痛哭和珍》等少量創作初步涉及一些女青年活動的正面情況，但這種描寫是極為有限的。盧隱的《秋雨秋風愁煞人》寫的是革命女傑秋瑾被捕遭殺之事，但作者從親情角度切入，寫秋瑾舅家痛失親人的悲苦，實際上還是避開了對秋瑾革命活動的正面表現。石評梅敘女師大慘劇，著重於控訴章士釗、劉百昭等的罪惡，抒發青年的悲痛心情，而並未對女青年的抗爭活動進行詳細描述。石評梅悼念劉和珍也側重於主觀抒情，而沒有去描寫劉和珍的革命活動。從「五四」運動到大革命，「五四」時期是個革命運動迭起的特殊歷史時期，許多傑出女性衝破黑暗重圍，在其間奔走活動，但其卓越風姿都未曾在「五四」女性文學中留下多少正面描寫的印跡。這受制於「五四」女作家的生活閱歷與文學觀。「五四」女作家大多數是中、高等學校的學生、教師，即使參與學生運動，她們也多是從文學、宣傳角度介入的。她們並不曾象下一時期的丁玲、謝冰瑩那樣深入到校園以外複雜的社會生活中。在文學觀念上，「五四」女作家普遍強調真實表現內心情感，而沒有象同時期男作家那樣看重寫實主義創作方法。這兩方面因素相結合，她們對女性重返社會公共生活領域的文學表現不可能兼跨心路歷程與現實情形兩方面，並且使得「五四」女性文學對女性重返社會公共生活領域時心路歷程的抒寫，具有明顯的主觀抒情傾向、議論化特徵和自敘傳色彩。缺少對女性重返社會公共生活實際情形的描述固然是一個缺憾，但對女性這一心路歷程的表現同樣具有打破封建男權、建設女性現代人格的重大意義。它是「五四」女性文學

富有特色的一個重要組成部分。在這一基礎上，二十世紀中國文學
對女性重返社會公共生活領域過程中內心經歷的抒寫源遠流長。

第二章　眷眷女兒心

　　女性要爭回做人的權利，必須衝破家庭藩籬、重返社會公共生活領域；同時在家庭內，女性還必須擺脫父權專制，向父母要回自己處理個人生活問題的權力。對青春女性而言，最重要的個人生活問題是戀愛婚姻問題。因此，爭取戀愛自由是「五四」女性文學的又一個重要母題。對這一母題的把握中，「五四」女作家都是從青年的視角出發來表現覺醒男女的痛苦和抗爭的。這樣，父母作為壓制青年愛情幸福的力量，必然處於被審問、被批判的位置。但由於天然的親情聯繫，和初步覺醒者的稚嫩心態，父母同時又是「五四」青年無法割捨的心靈依靠。兩類矛盾對立的情感互相牽扯，「五四」女作家暫時還無力從中整合出完整統一而又複雜多層的父親形象，一般總是對青年與父親的關係保持沉默，從而迴避自己反叛父權與渴望父愛的心理矛盾。只有在冰心、石評梅、盧隱、凌叔華等的小部分創作中，父親形象才是清晰的。冰心、石評梅抒寫了超越封建綱常的父女親情，塑造了慈愛、開明的父親形象。冰心在問題小說中，還揭露了父輩的落後、專制[1]，盧隱、凌叔華則各自塑造了傷害女性的父親形象[2]。「五四」女作家第一次擺脫「在家從父」的被動心理，代表現代女性理直氣壯地舒展了渴望父愛之心，也勇敢地審問了父輩的罪惡。初步覺醒的不成熟，使得冰心、石評梅、盧隱筆下的父親都是單一的正面或反面形象，只有凌叔華在揭露「父親」對妻妾們的傷害時，也寫出了「父親」對兒女的寬厚、和

---

[1]　冰心：《斯人獨憔悴》、《是誰斷送了你》。
[2]　盧隱：《父親》；凌叔華：《一件喜事》。

氣以及其中所含的冷漠。但從整個「五四」女性文學來看，對父親
形象以及父輩與子女關係的表現都十分有限。即使是冰心、石評
梅、凌叔華這些女作家，她們對父親的關注也遠遠少於她們對母親
的關注，冰心、馮沅君更是以表現母女深情見長。

母親形象、母女深情頻頻出現在「五四」女性文學中，成為創
作的一個聚焦點。這是因為在實際生活中，「五四」女性與母親之
間的事務聯繫和情感聯繫都遠遠大於她們與父親之間的聯繫。相當
長的一段歷史時期內，在一般的中國家庭中，父母對女兒的調教、
控制都是通過母親來實行的，女兒對家庭的依戀首先也是體現在對
母親的依戀上，女兒對女性處境的認識最初更是通過對母親生存境
遇的觀照而產生。母女親情「剪不斷，理還亂」，是「五四」女性
心頭無法迴避的重要心理情結。無力解決反叛父權與渴望母愛的心
理矛盾，雖然使得「五四」女作家同樣難以整合出富有典型意義的
母親形象，但並沒有造成創作中母親形象的失落，而是使得「五四」
女作家把創作的重心放在青年心跡的抒寫上，著重表現「五四」青
年──尤其是女兒──對母親的複雜情感。在對母女、母子親情的
抒寫中，「五四」女作家表現了現代女性人性的覺醒、女性意識的
覺醒，也展示了她們面對封建父權時的無奈和怯懦。

母愛在新時期以來的女性文學批評中是個頗有疑問的詞。當我
們對男權文化進行深入清算後，發現男權文化僅僅把女性當作傳宗
接代和泄欲的工具，總是強調母性天職來壓抑女性自我多方面的生
命欲求。在男權文化背景中，女性內心中過強的母性情結，往往使
得女性成為自我母性的異化物。它可能反過來否定女性生命，使女
性重新淪為男權文化中的女奴，如鐵凝《麥秸垛》中的大芝娘；母
愛所及甚至還可能對兒女的生命造成壓抑，如巴金《寒夜》中的汪
母、莫言《豐乳肥臀》中的上官魯氏。但母性轉化為女性生命的異
化物，必須是以它過分膨脹以致於壓抑了女性人性的其他方面為前

提。任何事物都有其正反面價值，我們不能以它的異化狀態來衡量其常態下的價值。實際，母愛在其合理的度中健康發展，恰是人倫親情的自然流露，是人性的合理表現，在二十世紀之初，尤其具有反叛禮教、解放人性的意義。

中國古代男權文化，一方面強調母職，以此把女性生命整合進男權文化體制中，使之成為孕育生命、培育符合禮教綱常接班人的工具；另一方面又以綱常禮教壓抑、扭曲自然的母子、母女人倫親情。「慈母手中線，遊子身上衣」這樣的深情頌歌，只是男權文化對女性自然母性的有限回報。母子、父子等人倫親情都因為被納入封建倫理中而常常被扭曲。子對父母遵循孝道禮儀行事，而禮教規則在引導自然親情的同時也往往對之形成規訓和壓抑。「母不取其慈，而取其教」[3]便分外強調母親在文化教化過程中的作用，而壓抑其自然慈愛的母性情感。孟母三遷、岳母刺字也是這種片面強調母親教育作用觀念支持下的母職美談。至於母親與女兒之間的親情，更是一直被壓抑而難以收到肯定的。因為從禮教的層面看，舒展母女親情將可能直接威脅女性從夫的男權專制原則。只有盡量斬斷女性與母親、娘家的情感聯繫，女性才可能在完全沒有退路的情況下安心作夫權專制下的女奴。清代陸圻的《新婦譜》，就完全用女性對婆婆、丈夫的孝順來界定、替代女性孝母的內涵，認為「今若新婦欲盡孝於父母，亦有方略，先須從孝公姑敬丈夫做起。」「母家奴婢往來，自然稠密，然留飯留宿，俱不宜出自己意。若阿姑云留飯、留宿，必先固辭謝，不得已而後仰承萬一。……婢來或在房中有低語，亦不必多。多則恐姑見疑，以為以家事相告。若僕則有何密語，萬不可近身，分付聲音，亦須朗朗，使眾聞之。」[4]

---

[3]　〔明〕呂坤：〈閨範〉，《女誡》，張福清編注，中央民族大學出版社1996年6月第1版第73頁。

[4]　〔清〕陸圻：〈新婦譜〉，《女誡》，第106-107頁。

　　文學創作往往兼具遵循、反映主流社會思想和超越、反思主流社會思想的雙重性質，因而，一方面，中國古代文學中未與女兒割斷情感紐帶的母親常常被塑造成反面形象，小說《水滸傳》、《三言二拍》中便時現這種不明智的母親；但另一方面，母女親情又在明清的閨秀創作中得到一定的正面抒寫，[5]從而體現中國文學實踐與男權戒律之間的複雜關係。但就總體而言，女兒心態在中國古代文學中並未得到充分舒展，母女親情在中國古代文學中是一個未曾充分展開的主題。「五四」女作家從女兒的角度感受母女親情、體會母親的苦難，既是對自我青春生命的撫愛，也是對自然親情的重塑，自有衝破封建禮教、舒展生命的現代思想價值。

第一節　歌唱母女自然親情

　　在「五四」女作家眼裏，母親首先是養育女兒、摯愛女兒的恩者。冰心、馮沅君、蘇雪林都從女兒角度充分感受母愛的溫暖，抒發對母親的感恩之情，使得母女親情這一沒有男性介入的女性情感生活側面以正面形象浮出歷史地表，成為審美表現對象。

　　「五四」女作家對母愛的體驗大都是從日常生活瑣事中汲取。她們很少去設置人生的緊要關頭讓母親在自己的利益、集團的利益與兒女的利益之間作出抉擇，她們年輕的心也還未曾注意到母親在孕育、分娩這些特殊時刻的艱辛困苦，她們往往側重於從平凡人生的點點滴滴中細膩地體察母親對女兒的關懷、感受母親的真摯愛心。

5　參看 Dorothy Ko, *Teachers of the Inner Chambers: Women and Culture in Seventeenth-Century China,* Stanford University Press, 1994.

　　由於「五四」女作家都是剛剛離家不久到外求學謀生的年輕女子，所以她們既抒寫母女相聚時的歡樂，又更著意從分別的離愁中體驗母女深情。別離和團聚這個古代文人表現愛情的經典題材，成為「五四」女作家抒發母女親情的典型題材，也造成「五四」女性文學在表現母女親情方面的獨特傾向。「五四」女作家有時通過聚散離合中的一些典型細節描寫來表現母親的拳拳愛心。蘇雪林在自傳體長篇小說《棘心》中寫到，女主人公醒秋清晨不到四點就「被一種輕微的步履聲驚醒」見「室中仍是黑沉沉的，屋角裏有個黑影兒，徐徐在那裏移動，」原來是母親在南回之前惦記著女兒的衣箱雜亂，起早悄悄為她整理。母愛如「潤物細無聲」的春雨，以毫無戲劇性的平常姿態滲透進女兒的生活，溫暖著女兒的心。馮沅君筆下衰老的慈母見到久違的女兒：

> 便笑得幾個不完全的牙齒都露出來了，同時眼中又充滿了晶瑩的老淚，此刻的精神簡直活潑得像三四十歲的人似的。雖然是歲數不繞人，行動總是顫巍巍的，就在這顫巍巍的行動上更顯示了世間唯一的、絕對的、神聖的母親的愛。（馮沅君《慈母》）

　　「五四」女作家對母愛激蕩自己心靈的抒寫遠遠多於對母親具體行為的描述。在不為常人注意的細枝末節上，她們總是能敏感地生髮出不絕如縷的情愫。冰心創作在這點上最為典型。在大量的散文、小說、詩歌作品中，除悼亡散文《南歸》一篇外，冰心極少涉及體現母親愛心的生活細節，卻一遍又一遍地恣情抒發母愛在自己心中的迴響。這種母愛頌歌多數產生於母女相別之後。因為「別離之前，我不曾懂得母親的愛動人如此，使人一心一念，神魂奔赴」（《寄小讀者‧通訊十二》）。在冰心的感受中，母愛是完全超越功利目的的天然親情，因而是最無私的世俗情感：

> 她愛我，不是因為我是「冰心」，或是其他人世間的一切的
> 虛偽的稱呼和名字！她的愛是不附帶任何條件的，唯一的理
> 由，就是我是她的女兒。
>
> 她對於我的愛，不因著萬物毀滅而變更。（冰心《寄小讀者·
> 通訊十》）

惟其不含功利目的且恒久不變，母愛才分外動人，令人死心塌
地地折服在它跟前。領受母愛還啟發了被愛者的主觀能動性，激勵
她們也以無私的愛去回報施愛的母親。「小朋友！當你尋見了世界
上有一個人，認識你，知道你，愛你，都千百倍的勝過你自己的時
候，你怎能不感激，不流淚，不死心塌地的愛她，而且死心塌地的
容她愛你？」（《寄小讀者·通訊十》）冰心甚至把對母親的情感回
報推向極端，不無矯情地宣稱「我愛母親，也並愛了我的病」，因
為「這病是從母親來的。」（《寄小讀者·通訊九》）

冰心主要在別後的思念中歌唱母愛的超功利性和永恆性，並以
同等的愛回報母親；蘇雪林則在母親永辭人世後，歌頌母愛中所含
的犧牲精神，並為此從受愛者的角度感到負疚：

> ……海上有一種鳥，……性情最慈祥，雛鳥無所得食，它嘔血
> 喂它們，甚至啄破了自己的胸膛扯出心肝餵它們。我母親便是
> 這鳥，我們喝乾了她的血，又吞了她的心肝。（蘇雪林《棘心》）

死亡隔絕了所有回報母愛的道路，只給懷著同等摯愛之心的女
兒留下無限遺憾。形象化的比喻把女兒心頭的遺恨推到了極端。同
是極端的情感，在蘇雪林的體驗中顯然比冰心的多一點淒厲和自
責。雖然在《第一次宴會》中，冰心也責備自己由於顧全對夫婿的
愛而離開病中的母親，但這種自責僅僅是圓滿的母女之愛、夫婦之
愛中的微弱變音，並沒有成為刻骨銘心的悵悔。即使在《南歸》中，

冰心痛失慈母的悲哀，也因為未曾有相互間的負疚而仍然透出溫馨的底色。這種情感基調的差別固然與兩位女作家生活經歷的差異有關，但主要還是源於她們內在個性心理的不同。相對而言，冰心的心態趨於穩健，蘇雪林的心態偏於激烈。

與冰心、蘇雪林不同，馮沅君則側重於在聚散不定的情緒波動中表現母女之間的相互牽掛。「老母送別時的傷心，此時見她回來的驚喜，使繼之深深感到母親的愛的偉大。」（《誤點》）她筆下的女兒在相聚的時刻細心地感受母親的愛，又在離別的失落中體驗自己對母親的依戀。「房中黑洞洞的，再看不見那慈和的老人，聽不見她的慈和和愛憐的聲音。」「不多幾年就三十歲了，還是如此離不開母親。明知月餘她即回來，卻又為之如此悵悶。唉，親子之愛！」（《寫於母親走後》）

第二節　以母愛為精神庇護所

「五四」女作家不僅歌唱了母女之間誠摯的天然親情，還把這種質樸的情感昇華為抵擋人生風雨的精神庇護所：

> 母親呵！
> 天上的風雨來了，
> 　鳥兒躲到它的巢裏；
> 心中的風雨來了，
> 　我只躲到你的懷裏。
>
> （冰心《繁星・一五九》）

「五四」女兒帶著青春的稚嫩，初次滿懷豪情地踏上社會公共生活領域，迎面就碰上強大的男權傳統和黑暗的社會現實，頓然發

覺「其實地上本沒有路」，而且一同奮鬥的人也還不多，不禁陷入
精神痛苦中。這時，由於尚未脫盡小兒女心態，她們撫摸心中的傷
痛，就自然而然地返身投進母親的懷抱，尋求情感慰藉。

> 在這廣大，空漠，擾雜的道路上，我躑躅著，我徘徊著，到處
> 都是這不可撲滅的塵灰，到處都是難以選擇的歧途，我空寂著
> 的心，我縹渺的靈魂，我失卻了努力的目標，我憎恨著一切，
> 然而我卻想起了我的母親。（陳學昭《我的母親》）

冰心、石評梅、陳學昭等「五四」女作家一般都習慣於在精神
苦悶的時候直接向母親傾訴痛苦、表達自己渴望受到庇護的願望，
至於受困於舊家庭的慈母能在多大程度上理解女兒的現代思想卻
並不是訴說者關注的問題。事實上，既然「五四」女兒才是踏上現
代征途的第一代女性，她們的母親自然就不可能與她們有著同樣的
人生追求。母親不僅不可能代替女兒去承擔男權傳統、黑暗現實所
施加的實際壓力，她們甚至一般都無法真正理解女兒的內心世界，
更不具備引導女兒人生之路的思想素質，但親密無私的母女之情遮
蓋過了思想上的巨大鴻溝，使慈母襟懷成為「五四」女兒最安全的
心靈港灣。

> 母親！在陶然亭蘆葦池塘畔，我曾照了一張獨立蒼茫的小
> 像；當你看見它時，或許因為我愛的地方，你也愛它；我常
> 常這樣希望著。（石評梅《母親》）

石評梅的一段心靈呼喚典型地展示了「五四」女兒與母親獨特
關係的一面。石評梅希望母親認同自己的情感，並不是因為她覺得
自己通過努力能夠在母女之間激發起相同的思想，而只是因為她相
信慈母無條件的愛一定會帶來母女二人立場上的一致性。這與後來
革命文學中，母女親情常常通向人物思想覺悟的提高截然不同。

154

由於思想上的差距，「五四」女作家向慈母傾訴痛苦的創作表面上是對話，實際上往往是獨語。

> 寫到『母親』兩個字在紙上時，我無主的心，已有了著落。（《寄小讀者・通訊十三》）

至於母親是否知道「我」在向她傾訴實際上並不重要。作為傾訴對象的母親在文本中往往成為一個虛化的客體對象。散文《母親》中，石評梅在中秋時節向母親訴說了飄零異鄉的孤苦感和人生受挫的頹唐感，實際上是借母親來抒寫自己自憐自戀的情緒。無論是從母親所具有的憐愛之心看，還是從母女分隔千里的空間距離看，虛擬一個這樣的傾訴對象，只是營造了一個更易於舒展自憐自戀情結的氛圍，而不是設立了一個交流思想的對話渠道。自憐自戀發展到一定程度是一種心理變態，但有限度地在慈母跟前乞憐卻是女兒常有的正常心態。青春女性尚未完全成熟而又受困於現實、找不到人生出路的特殊境遇造成了「五四」女性渴望母性愛撫的女兒心，成就了中國女性文學中一道難以重複的獨特景觀。

「五四」女作家一般都習慣於在向母親直接傾訴的宣洩性文本中顯露自己的女兒心態，冰心在《往事（一）之七》中，則藝術地提煉出了在雨中「慢慢的傾側了來，正覆蓋在紅蓮上面」的「勇敢慈憐」的大荷葉形象，藉以比喻人生風雨中的母女關係，從而達到了審美地把握生活的高度，也在「五四」女性文學中獨樹一幟地顯示了自己的藝術才能。紅蓮與荷葉的形象一經塑造成功後，其內在涵義也超越了母女關係的狹小範圍，昇華為人生某一類境遇、某一類情感的普遍隱喻，成為耐人咀嚼的典型形象。[6]

---

[6]　汪文頂：〈冰心散文的審美價值〉，《文學評論》，1997 年第 5 期。

冰心感受到母愛對女兒的心靈庇護，還推而廣之把母愛看作是整個世界的精神動力。

> 「母親的愛」打千百轉身，在世上幻出人和人，人和萬物種種一切的互助和同情。這如火如荼的愛力，使這疲緩的人世，一步一步的移向光明！（冰心《寄小讀者‧通訊十二》）

之所以能有如此偉大的效力，是因為──

> 她的愛不但包圍我，而且普遍的包圍著一切愛我的人；而且因著愛我，她也愛了天下的兒女，她更愛了天下的母親。（冰心《寄小讀者‧通訊十》）

這裏冰心把「愛屋及烏」和「人同此心」的效應無限擴大，完全不計其不相吻合的部分，而且把「老吾老以及人之老，幼吾幼以及人之幼」的傳統道德思維生搬硬套到認識論上來，其推理邏輯十分幼稚勉強。但把照耀歷史的神聖光輝奉獻給只有女性才具有的母愛上，卻是對男性中心主義的大膽反撥，是對女性生命價值的熱忱肯定。對母愛執著不倦的謳歌使冰心成為最富有代表性的母愛作家。

第三節　從母親身上燭照女性苦難

作為長期被困於舊家庭的傳統女性，母親不僅是女兒的庇護者，同時又是封建禮教的受害者，是無法反抗自身命運的弱者。「五四」女作家舒展心靈、感受母愛恩澤，向慈母襟懷尋找情感慰藉，同時也自然而然地會以現代女性的覺悟去審視母親作為家庭女奴

的人生境遇，悲憫母輩的苦難，從而深切感受封建男權對女性的迫害，更毅然絕然地去奔赴現代人生征途。

小說《棘心》中，蘇雪林通過母親境遇的描述，揭示了女性在男權的代理人——婆婆的壓制下的人生苦難。同為女性的婆婆，因為是對媳婦操有命運控制權的男人的母親，對家族傳宗接代有所貢獻，在歷經女性的種種苦難之後，終於在一定限度內得到男權力量的認同，在一定範圍內分享男權利益，轉而壓迫同為女性的媳婦。

> 母親在懷孕期內，身體疲倦，時時想睡眠，但婆婆每晚要她捶背，每每要到三更半夜。母親飯後躲在僕婦房中偷憩片刻，恐怕睡熟了，婆婆喊她不應，惹她責備。只好倚在牆壁上假寐，讓蚊子來叮，藉資警醒。（蘇雪林《棘心》）

媳婦在婆婆面前，等同於奴隸，根本沒有自己的權益可言。然而，男權對女性的奴役不僅是一種現實力量，而且是一種占統治地位的意識形態，同時也規範著女性的意識，使她們失卻反抗的願望。「母親性情善良謙遜，而富於熱忱，她立志要做一個賢孝的媳婦，她要將她全身心奉獻於阿姑，奉獻於丈夫。」外部的壓迫和內心的蒙昧把母親釘在女奴的位置上不得動彈，也不想動彈。對母親苦難的認識，在蘇雪林的創作中並沒有指向對男權力量的直接抨擊，沒有指向對女性覺醒的熱切呼喚，而僅僅與同情、敬愛母親的情感緊密相連。這說明此時蘇雪林對封建男權的否定主要還是一種自發的行為，而不是一種自覺的行動。

蘇雪林著重表現母親在她婆婆面前所受的壓迫。在這一對婆媳關係的洞察中，作為二者中介的兒子＼丈夫是不在場的。凌叔華在短篇小說《一件喜事》中則凸現出了這個曾經不在場的角色，從一個六歲小女孩的視角表現了父親對母親的無情傷害以及母親在這

種傷害面前的無可奈何的隱忍。「一件喜事」指的是父親的第六房姨太太進門。同是姨太太的媽媽、三娘、五娘必須領著孩子，以旁觀者的身份向自己的丈夫及新姨太太道喜；同時又要把丈夫納妾當作自己的喜事看，自己也去接受孩子們的祝賀。男權絞索勒在女性的脖子上，不僅剝奪了她們的愛情幸福，而且還剝奪了她們的人格、尊嚴，把她們釘在女奴的位置上，容不得她們對自己的不幸命運現出一絲不悅的神色，以禮教規範逼迫她們在受傷害的時候還要作出欣喜的姿態，以掩飾一夫多妻制度的罪惡。喜慶的氣氛和母親、五娘等心中的痛苦成為鮮明對比。「喜歡死的人死了，就快活了。」如果不能完全泯滅對幸福的渴望而屈辱地苟活下去，那麼只有死才是這一群不幸女性唯一的解脫之路。

在封建男權絞索中掙扎的女性根本不被當作人來看待。除了男人的玩偶和傳宗接代的工具外，她們的生命被認為是毫無價值的。凌叔華的另一篇小說《八月節》則從家族傳宗接代的角度再次揭示了男權社會中女性生命貶值的狀況和女性人格異化的現象——

> 三娘因為自己有兩個『傳宗接代』的兒子，抖得很。常常沖著大家藉故取笑媽媽說七星伴月原來還是月裏嫦娥托的身呢。媽媽漲紅著臉還只好陪著笑。（凌叔華《八月節》）

「七星伴月」指的是算命的說媽媽「命裏註定有七個千金」。同為男人玩偶的三娘因為實現了充當傳宗接代工具的價值，就在家庭女奴中佔據了上層的位置，得以趾高氣揚地欺凌生不出男孩的其他女性。母親因為連生女兒，作不成男性譜系中傳宗接代的工具，只能默默地忍受侮辱，並且沉痛地告訴不認命的女兒「要爭氣先要看一看自己，誰叫你們生來是女孩子，女孩子長大只好說個婆家，換些餅。」這裏，凌叔華塑造了被封建男權壓迫地抬不起頭的母親

形象，也塑造了既受男權壓迫又借男權壓迫別人的女性形象。清晰洞照傳統女性的命運之後，凌叔華借九歲小姑娘英兒之口對男性中心主義提出了未免幼稚卻十分勇敢的質疑：「難道男孩子長大了個個都做官，為什麼拉車的挑糞的都是男人？」

　　凌叔華善於在舊家庭的日常生活中選取典型事件，以清靈細膩的筆觸作橫截面的描述。兩篇小說均從六歲小姑娘鳳兒的視角和心理出發來組織材料，主人公、敘述者、作者三者分離，構成富有張力的立體藝術空間。透過兒童細膩而天真的眼光表現複雜的成人世界真相，使得沉重的主題與活潑的童趣相得益彰，深刻的生活洞察取得了富有節制的藝術表現。人物心理把握深刻有度、描寫細膩含蓄等使得凌叔華成為「五四」時代最優秀的女性小說家。

第四節　母女之愛與情人之愛

　　母輩女性在男權桎梏中含辛茹苦地過著家庭女奴的生活。但奴隸的地位並非總能夠產生反叛的願望。在長久的統治歷史中，男性家長們不僅控制著妻子、子女的命運，而且還控制了家庭、社會的輿論。他們制定了一整套封建禮教，把對家長的奴性服從規定為家庭其他成員必須恪守的行為規範。母輩女性從小就在禮教規範的薰陶中成長，很容易把這種奴隸教條視為天經地義。她們不僅無力解救自己，而且往往還會阻止其他家庭成員去反抗奴隸命運。當「五四」女兒反叛父權，要擺脫「父母之命，媒妁之言」，自行處理戀愛婚姻問題時，多數母親，無論她們怎麼摯愛女兒，常常都會把占統治地位的思想意識當作不可違逆的原則，以父權代言人的身份來反對女兒爭取幸福的舉動。覺醒的「五四」女兒由此常常陷入反叛

封建父權與維護母女親情的矛盾痛苦中。馮沅君短篇小說集《卷施》中的《隔絕》、《隔絕之後》、《慈母》、《誤點》、《寫於母親走後》，蘇雪林的長篇小說《棘心》等都集中展示了「五四」女兒的這種精神困境。

馮沅君的小說創作始於 1923 年，其 1923 至 1924 年間創作的六個短篇中，《隔絕》、《隔絕之後》、《慈母》、《誤點》、《寫於母親走後》五篇，雖然結局不同，但基本的衝突都是「母親的愛」與「情人的愛」在女主人公心中引起的劇烈衝突。「我的一生可說為愛情撥弄夠了。因為母親的愛，所以不敢毅然解除和劉家的婚約，所以冒險回來看她老人家。因為情人的愛，所以寧願犧牲社會上的名譽，天倫的樂趣。」[7]「兩種愛構成了幕互相衝突的悲劇，特聘我來扮演這幕戲的主角；使我精神上感到五馬分屍般的痛苦。」[8]

「母親的愛」與「情人的愛」，之所以在女主人公心中構成尖銳的衝突，並非是「情人的愛」使「我」女兒身份的單一性受到瓦解，從而覺得有負於年老多病的母親，如冰心三十年代的小說《第一次宴會》中所展示的；也不是愛人之間的責任義務傷害了母女之間的女性同盟，使女兒感到愧疚，如張潔九十年代的《世界上最疼我的那個人去了》中所揭示的。它的實質是「父母之命，媒妁之言」與自由戀愛之間的矛盾，是父權專制文化與生命自由意志之間的衝突。這是一個典型的「五四」文學命題，是傳統向現代突變時期特定時代精神境遇的體現，並不象《第一次宴會》那樣，表達的是一種超越時代的普遍的人生矛盾；也不像《世界上最疼我的那個人去了》那樣，傳達的是女性面對異性世界的驚悸感、滄桑感。

---

[7]　馮沅君：〈隔絕〉，《馮沅君創作譯文集》，山東人民出版社，1983 年，第 1 版。

[8]　馮沅君：〈誤點〉，《馮沅君創作譯文集》。

　　馮沅君筆下爭取婚姻自由的女青年，無論是第三人稱的繇華[9]、繼之[10]，還是第一人稱的「我」[11]，都既有一個自由戀愛對象，又有一椿父母代定的婚事。「身命可以犧牲，意志自由不可以犧牲，不得自由我寧死。人們要不知道爭戀愛自由，則所有的一切都不必提了。」(《隔絕》) 她們寧願以死抗爭，也不願與不愛的人相結合。其反抗包辦婚姻、追求自由愛情的態度異常堅決，充分體現了現代女性精神中成熟、獨立的一面。但面對來自慈母方面的強烈反對，她們往往又總是無法將母愛與母親所堅持的封建立場區別開來對待，從而陷入要麼辜負慈母、要麼向封建父權妥協的兩難境地中。「我情願犧牲生命來殉愛——母親的愛，情人的愛！愛的價值不以人而差別，都值得以生命相殉。」[12]把母親的愛與情人的愛，都奉為不可違逆的愛的宗教，高懸在肉體生命之上，「五四」青年反叛父權專制文化、爭取戀愛自由的行動，在馮沅君筆下並未形成善惡對立的倫理衝突，而是轉化成兩種善的力量之間不可相容的悲劇衝突。馮沅君作為「五四」女兒的生命脆弱，就並非象丹麥王子哈姆雷特那樣是行動能力的匱乏，而是思辯上的卻步。當母親催繇華回家時，繇華明知回去就要陷入逼婚的陷井中難以脫身，卻還是懷著對母親的愛毫不反悔地奔赴家中。當她以決絕的心情毅然以死來殉神聖的愛情時，又不禁在遺書中向母親請罪說自己——

> 不但不能好好地侍奉你老人家，並且連累了你受社會上不好的批評。我的罪惡比泰山還要高，東海還要深，你看見我死了，只當我們家譜上去了個污點，千萬不要難受！(馮沅君《隔絕之後》)

9　馮沅君：〈隔絕之後〉，見《馮沅君創作譯文集》。
10　馮沅君：〈誤點〉，見《馮沅君創作譯文集》。
11　馮沅君：〈隔絕〉、〈慈母〉、〈寫于母親走後〉，見《馮沅君創作譯文集》。
12　馮沅君：〈誤點〉。

　　「五四」女兒固然已經能夠堅定地從正面確立爭取愛情幸福的
人生追求，能夠在戀愛自由的神聖頌歌中高揚個體生命的主體性，
建立嶄新的現代新道德；另一方面又還沒有足夠的成熟去居高臨下
地審視自己百般依賴的慈母，無法一分為二地分析母親身上的矛盾
性，自然也就難以透過母女親情去深刻地批判封建家長對兒女的專
制態度、批判社會上的封建輿論，反而卻在一定程度上認同母親觀
念中群體大於個體的家族觀念，根本無視這種家族觀念與自己的個
性主義觀念、生命自由意識是多麼的格格不入。把母親的父權立場
與母女深情混為一談，又不願意放棄戀愛自由的原則，馮沅君只好
讓死神來調和母愛與男女之愛的矛盾，使得覺醒的「五四」女兒得
以逃避審判母親的情感劫難；但避開了這一道關坎，「五四」女兒
也就擦肩失卻了一個進一步走向成熟的精神斷乳時機。毅然赴死，
是第一代女性在勇敢決絕背後的信心不足，是她們在「母女之愛」
名義下因自身軟弱無力而在思辨中對舊道德所作的精神退讓。正如
魯迅先生所說的，馮沅君的作品「實在是五四運動直後，將毅然和
傳統戰鬥，而又怕毅然和傳統戰鬥，遂不得不復活其『纏綿悱惻之
情』的青年們的真實的寫照。和『為藝術而藝術』的作品的主角，
或誇耀其頹唐，或炫鬻其才緒，是截然兩樣的。」[13]勇於正面建設、
怯於反面批判，正是五四女兒這一矛盾心態的具體形態之一。

　　蘇雪林《棘心》中的女主人公醒秋也同樣無法區分母愛與母親
所代表的父權立場。同是迴避矛盾，與馮沅君借助死神來解決問題
不同，蘇雪林最終是以鴕鳥式的自欺欺人，讓醒秋在父母安排的婚
姻內臆想愛情幸福。這樣，醒秋暫時既能遵從禮教、滿足慈母的意
願，也不必否定自己的愛情渴求。敘述者、作者與主人公立場一致，

---

[13] 魯迅：《中國新文學大系‧小說二集導言》，轉摘自《中國新文學大系導言
　　集》第 129 頁。

共同沉醉於矛盾妥協調和的夢想中。這表明蘇雪林對封建禮教比馮沅君多一份怯懼、也多一份幻想。但由於詳細描寫了醒秋在走向這一椿婚姻前的靈魂掙扎，《棘心》卻從客觀上揭示了封建父權對母女親情、女性人性的嚴重扭曲。小說末尾，醒秋為母親掃墓後寫給叔健的信中有這樣一段話：

> 上帝饒恕我，我當時不知為什麼竟有那樣狠毒的念頭，我有好幾次希望母親早些兒去世。這因為我想獲得自由，但又不忍母親受那種打擊，所以如此。這還是由愛她的心發出來的，但我諱不了我自私心重！我的不孝之罪，應已上通於天！（蘇雪林《棘心》）

此時，死別的哀痛與臆想中的婚姻幸福都使醒秋更加忽略過母親所代表的父權專制所給於她的壓抑，縈繞於心頭的只有對母親的「刻骨的疚心」。渴望慈母早些兒去世的念頭正是摯愛母親的醒秋連自己也不怎麼能夠直面相對的想法。但此前在法國時，她確實時時為母女將不可能再相見的可怕預兆所折磨，以致於有一段時間竟常常清晰地夢見母親死去的情景。對母親的牽掛與對母親的惡毒念頭糾纏在一起，她被壓抑的愛情渴求以夢境這種隱秘的方式宣洩出來，反抗自覺加盟於封建父權的慈母之心。無法調和的矛盾造成人物情感的嚴重分裂和人性的扭曲。醒秋的這種精神變異客觀上揭示了禮教規範的殘酷性，展示了「五四」女兒在封建父權與慈母之愛聯合堅守的壁壘中難以突圍的真實困境。借助夢境、幻覺來表現人物的內心隱秘，是蘇雪林自覺借鑒佛洛德的精神分析學說，以之豐富文學表現方法的結果。

餘論及結論

　　出於初步走上社會人生之路的女兒心態，「五四」女作家一般都是從女兒角度抒發自己對母愛、對母親生活的感受，陳衡哲則是一個例外。在對母愛與兩性愛衝突的思考中，陳衡哲獨樹一幟地把目光投注在一個異域母親身上。小說《一隻扣針的故事》，西克夫人與馬昆‧勿蘭克一生心心相印，但年輕時錯過愛情，勿蘭克因此終生未娶；西克先生去世後，西克夫人為母愛的完滿不願再婚，只是幾十年從不離身地扣著馬昆‧勿蘭克贈送的耶魯大學校針。二人心有靈犀地遙遙共守一份戀情，直至各自生命的終結。西克夫人「為了這個母愛，這個從她的兒女推廣到他人的兒女的母愛，可以犧牲其餘的一切的一切，雖然有許多犧牲是十分痛苦的。」這裏，母愛與兩性愛的衝突，與禮教的壓抑無關。顧及母愛犧牲兩性愛不是懦弱的妥協，而是當事人堅強意志和高尚人格的體現，是一種無私的主動抉擇。陳衡哲讚揚偉大的母愛，也感歎不朽的愛情。在她的思考中，母愛之所以偉大，由於它能庇護兒女，更由於它能推廣到他人的兒女身上，同時還由於它隱含著施愛者的巨大犧牲。這樣的母愛就不是狹隘的人倫親情，而閃耀著更為寬廣博大的人道主義光芒。小說中的敘述者「我」雖然在年齡上是西克夫人的女兒輩，但「我」完全是以朋友般的平等態度與西克夫人交往，也是從平視的角度來敘述她的生活的。「我」顯然已不再是匍匐在母親膝前尋求愛撫的小兒女，也不是受困於封建父權無法自救的稚嫩青年，而是一個接受了西方民主思想的獨立的現代女性。這篇別具異域風情的小說，表明陳衡哲在擺脫小兒女心態這點上明顯地比她的「五四」姊妹們成熟。

　　在男權意識為中心的古代社會裏，女性是不具備獨立人格的男性附屬品，母女之間的天然親情因為女性生命價值的匱乏，在現實生活中一般都被認為是沒有價值的，在文學創作中也難以得到正面的表現。「五四」女作家在大量的創作中，從平凡人生的點點滴滴中確認母愛的神聖性，並以女兒對母親的愛相回報，還把母愛昇華為遮擋人生風雨的精神庇護所。這種母愛頌歌的集體大合唱是中國文學中的第一次。它燭照出了女性生活中一個極為溫暖而又始終不被注意的側面。這既是對「存天理，滅人欲」封建理學的否定，更是對女性生命價值的熱忱肯定。「五四」女性文學對母親家庭女奴地位的揭示，則是現代女性對傳統女性險惡生存境遇的第一次觀照，是她們對封建男權的勇敢批判，充分表現了現代女性覺醒之後的精神力度。「五四」女性文學展示「五四」女兒面對慈母愛心與封建父權聯盟時的束手無策，則表現了現代女性初步覺醒時的人生困境和稚嫩心態，真實表現了女性踏上現代人生征途過程中的艱巨性。

　　就總體而言，母親在「五四」女性文學中是慈愛無私且又苦難深重的正面形象。「五四」女作家儘管真實地展示了女兒在母親的父權立場面前無路可走的痛苦，卻從未曾把母親塑造成真正的反面形象。對慈母愛心的描寫使「五四」女性文學中的母親頭上永遠閃耀著神聖的光環，哪怕她們中的有些人由於不覺悟也曾把心愛的女兒逼上絕路。這種母親形象固然未免單一平面，但在中國文學中畢竟是對母親形象最初的集中觀照。它真實表現了母性的偉大，揭露了禮教的殘酷，否定了封建男權對女性生命價值的貶抑。另外，也只有充分表達過了對母親的感恩之情後，現代女性才可能沒有精神負擔地進一步去批判母親人性中惡的一面，進而綜合出複雜立體的母親形象。「五四」之後，從袁昌英的《孔雀東南飛》到張愛玲的《金鎖記》，現代女作家對母親變態心理的洞察達到了令人毛骨悚

然的深刻地步。正是從「五四」開始，母親才成為女性文學中一個
書寫不盡的重要形象，對母愛的頌揚、母親苦難的揭示才成為一個
被廣泛詠唱的永恆主題。

女兒心態使得「五四」女作家雖然有重重困惑，仍然有足夠的
勇氣要重返社會公共生活領域，卻無力以平視、俯視的態度去審察
母親們的立場錯誤、人性缺陷。這種獨特女兒心的大膽袒露，表明
現代女性已經從女奴的精神僵化中復蘇過來，預示了現代女性將在
不斷的奮鬥中逐步鍛煉出健壯的精神世界。也只有走過這一段在母
親膝前承歡的女兒路，現代女性才可能逐漸成長為獨立的女人、成
熟的母親。「五四」女性文學閃動著眷眷女兒心的青春風貌是現代
女性文學無法重複的珍貴源頭。

有一種觀點認為：

> 也許通過愛子女，母親能在一定程度上擴展了自己，尤其在
> 婦女地位十分落後的傳統社會裏，但是在子女一方，母愛卻
> 不是能使他們擴展自身的有效形式，因為擴展同時意味這創
> 造，意味這對生存活動的積極參與和有效投入，而在一種對
> 母愛的完全消極的接受中，何言『創造』，何言「擴展」
> 呢？……由此可見，冰心將母愛絕對化，一方面與具有更大
> 的開放性和更豐富的形態的性愛是相對立的；另一方面，這
> 種絕對化必然帶來封閉，阻滯了個人了個人的發展，從而影
> 響了她的創作。……於玄思之中將母愛絕對化，逃避本真的
> 生存則是一種危機。[14]

這種觀點的思維錯誤在於以為從子女的角度感受母愛是一種
完全消極、被動的情感接受。其實如果主體尚處於主體未曾覺醒的

---

[14] 林兵：〈論冰心的早期創作〉，1990 年冰心文學創作七十週年學術研討會論文。

被動接受狀態，又何曾懂得從心靈深處來領受母愛？以感恩的心情領受母愛，恰是主體生命覺醒之後主動把握世界的一種精神活動，它能進一步啟發被愛者的主觀能動性，激勵她也以無私的愛去回報施愛的母親。對母愛的領受，可能恰是個體生命一生中愛的能力的原初點。而且，青春少女對母愛的領會與其性愛也沒有必然的矛盾，只要母親沒有像馮沅君《隔絕》、蘇雪林《棘心》中的母親那樣去維護父權制度、壓制女兒的戀愛權力。冰心固然由於思想的傳統而迴避言說性愛，但這並不是她陶醉於母女之愛的結果。

還有一種觀點以母愛只是家庭內的女性情感、不涉及廣闊的社會生活為由，否定母愛的情感價值。這是過去「題材決定論」錯誤觀點的具體運用，也是以社會歷史宏大敘事否定女性情感生活意義這一男權觀念的典型表現。

第三章　童心世界

　　青春女性剛剛走出童年時代，進入成人世界。她們在心理上自然地有留戀童心、關心兒童世界的傾向。一方面，青春女性在成長的過程中逐步加深對世界的認識，現實社會存在的不合理性往往會挫傷她們天真的幻想、美好的憧憬，給她們帶來精神痛苦。這時，剛剛走過的童年生活因為沒有她們此時親見的現實塵埃，在回憶中就會變得格外美好；即使童心世界中固有的煩惱，在已經成長的心靈看來也往往會成為美好記憶的一部分。所以，心靈健康的青春女性常常又會表現出對童心世界的無限留戀。另一方面，青春女性在邁向成年女性的途程中，成熟女性固有的母性心理也已經開始在她們的心靈中悄悄滋長，她們也自然地會比較關心兒童的成長、關懷兒童的內心世界。

　　古代女性文學創作有不少都是青春女性的作品，其中卻少有對自我童心的抒寫、少有對兒童世界的描述。這是因為在封建父權專制的中國古代社會中，兒童和婦女一樣，都是男性家長的所有物。他們沒有獨立於封建家長之外的人格價值，其有別於成年人的童真世界在封建父權文化中被當作應該以三綱五常迅速替代的荒蠻領地。生長於這種文化氛圍中的女性作家，受主流思想意識的引導，在現實生活中一般都會極力壓抑自己的童心，在文學創作中更是竭力隱匿起成長過程中未曾完全消失的童真。她們對兒童的關心往往也會轉化成以禮教規範約束兒童，而很少去體察、表現兒童不同於成年人的豐富內心世界。

　　「五四」時代「人的發現」的重要內容之一就是「兒童的發現」。「五四」新文化運動的前驅們猛烈批判「父為子綱」的封建倫理道

德。魯迅在《狂人日記》中發出「救救孩子」的吶喊之後，又提出
了「幼者本位」的道德原則[1]；周作人站在人道主義立場上，也大
量撰文批判封建主義對兒童的精神虐殺，強調必須尊重兒童的社會
地位和獨立人格，認為「兒童在生理上和心理上，雖然和大人有點
不同，但他仍是完全的個人，有他自己的內外兩面的生活。」[2]對
兒童世界的發現、重視，掃除了阻隔在青春女性與童真世界之間的
文化障礙，使得她們能夠無所顧忌地舒展自己在成長過程中留戀童
真世界、關懷兒童內心的願望。

「五四」女作家正是這樣一批倘佯在校園內外、初步打開心靈
鐐銬的青春女性，對童真世界的歌唱、對兒童世界的關懷就自然成
為她們文學創作的重要內容之一。著意於歌唱童真、表現兒童生
活、關心兒童成長的「五四」女作家主要有冰心、陳衡哲、凌叔華、
蘇雪林。她們有時從成年人的角度讚美兒童世界、關懷兒童的成
長，有時隱匿起成年人的身份去細心體察兒童的內心世界，有時則
著重抒寫滲透著童心的女性世界。在歌唱童真、表現兒童世界中，
「五四」女作家體現了對兒童的無限熱愛，也流露出自己深深眷戀
童年生活的心情，還寄寓了她們對現實社會的深切失望與對美好人
性的熱烈期盼。

第一節　詩與哲理的頌歌

「五四」女作家首先從成年人的身份反顧兒童世界，從哲理和
詩意的角度發出了深深的讚美之詞。冰心是其中最富有代表性的作

---

[1]　魯迅：〈我們現在怎樣做父親〉，見《魯迅全集‧第一卷》人民文學出版社。
[2]　周作人：〈兒童的文學〉，載 1920 年 12 月，《新青年》第 8 卷第 4 號。

家。她既以哲理性的語言讚頌兒童的純潔偉大，也通過形象化的描述表現兒童潔淨、富有生機的詩意美。這兩方面的內容相互交織、襯托，達到感性描寫和理性昇華的和諧交融。而在不同體裁的創作中，這二者又各有偏重。在詩歌《繁星》、《春水》中，對兒童的哲理性讚頌佔據了主導地位，詩意盎然的形象化勾勒成為一種襯托，抒情性、形象性統一於理趣。在這類哲理小詩以及散文《寄小讀者》的某些段落中，冰心廣泛運用對比手法，把兒童特別是嬰兒的世界與成年人世界相對照，肯定兒童世界，否定成人世界。

> 真理，
>> 在嬰兒的沉默中，
>>> 不在聰明人的辯論裏。
>
> （冰心《繁星·四三》）

在她看來，有些道理，如母愛的偉大，是「小孩子以為是極淺顯，而大人們以為是極高深的話」（《寄小讀者·通訊十》）。這說明在冰心的認識中，天真、無知的兒童比成人更貼近世界的真相，更接近真理。這種觀點不免幼稚，但因為在一般的觀念中，成人世界常常是社會生活的代名詞，這實際上就間接折射出了冰心對「五四」現實失望、不滿的情緒，仍然具有批判社會的正面價值。冰心在雜文《法律以外的自由》中曾說：「小孩子呵，我這受了社會的薰染的人，怎能站在你們天真純潔的國裏？」這可以作為冰心這一社會批判立場的佐證。

冰心以混沌無知的兒童世界否定精細複雜的成人世界，顯然受到老子「複歸於嬰兒」[3]思想、李贄「童心說」的影響，受到泰戈爾兒童觀的影響。老子、李贄、泰戈爾、冰心都把童心看作是人類

---

[3]　老子：《道德經》第二十八章。

的本真性情，把成人社會中的智慧、學問看作是損害童心的力量。所不同的是，冰心的童心範圍要比老子的嬰兒境界、李贄的「童心」世界窄。它是純粹屬於兒童的真性情，並不包括成年人身上的童真之心。而且，冰心考慮問題的出發點也與他們有所不同。老子主要是從統治策略的角度考慮問題：

> 為學日益，為道日損，損之又損，以至於無為。無為而無不為。[4]

老子提倡減損思慮以保持嬰兒之心，目的是為了通過無為而達到無不為的效果。李贄則主要是從人格修養的角度考慮問題：

> 蓋方其始也，有聞見從耳目入，而以為主於其內而童心失。其長也，有道理從聞見而入，而以為主於其內而童心失。其久也，道理聞見日以益多，則所知日以益廣，於是焉又知美名之可好也，而務以揚之而童心失。知不美之名之可醜也，而務欲掩之而童心失。[5]

他認為外在的見聞、道理會帶來人的偽性情，所以人必須保持「最初一念之本心」以維護人性之真。而冰心關懷的則主要是人的精神解救問題。她曾經感歎道：

> 青年人！
>   覺悟後的悲哀
> 只深深的將自己葬了。
>
> （冰心《春水·一三一》）

4　老子：《道德經》第四十八章。
5　〔明〕李贄：〈童心說〉，見《宋元明美學名言名篇選讀》，吉林人民出版社，1991年2月，第1版。

　　她是在眼見許多青年在現實中受挫後，而回首到兒童世界中，把對現實的無知無覺當作人生真諦，以解救青年的精神苦痛。冰心認為拒絕知識、智慧可以摒棄煩惱，顯然又更接近莊子的思維方式。所不同的是莊子儘管有逃避現實的缺陷，但他確實在超越是非的「坐忘」、「見獨」中，自圓其說地找到了超越現實煩惱的渠道。而冰心把這種摒棄知識、智慧的態度確實地限定在兒童身上，在兒童總歸要長成大人的客觀規律面前就顯得比莊子更為無力了。所以，她自己也曾無可奈何地說道：

> 不要羨慕小孩子，
> 　　他們的知識都在後頭呢，
> 　　煩悶也已經隱隱的來了。

（冰心《繁星·五八》）

　　儘管有種種幼稚懦弱之處，冰心肯定兒童世界的美好卻仍然有否定封建父權的現代人道主義思想價值。冰心與泰戈爾的不同則在於，泰戈爾讚美兒童純粹出於成年人對兒童的喜愛之心，並沒有為成年人尋找精神解脫之路的目的。冰心在普遍提倡全面西化的「五四」時期顯然更多地繼承了東方優秀的文化傳統，在文化選擇上顯示了自己的獨特個性。

　　在思想上，冰心受到了中印多種文化傳統的影響。在藝術上，《繁星》、《春水》對兒童的讚美又更多地受到基督教文學的影響。冰心讚美兒童總賦予他們以一股宗教般聖潔的氣息，與基督教文學對聖嬰、天使的讚美有著相通之處，雖然她讚揚的是兒童純真的智慧、活潑的性情，而不是上帝之子的自我犧牲精神。

　　與《繁星》、《春水》不同，詩化小說《世界上有的是快樂……光明》、《愛的實現》中，冰心對兒童美的感性描寫在份量上大於對兒童直接的哲理性讚美，雖然作者賦予兒童美以影響人物心靈的作

用，最終仍然給小說帶來很強的哲理意味。這兩篇小說中，冰心均從一個成年人的視角去看一對純真無邪的孩子，孩子的感性美改變了青年凌瑜悲觀輕生的人生態度、影響了詩人靜伯的創作心理。雖然《世界上有的是快樂……光明》一篇，主人公凌瑜也曾受到孩子的語言勸諭，但語言勸諭之所以有效，仍然還是因為它伴隨著孩子的感性美而出現。冰心對孩子的感性美描寫主要是通過寥寥幾筆的簡單勾勒，描畫出一幅幅色彩鮮明素淨的畫面，造成一種活潑、純淨的美。《世界上有的是快樂……光明》中的兩個孩子「雛髮覆額，眉目如畫」。《愛的實現》中——

> 那女孩子挽著她弟弟的頭兒，兩個人的頭髮和腮頰，一般的濃黑緋紅，笑渦兒也一般的深淺。腳步細碎的走著。走的遠了，還看得見那女孩子雪白的臂兒，和她弟弟背在頸後的帽子，從白石道上斜刺裏穿到樹蔭中去了。（冰心《愛的實現》）

而詩人靜伯「凝注著這兩個夢裏微笑的孩子」，便「思潮重複奔湧，略不遲疑的回到桌上，撿出最後的那一張紙來，筆不停揮地寫下去。」成年主人公的心理變化在從外部觀照孩子感性美的詩性感悟中完成，而不必通過思想相撞擊的邏輯論證來實現。這表明冰心在小說藝術上借鑒了中國傳統詩歌藝術的思維方式，推崇「不涉理路、不落言筌」[6]的感性直覺，而不注重層層相因、一環扣一環的心理邏輯追蹤。《世界上有的是快樂……光明》中，主人公凌瑜在感動中覺得夕陽照在孩子的頭上，「如同天使頂上的圓光，朗耀晶明，不可逼視」；《愛的實現》中，兩個孩子的形象纖塵不染也有一種天使般的純淨，這些顯然又是對基督教文學的借鑒。就創作總體情況而言，冰心是綜合接受東西方文化傳統的影響而面對「五四」

6　〔宋〕嚴羽：《滄浪詩話·詩辨》，見《中國歷代文論選（一卷本）》，上海古籍出版社，1979 年 11 月，第 1 版，第 209 頁。

現實進行獨立思考的;而東方文化因數在她的心靈中顯然比西方文化因數佔據著更重要的位置。

第二節　自成一體的天真王國

「五四」女作家不僅從哲理和詩意的角度肯定兒童世界的純淨美好,而且還興致勃勃地去探究兒童的內心世界。捕捉兒童世界的天真童趣、表現兒童拙稚的內心世界是「五四」女性文學的又一個重要內容。表現這一主題的作品主要有冰心的短篇小說《離家的一年》、《寂寞》,散文《寄小讀者》、《山中雜記》,陳衡哲的短篇小說《孟哥哥》。

這一類兒童小說創作中,冰心、陳衡哲並未設置激烈的矛盾衝突中來表現兒童心理,而是通過揭示兒童在日常生活中的種種心理反應來展示兒童性格。她們把握兒童心理的獨到之處也不在於對兒童的某一心理特點作深入挖掘,而在於對兒童心態整體把握上的適度、逼真。《離家的一年》中,冰心截取一年的時間段落,寫一個十三歲少年初次離家上中學的心理適應過程,表現他天真中偏於內向、靦腆,且又好強、上進的性格。《寂寞》則寫短短的幾天中,兩個小朋友,小小和妹妹,一起玩耍時的快樂光景和分別所產生的寂寞感。小小天真而偏於頑皮的性格躍然紙上。《孟哥哥》一篇的時間跨度則有七八年,它集中敘寫景妹妹和孟哥哥之間天真誠摯的友誼,也表現小夥伴的夭亡給兒童心靈帶來的痛苦。這幾篇小說均著重選擇一個主要人物,側重於從他的視角出發去感受周圍世界,敘述者多數時候都與主要人物視角重合,偶爾又跳出主要人物的視

角去交待主要人物視線、心理以外的人和事。這就做到了逼真再現
兒童心理與完整敘述故事的和諧統一。

冰心、陳衡哲在細膩的描述中體驗著兒童那一顆顆小小的心靈
中的波瀾。這種細緻的表現並不含多少教育兒童的功利目的，也沒
有多少哲理啟迪的意味。這種無功利性的悉心體察、觀照卻更充分
體現了作者對兒童心靈的尊重。她們把兒童心靈看作是一個自有其
存在價值的獨特世界，而不是只把兒童當作「成人的預備」或「縮
小的成人」[7]來看待，並未把成人世界中的價值觀念強加給他們。
這充分體現了「五四」女作家人道主義思想的高度。這種無功利性
與她們同時期為探索社會問題而創作的「問題小說」形成鮮明對
比。超越解決一時社會問題的急功近利思想，冰心、陳衡哲也超越
了「問題小說」人物形象概念化的缺憾，在兒童小說創作中自由地
舒展她們善於體察人心的藝術才能，達到了從人性和審美的角度關
懷人生的文學創作要求。這顯然受到當時周作人等關於兒童文學無
功利性理論的影響。但超越一時的功利性並未成為冰心等「五四」
女作家心中占上風的思想，她們更為重視的顯然還是文學直接干預
現實的作用，所以這類以表現人心、探尋人性為特長的、成就較高
的作品並沒有成為冰心、陳衡哲創作的主流。但這寥寥幾篇也已經
體現出了這兩位女作家的藝術天分。顯然，冰心更擅長於在相對單
純的背景上以清靈的筆觸捕捉兒童生活中的詩意美，從而創造出清
朗純淨的藝術境界；陳衡哲則並不迴避兒童世界中的陰影，她更擅
長於把兒童心理放在一個相對複雜的社會關係中考察，進而創造出
悠遠深邃的意境。冰心的兒童小說是詩化小說，陳衡哲的兒童小說
則是散文化的小說。

---

[7]　魯迅：〈我們現在怎樣做父親〉，見《魯迅全集・第一卷》人民文學出版社。

散文《寄小讀者》、《山中雜記》中，冰心也屢有從周圍生活中捕捉童趣、表現兒童天真的文字。《寄小讀者‧通訊一》中，「我」即將去國赴美，小弟弟——

> 開玩笑地和我說：「姊姊，你走了，我們想你的時候，可以拿一條很長的竹竿子，從我們的院子裏，直穿到對面你們的院子去，穿成一個孔穴。我們從那孔穴裏，可以彼此看見。我看看你別後是否胖了，或是瘦了。」

《山中雜記》中，沙穰的小朋友「以黑髮皮裘為證」，驚說「我」是 Eskimo。兒童拙稚的天真在冰心文本中造成盎然的趣味、活潑的風格，並沒有引向「童子何知」的訓斥，說明冰心散文是已經擺脫了「文以載道」桎梏的性靈文字。

第三節　愛、美、智的啟迪

發現兒童拙稚的童心給成年人的世界帶來無限的欣喜，但兒童終歸是在逐步成長的。自成一體的天真王國與「成人的預備」原是兒童世界的兩個側面。「五四」女作家尊重兒童天真的思維，同時也不忘教育兒童的職責。她們不是「拿『聖賢經傳』儘量的灌下去」[8]，去製造封建禮教的衛道士；而側重於愛的啟迪、美的薰陶，智力的開發，著力於把他們培養成為心靈健康、學識豐富的現代文明人。著意於這方面創作的「五四」女作家主要有冰心、陳衡哲。

---

[8]　周作人：〈兒童的文學〉，載 1920 年 12 月，《新青年》，第 8 卷第 4 號。

冰心的《寄小讀者》二十九篇、《山中雜記》十篇均是作者旅美留學時期寫給國內小朋友的通訊。它們既是優美的抒情散文，也是現代最有影響的兒童讀物之一。盡情歌唱母愛、欣賞自然美、體恤兒童的天真童心是這兩組散文的主題。此外，對祖國的熱愛、與異國朋友的友情、自我童心的抒寫等也是這兩組散文所涉及的內容。

> 我是你們天真隊裏的一個落伍者——然而有一件事，是我常常自傲的：就是我此前也曾是一個小孩子。為著要保守這一點天真直到我轉入另一世界為止，我懇切的希望你們幫助我，提攜我，我自己也要永遠勉勵著，做你們的一個最熱情最忠實的朋友！（冰心《寄小讀者・通訊一》）

冰心不是站在一個優於兒童的位置上居高臨下地以師長面目去教訓兒童，而是以平等的態度、用自己熱情誠懇的心去與兒童交朋友。作為一個剛剛走過童年時期的青春少女，冰心無限留戀那個真率無偽的童真世界，也希望小朋友們能順利走過成長時期。她把自己感受到的母愛、童真、自然美這些美好的東西敘說出來與小朋友共用，也推心置腹地向小朋友懺悔自己的過失。在《寄小讀者・通訊二》中，她告訴小朋友由於自己無意的過失，曾使得一隻初次出來覓食的小鼠被小狗吞食。這個小生命的消逝「使我的靈魂受了隱痛，直到現在，不容我不在純潔的小朋友面前懺悔。」在與兒童的交往中她並不是單方面的給予者。她既向小朋友提供美好的精神食糧，也在對小朋友的敘說中淨化、昇華自己的靈魂，在與兒童的交往中滿足自己渴望人類真誠交往、相互同情友愛的人生理想。有些真實的內心感受，她只願向小朋友傾訴，而不願對大人言說。因為當「我」禁受不住因小鼠被吞而受到的良心自我譴責時——

便對一個成人的朋友，說了出來；我拼著受她一場責備，好減除我些痛苦。不想她卻失笑著說：『你真是越來越孩子氣了，針尖大的事，也值得說說！』她漠然的笑容，竟將我以下的話，擋了回去。（冰心《寄小讀者・通訊二》）

　　顯然，相對比之下，兒童真誠、熾熱的心比成年人的漠然、麻木更讓冰心感到親切。作為小讀者的兒童正是在這種難得的信任中傾聽冰心這位大姐姐的傾訴，在對冰心心情的理解中激發自己的愛心、美感。這種愛的教育、美的啟迪由於點點滴滴都化作作者的真性情、化作作者心頭的悄悄話而傳遞到小朋友的心靈中，通過打動兒童的情感而產生作用，所以與各種教訓文字有天壤之別。創作主體知心朋友般的平等態度，正是《寄小讀者》、《山中雜記》等散文取得成功的重要原因。此外，冰心的「文字是那樣的清新雋麗，筆調是那樣的清倩靈活，充滿了畫意和詩情，真如鑲嵌在夜空裏的一顆顆晶瑩的星珠。又如一池春水，風過處，揚起錦似的漣漪。」[9]冰心鑄造現代白話語言上的獨特成就也是《寄小讀者》、《山中雜記》等能夠在一代又一代的小讀者中傳唱不絕的奧秘之一。

　　注重愛的教育、美的啟迪，而不是把重心放在智的開發上，冰心顯然繼承了中國文化注重修身養性的傳統。激發兒童的博愛之心、培養兒童的美感，顯然又是以現代人道主義為指導思想、廣泛吸收西方近現代教育理論的直接結果，是對忠孝節義、三綱五常等封建倫理教育的間接否定。

　　冰心注重陶冶兒童性情，陳衡哲的知識童話《小雨點》則把著重點放在開發兒童智力、幫助兒童認識客觀世界上。《小雨點》刊

---

[9]　李素伯：〈冰心的〈寄小讀者〉〉，原載《小品文研究》，新中國書局，1932年1月；轉摘自《冰心研究資料》，范伯群編，北京出版社，1984年12月，第1版，第396頁。

於一九二〇年九月一日的《新青年》第八卷第一號上，比葉聖陶的第一篇童話《小白船》[10]整整早發表一年多，是中國第一篇完全由作家創作的藝術童話作品。《小雨點》以擬人化的手法描述了一個小雨點下地、入海、再升天的過程，形象地把雲遇風變成雨、雨遇陽光又變成雲以及植物吸收、釋放水分的過程，化成生動有趣的故事表現出來。作者把生動曲折的情節與心理描寫結合起來，小雨點初次出門一驚一詐的童稚心理增加了情節的驚險性和曲折性，造成盎然的童趣；豐富的心理活動也展示了小雨點天真、活潑，略帶嬌氣且又富有同情心的形象。知識性、趣味性和人物形象的生動性顯示了《小雨點》藝術上的成熟。這表明中國完全由作家創作的藝術童話雖然起步很晚，但一開始就是從比較高的起點上開始發展的。

第四節　青春女性的童心

　　「五四」女作家不僅懷著真摯的愛心歌唱兒童、表現兒童世界、教育引導兒童；而且還刻意捕捉成年女性心靈中不曾泯滅的童心，著意表現點綴、滲透著童心的女性世界；從中展示青春女性成長過程中的一段心靈真實，也寄寓自己對現實的失望、對理想的追尋。致力於表現這一內容的女作家主要有冰心、蘇雪林、凌叔華。

　　冰心在創作中回味自己童心來復時的所感所行，表露的是心靈健康的青春少女在成長過程中也會眷戀童年生活的內心隱秘。童年

10　葉聖陶：〈小白船〉，作於 1921 年 11 月，初載於《兒童世界》週刊第一卷第九期，1922 年 3 月 4 日；收入葉聖陶的第一個童話集《稻草人》。

在冰心的心靈中，代表著超越性別限制、超越社會俗規的率性而行。自我童心的流露表明冰心端莊靜穆的少女情懷中原也蘊含著激越豪爽的性情。在「滿蘊著溫柔，微帶著憂愁」（冰心《詩的女神》）的青春女性生活中，冰心憶起「白馬呵，海岸呵，荷槍的軍人呵……模糊中有無窮的悵惘」，回想起童年的男裝生涯，覺得「真是如同一夢」（冰心《夢》）。夢一般的悵惘是一種「知往者之不可追」的眷戀與無奈。冰心對時光沖淡生命印跡的遺憾，一方面化作對童年生活的回憶，另一方面則化作對成年後童心來復狀況的捕捉。捕捉自我成年生活中閃現的童心，冰心首先興致勃勃地向讀者描述了自己一些極為孩子氣的行為：

> 遊山多半是獨行，於是隨時隨地地留下許多紀念，名片，西湖風景畫，用過的紗巾等等，幾乎滿山中星羅棋佈。……興之所至，又往往去掘開看看。（冰心《山中雜記·（二）埋存與發掘》）

在沙穰養病中，她有時擺脫成年女性的角色限制，去重新體驗孩提時代的生活。但這並沒有造成冰心成長過程中的心理障礙。「有時也遇見人，我便扎煞著泥污的手，不好意思的站了起來。」（《山中雜記·（二）埋存與發掘》）「不好意思」表明她對童年生活方式的陶醉並沒有達到忘卻周圍世界的地步，在她心靈中占上風的還是成年女性角色意識。除了偶爾的行為描述外，冰心捕捉自我童心更多的是側重於抒寫內心世界。她在散文中時時展開孩子氣的幻想，悄悄回復到兒童心境中。車過泰安府：

> 我忽然地憶起臨城劫車的事，知道快到抱犢崮了，我切願一見那些持刀背劍來去如飛的人。我此時心中只憧憬著梁山泊

　　好漢的生活。我不是羨慕什麼分金閣，剝皮亭，我羨慕那種
　　激越豪放、大刀闊斧的胸襟！（冰心《寄小讀者‧通訊三》）

　　童心來復恰到好處地保留了童年小軍人生活給冰心帶來的豪
放氣度，使她得以超越傳統文化對女性氣質的限定，獲得較為廣闊
的心靈空間；也給她的抒情散文帶來生動的細節或豐富的想像，造
成行文的活潑有趣；同時這一份偶爾來臨的童心也把冰心與小讀者
拉得更近了。

　　冰心天真豪爽的童心是她女性情懷的點綴。在《寄小讀者》等
作品中，何處表現童心，何處體現女性情懷分得很清楚。而在蘇雪
林的散文集《綠天》中，作者的童心和女性情懷卻是水乳交融、難
以分割的。《綠天》共收散文六篇。其中《綠天》、《收穫》、《小貓》
是單篇的散文，《鴿兒的通信》內含十四篇通信，《我們的秋天》由
七篇相對獨立的散文組成，《小小銀翅蝴蝶的故事》則由六節故事
相續而成。蘇雪林的童心表現為以童話的思維方式來把握成人生
活、改造成年女性世界。這首先體現在作者以擬物關係來表現抒情
女主人公的愛情體驗。這有兩個層面。第一個層面是富有自敘傳色
彩的夫妻以擬物關係相處，第二個層面是作者在敘述表達時對愛情
生活的擬物化處理。在蘇雪林的體驗中，夫妻相處時的歡樂固然也
像一般恩愛夫妻那樣表現為彼此間的體貼關照，如《我們的秋天‧
三書櫥》中夫婿悄悄為自己定做書架，更多的時候卻表現為夫妻間
的逗趣。這對夫妻常常沉浸到童真中互相嬉戲。他們到草園子裏捉
蟋蟀，把它們命名為蔣介石、唐生智等南北軍人領袖，讓它們打鬥。
（《我們的秋天‧四瓦盆裏的勝負》）他們甚至還時時展開想像的翅
膀，進入到童話思維中，扮演動物角色互相戲耍：

　　他們嘲笑時在將對方人比做禽和獸；比兔子，比雞，比狗，
　　甚至比到豬和老鼠，然而無論怎樣，總不會引起對方的惡

感，他們以天真的童心，互相熨帖，嘲謔也不過是一種天然的遊戲。（蘇雪林《小貓》）

擬物化的敘述方式則在現實嬉戲之外又一次滿足了作者未曾泯滅的一派童心：

> 有時這隻貓端端正正的坐在屋裏，研究他的體育學，這只貓悄悄地──那樣悄悄地，真像貓去捉鼠兒時行路──走進來，在他頭上輕輕的打一下，或者搶過他的書，將他闔起來，迷亂了他正翻著的頁數，轉身就跑，那隻貓起身飛也似的趕上去，一把將她捉回，按住，要打，要呵癢，這隻貓，只格格的笑，好容易喘過氣來，央求道：「好人我不敢了！」（蘇雪林《小貓》）

《小小銀翅蝴蝶的故事》則一篇完全是童話。作者在敘述中把自己的留學戀愛生活改造為動物故事，使之充滿生動的趣味和詩的意境。對生活的這兩種擬物化處理，保留了夫妻生活中和諧相愛的內涵，而濾去了性的色彩，顯得純真無邪。這性的過濾與道學家從禮教出發否定人的食色本性截然不同，而是青春女性羞澀心理的自然體現，是人成長過程中因眷戀童真世界而帶來的正常特點。它與健康的夫妻關係並不矛盾。藝術表現中濾去性的色彩並沒有造成價值觀上對性愛的否定。主人公恰恰是通過對兒童角色的留戀、對動物角色的扮演，否定了幾千年封建禮教對夫妻關係的限定，掙脫了傳統女性角色的枷鎖，而保存了活潑真率的人性、保留了女性的生命熱忱。童心在這裏既是女性美好人性的體現，也是對封建禮教的間接否定。

以童心滲透成年女性世界，也在整體上造成蘇雪林早期散文情感上的獨特性。無論喜怒哀樂，在《綠天》中往往都是一種單純而

極端的情緒，而不是多種成分複合的成人化情感，這種極端不是一種深刻的執拗，而總是帶著孩子般的真率、任性，往往能造成特別豐富的想像，同時情感特徵也易於隨情境變化而變易，使得文章跌盪起伏、搖曳生姿。以童心滲透女性世界，影響了《綠天》的內容、情感，也造成散文形式對小說藝術的借鑒，由此鑄就了一種活潑單純的藝術風格，使之成為個性鮮明的一本優秀散文集。

冰心、蘇雪林在常態下表現成年內心的美好童心，凌叔華的小說《瘋了的詩人》，則表現一對青年夫妻以發瘋的形式回歸童心世界。女主人公雙成發瘋後沉浸到把動植物擬人化的童話思維中，與花月貓狗為友。作者借作為丈夫的詩人覺生的眼光描述她的變化：

> 花蕾般的嘴唇旁邊，添了稚子特有的嬌憨的笑渦，從前高貴冷淡的神色消失近了。（凌叔華《瘋了的詩人》）

凌叔華顯然是認同地把童心世界的回歸看作是心靈的解放、人性的解放，從而表達自己渴望人性真率、自然、富有生機的美好理想，否定社會對人性的異化。但以發瘋的方式來回歸美好的人性境界，表明作者實際上又否定了在現實中通向美好人性的可能性。這篇略帶概念化缺憾的作品表現了凌叔華否定現實而又找不到出路的高潔胸懷、無奈心情。

「五四」女作家表現點綴、滲透著童心的女性情懷，表明人成長的過程是一個不斷繼承前一階段特徵而進一步發展的漸進過程，童年的印跡總會或深或淺地影響著成年人的心靈。同時，童心留駐，意味著對傳統女性枷鎖的抗拒，意味著真率、自然的人性不失，寄寓了第一代現代女作家對人的現代化命題的積極探索。

「五四」女作家有時還借描寫兒童世界來表現社會問題。冰心的散文《法律以外的自由》，小說《莊鴻的姊姊》、《三兒》、《魚兒》、《國旗》均以兒童為題材，質問的卻是兒童世界以外的社會不合理

現象。冰心在此中表現反對戰爭，渴望人類大同的思想，反映教育經費拖欠、窮苦兒童無力受教育等問題。盧隱的小說《兩個小學生》則通過描寫兩個小學生參加請願活動受傷的事，批判執政府的殘酷不仁。這些作品充分體現了「五四」女作家關注現實的社會責任心和渴望人類和平的人道主義理想。但因為在這些作品中，兒童世界只是她們思考、表現社會問題的渠道，並沒有成為她們悉心關注的主要對象，所以其中對童心世界、兒童獨特性的表現就十分有限。

結論

「五四」以前，中國文學史上極少有從兒童視角出發表現兒童生活、讚美童真的創作。「五四」女作家和新文學的第一代男作家一起，第一次在超越家族傳宗接代的意義上放歌讚美兒童世界，細緻多面地表現兒童的內心活動，並為兒童提供高質量的精神食糧，有力地反叛了封建父權文化，為中國兒童文學的開創工作和最初建設作出了不可磨滅的貢獻。「五四」女作家還第一次在創作中大量展示青春女性的童真之心，從而揭示了女性成長過程中的一段內心真實，並且寄寓了第一代現代女性對封建女性角色限定的反抗、對醜惡社會現實的批判和對現代人性建設的熱忱探索。

無論是表現兒童世界，還是展示女性的童心，「五四」女性文學都側重於表現其美好純潔的一面，而很少去揭示兒童心靈中醜惡的東西，很少去表現女性成長過程中的心理障礙。這使得「五四」女性文學獲得了一種純淨美，而有別於以後的女性文學創作。這種純淨美源於「五四」女作家心態上的青春特質。「五四」女作家都是倘佯在校園內外的年輕女子，又是初次踏上社會公共領地的第一代現代女性，其整體心理特質與第二代、第三代的女作家相比，與

同時代的男作家相比，憧憬理想、體現愛心的純美性有餘，洞察黑暗的深刻度不足。但人總是一代代逐步成長起來的，而且「五四」女作家因為還未曾受到現實政治因素的限制，得以保持敏銳感受美好事物、熱情憧憬未來的本真性情也是其他人所難以企及的。「五四」女性文學對兒童的關懷、對女性童真的抒寫是現代女性文學的一個美好開端，是現代女性文學進一步發展的基礎。

第四章　女性情誼

　　除明清女性創作之外，詩文辭賦等中國古代正統文學中難得見到表現女性之間相互情誼的創作。「桃花潭水深千尺，不及汪倫送我情」、「海內存知己，天涯若比鄰」、「憶昔西池會，鴛鷺同飛蓋」只能是男人之間相互情誼的表述。女性被大量表現的情感是對異性的思念、哀怨。「賤妾煢煢守空房，憂來思君不敢忘，不覺淚下沾衣裳」[1]是典型的古代女性文學形象。詞曲小說戲劇等非正統文學中，女性之間的同性情誼得到了有限度的表現。但哪怕是書寫最充分的一種女性情誼──小姐與丫鬟的主僕之情，比起男性之間的知己之交仍是遜色的；即使與男性世界中同為主僕關係的君臣之交相比，也是欠深刻的。小姐、丫鬟都難以在雙方的同盟關係本身中昇華精神、安置靈魂。除主僕恩情外，被書寫的女性情誼便是媳婦孝敬婆婆、妻妾相友善。這二者一般並不表現人道精神，只表現女性自覺以禮教壓抑人性、扭曲自身人格，因而在實際的正面描述中總顯得格外單調貧乏。婆媳、妻妾在禮教支配下的行為並不可能形成平等的情誼。人道意義上的女性情誼，在古代文學世界中只是難得見到的偶然。《趙盼兒風月救風塵》、《雷峰塔》、《紅樓夢》中的女性友情只是暗夜中一絲微弱的光亮。與此相反，男性之間的知己之感、俠義之情、君臣之遇卻是被反覆吟唱的基本母題。

　　這種男女各自同性情誼的不平衡抒寫有生活實際與藝術表現兩方面的原因。女性與她的男性同胞一樣，天性上並不排斥同性情

---

[1]　〔魏〕曹丕：〈燕歌行〉，見《中國歷代文學作品選·上編第二冊》，上海古籍出版社，1979 年 10 月，第 1 版。

誼，但在男權社會裏，女性一般都被隔離於各個家庭中，作某一個家庭的奴隸，從屬於某一個具體的男人，根本沒有人身自由，完全被剝奪了締結女性情誼的權利。「莫窺外壁，莫出外庭」[2]，「莫與男人同席坐，莫與外來女人行」[3]。一般公共場所都是女性的禁區。除了保持與婆婆、女兒、媳婦等的倫理關係外，女性之間的友誼是被嚴格禁止的。女性主人與奴婢丫鬟因為嚴格的等級區別也難以締結成真正的心靈之交，雖然她們常常利益相連，有時也互相幫助。「三姑六婆，勿令入門。」[4]極少數超越家庭藩籬、從事一定社會活動的婦女不分青紅皂白地一概被界定為反面角色，成為女性中的異數。而且，由於長期的奴化教育，男權思想對女性的限定往往又滲透到女性自身的思想意識中，成為女性自覺的行為規範，使她們喪失了人的一些正常需求和能力，總把目光自動圈定在家庭的圍牆之內，自覺迴避倫理之外的同性交往、迴避同性情誼。少數背離正統女性角色限定的婦女，如妓女等，可能會因為相對的行動自由和共同的人生處境而在一定範圍內結成女性情誼。文學在表現生活的時候對素材的選擇、加工，也受到時代思想意識的限定。沒有男人介入的女性生活側面在男性中心主義的眼光中是沒有意義的。中國古代，女性之間的同性情誼在文學創作中的表現是有限的。

　　歷史到「五四」時代發生了一個根本性的轉變。在這個「人的發現」、「女性的發現」的時代裏，導引社會思潮的男性先驅者們第一次把女性認同為平等的人。許多男作家的作品從多側面共同暴露了女性的非人處境、揭示了女性所受的精神殘害、大力呼喚女性意

---

[2] 〔唐〕宋若莘：〈女論語〉，見《女誡》，中央民族大學出版社1996年6月，第1版。
[3] 〔清〕賀瑞麟：〈女兒經〉，《女誡》中央民族大學出版社，1996年6月，第1版。
[4] 〔清〕史典：〈願體集〉，見《女誡》中央民族大學出版社，1996年6月，第1版。

識的覺醒。但由於體驗上的隔膜，女性之間的情誼作為一種人的正常情感，在男性同胞的創作中仍然是重視不夠。「五四」女作家第一次在自己的創作中大量抒寫了女性之間的同性情誼，以同性結盟的姿態反叛了封建禮教對女性角色的限定，豐富了藝術中的女性世界，開拓了文學表現生活的一個嶄新領域，給「五四」女性文學帶來鮮明的特色。

「五四」女作家筆下的女性情誼主要有三種形態，一是青年女子之間的真摯友情；二是女性同性戀；三是受男權傷害的女性之間相互同情。集中抒寫女性情誼的女作家主要是冰心、廬隱、石評梅、陸晶清、凌叔華五人。

第一節　青年女子之間的真摯友情

青年女子之間的真摯友情在冰心、廬隱、石評梅、陸晶清筆下得到集中的表現，但在冰心和廬隱、石評梅、陸晶清筆下又具有迥然相異的內質和表現形態。

冰心的《最後的安息》、《六一姊》以及《秋雨秋風愁煞人》、《好夢》、《寄小讀者》、《往事》、《山中雜記》等篇章，作為現代女性友誼的最初表現，是沙漠中的綠洲，但並沒有由於周遭荒蕪而產生的蒼涼、孤寂，也沒有清算歷史、批判現實的冷峻、犀利，而充溢著人性完滿的溫馨、醇厚。這是因為得益於得天獨厚的家庭背景和人生經歷，冰心明朗健全的心靈中沒有受過封建男權的傷害。冰心對女性友情的呼喚不是舊營壘裏的反戈一擊，而是女性健康人性的自然流露，具有一種令人羨慕的單純、明亮，絲毫沒有以往歷史的沉重陰影。

　　《最後的安息》、《六一姊》兩篇中的女性友誼都是富家小姐與貧家女子之間的友情。《最後的安息》中，富家小姐惠姑是施愛者，貧家童養媳翠兒是受愛者。施愛不是一種恩惠，而是滲透著基督精神的慈悲，因而二人雖然在精神上是不平等的，但在人格上卻是平等的。《六一姊》中，貧家女子六一姊「練達人情的話，居然能庇覆我！」平等的愛意，抹平了等級文化所造成的生命鴻溝，使得這女性間的友誼具有一種撫慰生命傷痛的靈魂拯救功能。這兩種超越貧富界限的女性友誼，都否定了壁壘森嚴的封建等級意識，達到現代人道主義的思想高度，是以往的文學中所不可能產生的。六一姊與魯迅筆下的閏土是處境相似、精神相近的人物。兩位作者都深深熱愛筆下的童年夥伴，但在共同的人道主義前提背後，各自的敏感點和由此產生的情感內蘊卻大相徑庭。蕩漾在冰心心頭、昇華到理性自覺層面的只是對受殘害之餘仍然保留著人性美的勞動婦女的讚美和懷念，而不是對受害者精神病痛的剖析、療救。六一姊「十一歲那年來的時候，她的腳已經裹尖了」。這是她母親不在家，六一姊自己動手自虐的結果，動機只是「痛也沒有法子，不裹叫人家笑話。」這樣的題材，在魯迅手下，是必定要由此深入追究，進一步拷問人物自虐行為中包含的精神變異。但冰心的筆在此只輕輕劃過。對六一姊如此自律感到「愕然」之後，她並沒有更深一步的情感波動、理性敲擊。真正觸動冰心心懷的，乃是六一姊的「嘉言懿行」。這包括童年時她作為小玩伴給「我」帶來的生趣，也包括她對「我」的盡心愛護，還包括懂事自律、勤儉溫柔的品格。寫作時，時空和精神的隔膜，只讓冰心產生淡淡的惆悵和憂傷，讓「我」更加珍惜過往的友情，在情感上更加美化記憶中的人和事，而並不指向對六一姊或者「我」當前生存境遇的否定。「我相信她永遠是一個勤儉溫柔的媳婦」，這一讚美表明，「我」認為六一姊的生存狀態、精神世界雖然與「我」的大相徑庭，卻同樣也是讓人滿意的。《六

一姊》終究沒有走向《故鄉》末尾那種濃重的幻滅感，而是在感傷中又微帶著甜美。《六一姊》在藝術風格上，也因此有別於《故鄉》的冷峻蕭颯，而顯得溫馨優雅。《六一姊》中，冰心賦予人物六一姊的乃是一種人道溫情。它使得冰心不忍心像魯迅那樣去拷問人物靈魂中的病態，而更著意於塑造下層勞動人民的美好形象。這種人道溫情，否定了壁壘森嚴的封建等級制度，《六一姊》由此也同樣獲得現代啟蒙文學的思想高度，而對魯迅等的批判性文學構成有益的補充。

　　冰心確認超越貧富界限的女性友誼，是基於「鄉下孩子也是人」（《六一姊》）的人道主義基本原則；她對青年女學生之間相互友情的確認，則包含了對女性友情共同思想基礎的思考、包含著對人性具體內涵的初步辨析：

> 「最缺憾的是一時國際問題的私意！理想和愛的天國，離我們竟還遙遠，然而建立這天國的責任，正在我們……」她低頭說著，我輕輕地接了下去，「正在我們最能相互瞭解的女孩兒身上。」（冰心《好夢》）

　　《秋雨秋風愁煞人》和《好夢》中，冰心把女學生之間的友誼建立在「服務社會」、維繫國際和平的共同理想上，賦予女性友誼以崇高的內涵和廣闊的視野。《寄小讀者》、《往事》及《山中雜記》中，女學生間的同性情誼主要體現在「我」對女伴「嬌憨、純真、頑皮」性情的欣賞上：

> M　住在我的隔屋，是個天真爛漫又是完全神經質的女孩。……她往往坐在床上自己喃喃地說：「我父親愛我，我母親愛我，我愛……」我就傾耳聽她底下說什麼，她卻是說『我愛自己』。我不覺笑了，她也笑了。她的嬌憨淒苦的樣子，得了許多女伴的愛憐。

> R 又在 M 的隔屋，她被一切人所愛，她也愛了一切的人。……
> E 只有十八歲，……她急切的想望人家的愛念和同情，卻又
> 能隱忍不露，常常在寂寞中竭力的使自己活潑歡悅。……（冰
> 心《寄小讀者・通訊十五》）

「我」在不同的篇章中總是以相同的溫柔心境去看其他同學病友，欣賞她們的人生理想、人性美。這「看」的眼光中所流露出的平等的愛意，這「看」之中對女性健康人性的發現，都是對傳統女性意識的反叛，是女性健全心態的又一種體現。但相對靜止的「看」，又缺少更深的行為介入，缺少更深刻、細緻的精神交流，難以觸及到對象的深層心理，因而對各位女伴性格中同的方面表現得多，異的方面表現得少；「我」對她們介紹得多，「我」與她們的交往展示得少；直覺的體察、意會多，具體的描繪、剖析少。這種女學生之間單純、美好的同性情誼，雖然只停留在淺層面上，顯得幼稚、簡單，但作為現代女性剛剛浮出歷史地表的最初姿態，卻有一種令後來者永遠羨慕的純淨、莊嚴。總而言之，無論是對超越貧富界限的女性友誼的書寫，還是對女學生之間相互情誼的表現，冰心正面發掘女性美好品格、表現女性之間真摯友情的熱忱，壓倒了展現女性與封建男權思想肉搏的熱忱。冰心側重於以情感的認同來表現女性之間的深厚友情，而主要不是以理性的敲打來肩負震醒女性同胞的責任。這種偏好固然使冰心對女性情誼的書寫難以獲得歷史的縱深感，但那一道沒有陰影的青春光彩卻充分昭示了女性人性中的真善美。這無疑也是帶著歷史必然性的奇跡，因此它將永遠滋潤人心。隨著現代女性的逐步成熟，這一道最初的曙光，將在第二代、第三代以及後來的女作家身上發展成絢爛多姿的彩霞。

　　冰心筆下的女性友誼是沒有歷史陰影的曙光，令人羨慕；盧隱、石評梅、陸晶清筆下的女性友誼卻是滿載著歷史重負而蹣跚地踏上現代征途的一駕沉重馬車。這種沉重不是顧忌傳統禮教對女性友誼的限制、否定，而是由於同性友情中承載了「五四」女兒生命中不能承受的壓力。盧隱、石評梅、陸晶清的創作中觸及女性友誼的篇章比比皆是，她們的許多小說、散文同時又是寫給同性朋友的書信。盧隱有《寄一星》、《寄燕北故人》、《海濱消息》、《寄天涯一孤鴻》、《寄梅窠舊主人》等，石評梅有《梅花小鹿——寄晶清》、《寄海濱故人》等，陸晶清的散文集《素箋》收的便是十篇寄給朋友的書信。她們在這些書信體創作中自由地袒露自己的內心世界，表達對朋友的思念、友情的渴望，宣洩自己的人生悲哀。表現這種友情及其重負，最富代表性的當推盧隱的非書信體中篇小說《海濱故人》。作品中，學校這個特殊環境解除了封建禮教對女性友誼的限制。露沙、玲玉、蓮裳、雲青、宗瑩五個女同學結成了朝夕相處的夥伴。她們也和冰心筆下的女學生一樣，已經不會為自己的同性友誼而受到責難，也無需為之進行道德辯護。不同的是，她們總是為男女情愛、婚姻對同性友誼的瓦解深感悲哀。蓮裳與相愛的人結婚，婚禮上本是喜氣洋洋：

> 只有玲玉、宗瑩、雲青、露沙四個人，站在蓮裳的身旁，默默無言。彷彿蓮裳是勝利者的所有品，現在已被勝利者從她們手裏奪去一樣，從此以後，往事便都不堪回憶了！海濱的連袂倩影，現在已少了一個。月夜的花魂不能再聽她們五個人一齊的歌聲。她們越思量越傷心，露沙更覺不能支持，不到婚禮完她便悄悄地走了。回到旅館裏傷感了半天，直至玲玉她們後來了，她兀自淚痕不乾，到第二天清早便都回到北京了。（盧隱《海濱故人》）

宗瑩結婚，露沙亦是「涕淚交流」、「肝腸裂碎」。但在另一方面，她們又並不排斥男女愛情、婚姻，總是希望自己以及女伴們的愛情美滿、婚姻幸福。露沙曾為雲青與師旭的戀愛穿針引線，又為心悟、雲青的愛情失落而倍感傷心，由此嗟歎人生可畏。

女性友誼表面上是和異性愛相對立，實際上是和社會對覺醒女性的壓力相對立。露沙和她的女伴都深深慨歎大學校園這個允許女性與男性一樣求學、結友的地方還只是男權汪洋中的孤島；在社會一般人的觀念中，女性仍然是社交場上的玩偶、家庭中的奴隸，沒有發展獨立人格、服務社會的可能和必要。她們作為第一批覺醒的女性，面對現代人生追求和落後社會環境的嚴重相悖，不能不強烈感受到夢醒後無路可走的悲哀、孤獨。無論從覺醒者成長的歷史來說，還是從人成長的歷史來說，她們都還年輕稚嫩，心態上無力與強大的反面力量相抗衡，難免產生人生虛無的感覺，有時甚至還有不如不要覺醒的無奈之想，嗟歎「十年讀書，得來只是煩惱與悲愁，究竟知識誤我？我誤知識？」她們在大學校園中結下的同性友情，除體現女性擺脫女奴地位後的健康心理需求外，還是抵禦周遭寒氣的弱者同盟。異性愛和婚姻之所以構成與女性友情的表面對立，是因為它必定會使緊緊相抱的弱者同盟變得鬆散，使得這些代表歷史正面力量、但還處於弱勢的女子此後更加孤單無援。她們不能接受的只是情愛、婚姻的副作用，而不是情愛、婚姻本身。弱者面臨無物之陣的怯懼又使她們無力以更深的理性內省自己的心態、分析自己的處境，只能把情緒宣洩到女性弱者同盟的表面障礙上。她們在女性同盟飄搖欲墜的共同悲哀中體驗人生的荒涼，又由經驗的共同性而感受到些許無力的慰藉。在這裏，盧隱是和她筆下的人物站在同一思想高度上思考問題的，因而，她對筆下人物只能取平視視角，無力站在一個制高點上對人物的情緒作深刻的理性把握。這使得《海濱故人》和盧隱、石評梅、陸晶清的其他創作一樣成為典型

的宣洩性文本，彌漫著揮之不去的濃重悲哀，因此也無法取得魯迅等同時代作家由深刻的理性反思而帶來的思想力度，但這種對女性苦悶的大膽直白，卻從女性視角真實展示了「五四」女兒豐富的內心隱秘，從而大膽肯定了女性作為人的存在價值，保存了現代女性可貴的最初腳印，並且寄寓了對理想世界的熱切渴望，包含了對歷史和現實不合理性的批判。這是一切男性作家所無法越俎代庖的。

第二節　女性同性戀

　　女性弱者同盟發展到極端，有的便演變為女性同性戀。廬隱的中篇小說《麗石的日記》、石評梅的散文《玉薇》、凌叔華的短篇小說《說有這麼一回事》均以理解的態度展示了女性同性戀者的內心世界。女性同性戀是「五四」女性文學中的一道特殊景觀。「五四」女作家固然把女性同性戀擺在不為社會所容的位置上，但並沒有把它當作一種變態心理來揭示，而是把它作為青春女性在特定條件下可能產生的一種正常的特殊心態來表現，寫出它在異性愛面前的無力，並把它的最終失敗當作女性的一種人生痛苦來表現。它的不為社會所容是異性情愛、婚姻對它的自然瓦解，而不是新舊道德輿論的譴責、強制。這種寬容的態度既源於價值重建時代的思想自由，也源於作家對特定時代生活真相的忠實。「五四」時代，先進思想界以毫不妥協的激進態度批判了中國傳統文化對人性的壓抑；而在價值建設方面，西方多種多樣的思想流派雖然被廣泛引進，但新的道德範式並沒有迅速成型。覺醒者在叫出兩性間無愛的痛苦時，也會對同性間的愛戀持較為寬容的態度。另一方面，「五四」時代，多數第一批衝出家庭牢籠的女性並沒有立即走到一個男女可以完

全自然交往的社會中，她們只是走到一個大批女性共同生活、學習
的女子學校中。同時，由於價值重建時代的真空，她們雖然洞悉舊
時代女性在婚姻中的非人處境，卻又暫時還無法建構一個新的婚姻
方式來設置合理的異性關係。這樣，由於異性交往的相對匱乏和同
性交往的相對自由，再加上對異性情愛、婚姻的恐懼，有一部分女
性的青春衝動就可能指向同性夥伴。

「五四」女作家只要忠實於同時代女性的生存真相，就不可能
完全避開女性同性戀這一特定時代中具有一定普遍性的特殊現
象。石評梅的《玉薇》大膽地袒露了自己對一位學生——「一個十
七八歲的少女」的默默愛戀：

> ……除了我自己，絕莫有人相信我這毀情絕義的人，會為了她
> 使我像星星火焰，燒遍了原野似的不可撲滅。(石評梅《玉薇》)

這種愛戀可以理解作異性愛受挫後的情感轉向。盧隱則寫出了
女性同性戀者熱烈而絕望的心理，也傳達出了這種戀情的心理、情
感根據。《麗石的日記》中，女學生麗石要奮鬥又找不到出路，只
能陷於苦悶之中。她自述到「沅青她極和我表同情，因此我們兩人
從泛泛的友誼上，而變成同性的愛戀了。」但沅青終於與表哥戀愛、
結婚，麗石「恨不得立即與世長辭」，發出了「抑鬱而死吧！抑鬱
而死吧」的絕望哀叫，不久果真因心臟病辭世。麗石並不缺乏廣泛
的社會交往，異性朋友歸生在異性戀愛中失意，她也能以友愛之心
相同情，可見她在觀念上並不排斥異性戀，只是對現實婚姻中的女
性處境感到恐懼。女友雯薇的婚姻就令麗石望而生畏。雯薇「當初
作學生的時代，十分好強，自從把身體捐入家庭，便弄得事事不如
人了」。對女性難以擺脫的婚姻困境的恐懼是麗石同性戀的心理基
礎，對青年人生苦悶的共同理解是麗石同性戀的情感基礎。凌叔華
在《說有這麼一回事》中則揭示了在男性相對匱乏的情況下女性同

性戀可能是對異性戀的模擬。在學校反覆的戲劇排練、演出中，女學生影曼和雲羅分別扮演羅米歐和茱麗葉。平時同學們也對她們以羅米歐、茱麗葉戲稱。這初步激發了她們的性愛意識。在雨夜共寢中：

> 影曼想把雲羅的臉扳起來看，雲羅只伏在她肩上嗤嗤價笑，笑得她肩膊發癢。她的唇正碰在雲羅額上，不覺連連吻她。
> （凌叔華《說有這麼一回事》）

在肌膚相觸的親昵和花前月下的抒情中，影曼都自覺以男性角色自居，以男性心理感受雲羅的肉體美、愛護雲羅；雲羅則對影曼表現出女性對戀人的依賴心理。但這種模擬異性戀的女性同性戀情，在現實男女關係的衝擊下很容易就瓦解了。雲羅暑假回家，很快就與真正的異性對象結婚了。而影曼還沉醉在對雲羅的愛戀中不能自拔。聽到雲羅結婚的消息，「她眼內發黑，撲撞一聲便跌倒在地上。」「五四」女作家以細膩的感情描寫寬容地表現了女性之間的同性戀情，也寫出了這種感情面對異性愛時無可改變的脆弱。它從一個層面表現了女性剛剛踏上解放之途時的特殊心態，同時也在對她們精神痛苦的理解中批判了從現實處境和內在精神兩方面壓抑女性的不合理社會。這種寬容和批判也同樣表現了女作家的人道主義襟懷。

第三節　受害女性之間的相互同情

女性作為人的價值得到肯定，從根本上改變了男女關係的實質。覺醒女性以人的價值尺度衡量自己在戀愛、婚姻中的處境，一

旦受到男子朝三暮四行為的侮弄，悲哀、憤恨之餘，已不會再把怨懟灑向同為男權犧牲品的其他女子。她以人的眼光審視其他女子與自己戀人、丈夫的關係，往往能更充分體驗女性在封建男權統治下的不幸，而同情受傷害的女性同胞，與之結成受害者同盟，在情感上相互慰藉，從道義上批判無行男子的惡劣行為。盧隱的《蘭田的懺悔錄》、《時代的犧牲者》便表現了同受男權傷害的女性之間的情誼。蘭田在家被逼嫁給有三房如夫人的紈絝子弟，父親、繼母、未婚夫憑藉封建男權的具體形式——父權、夫權，一起迫害她；蘭田逃到社會上，又有男子以自由戀愛為名，欺騙、玩弄她。何仁既與蘭田戀愛、訂婚，詐其錢財；又同時與另一美麗女子戀愛、結婚。蘭田得知受騙，一病不起。新婚的何仁夫人知道蘭田與何仁的關係後，趕來看望蘭田，哀痛地對她說：

> 姐姐，我們同作了犧牲品了呵！（盧隱《蘭田的懺悔錄》）

把仇恨共同指向侮弄女子的男性，而不是去忌恨同受欺騙的女同胞。《時代的犧牲者》中，手工教員李秀貞的丈夫張道懷留學歸來，設計謀拋妻棄子，欲另娶有錢有貌的年輕女子林雅瑜。林雅瑜得知真相後，亦與母親一同來看望李秀貞，痛心地對她說：

> 唉！李先生，我們是一樣的不幸呵！（盧隱《時代的犧牲者》）

李秀貞「聽了林小姐的話，彷彿已找到旅行沙漠的伴侶了」。她們也同樣結成弱者的精神同盟，共同譴責「沒有品性的男人」。這種弱者同盟相對於猖獗的男權勢力來說，還顯得十分無力。封建男權的代表既有舊式的家長、少爺，還有新式的大學生、留學生。受傷害的女性只能在精神上彼此聲援、情感上相互慰藉，並不能在行動上懲罰惡人，甚至也無力在社會上造成正面的輿論力量，倒是自身反而要受到不公正社會的唾棄。蘭田在悲憤中發覺「實際上

除了一個抱有上帝愛同胞心的芝姐外，似乎無人不是在竊竊的私議著我的污點，有幾個簡直當面給我以難堪！」女性之間的相互同情還不足以形成改變女性處境的現實力量。蘭田、李秀貞以及何仁夫人等受傷害之後終究還是只能沉淪於抑鬱痛苦中，甚至絕望而死。

　　儘管面對現實，女性之間的情誼十分軟弱無力，但其中所包含的現代思想內涵卻是以往女性文學所不可能達到的。妻妾相安、共同服侍一個男子是女性的徹底奴化；妻對丈夫其他配偶的妒嫉是女性作為人的自我意識未曾泯滅的自然反映，妒嫉者憑直覺只是知道自己受到了受害，卻難以真正明白傷害自己的力量是什麼，反可能縱容元兇、傷害無辜；而受害女性之間相互同情則是女性人的意識完全覺醒之後的自覺行為，其中包含著對女性受男權奴役處境的明晰觀照、包含著對女性作為人的尊嚴的共同維護。受害女性的軟弱無力狀態並不意味著向男權妥協，而是包含著對社會落後意識的譴責，包含著對把女性作為人的新時代的急切呼喚。在《蘭田的日記》和《時代的犧牲者》中，都有一個閱讀蘭田、秀貞日記的「我」代表作者出場，但「我」的思想高度也並沒有超過蘭田、秀貞的自我敘說。這說明女性面對男權的困境不僅是時代的現實困境，而且也是時代的精神困境。作者無以慰藉作為悲劇角色的女性，只能說「唉，你誠然是時代的犧牲者，但是你不要忘了悲哀有更大的意義呵！」因為悲哀能夠警醒鐵屋裏的女奴，同時「世上的快樂事或容有詐偽藏在背面，只有真的悲哀，骨子裏還是悲哀，所以一顆因悲哀而落的眼淚，是包含人生最高的情緒。」（《時代的犧牲者》）這裏把悲哀昇華為最高形式的美，實際上是作者面對女性人生時的無奈。許多評論因果倒置，把悲哀美的追求作為造成盧隱文學傷感情調的原因之一，顯然背離了盧隱實際的思維邏輯。

結論

歸結起來,「五四」女作家對女性之間同性情誼的抒寫主要有如下幾個特點:(一)屬於「五四」「人的文學」的範疇,具有共同的人道主義價值尺度,但是又在一定程度上疏離了男性啟蒙敘事主流。「五四」女作家是從女性都是與男子平等的人的角度出發,同時又注重體驗女性不同於男性的獨特人生體驗。在對同性情誼的審視、表現中,她們以現代人道主義思想否定了封建男權對女性的壓抑,創造了「五四」新文學的一個獨特組成部分。(二)其中寄寓的人道主義、個性主義思想帶有一定的抽象性、籠統性。「五四」女作家表現女性同性情誼,是出於創作主體健全的愛心,出於對現代女性共同人生追求、共同尷尬處境的確認,而主要不是出於對單個人獨特個性的鑒別。她們如果表現人物的個性差異,往往也只是為了更好地說明人物共同性的普遍意義,而不在個性自身的人學價值上,因而也不可能對人物個性作深入的探究。這使得她們的人道主義和個性主義思想難以達到一個更深的審美層次。(三)蘊含著理想和青春的熱度。「五四」女作家和筆下人物對女性情誼失落的悲哀是對現實和歷史不合理性的否定,不是對人性本身的失望,因而沒有世紀末的頹廢、絕望,而包含著對未來的熱切期望。(四)其批判意味往往流於宣洩、感傷,難以獲得冷峻的理性力度。「五四」女作家多半是和筆下人物站在同一思想高度上把握生活的,常常把對女性情誼的體會和書寫作為宣洩情緒、慰藉心靈的手段,缺少更高的理性審視。這必然要影響到她們的批判力度。(五)濃郁的抒情性是其共同特點,概念化、人物性格模糊則是其具有一定普遍性的缺點,只有《六一姊》等少數篇章能克服這種缺憾。這是由

於「五四」女作家一般都不注重辨析一定群體內人物個性的差異，不注重藝術本體性的追求，而注重情感表露的自由、注重文學的功利目的。儘管有種種不足，「五四」女作家第一次以現代眼光集中表現女性之間的相互情誼，開創了現代文學、女性文學中的一個嶄新傳統，其歷史功績仍然不可低估。如果沒有她們這最初不免拙稚的腳印，新文學第二、第三個十年以及新時期對女性之間相互情誼的不同書寫和進一步挖掘都是不可思議的。

第五章　性愛意識

　　在漫長的父權制社會中，女性被界定為無主體性的第二性而存在。她們「在家從父」，以幽靜貞節為美德，根本沒有自由把握自己性愛的權力。她們「嫁從夫」，成為「父子相繼」父權制家庭的附屬物，也根本沒有審視異性的權力。古代女性在暫時作穩女奴時，只能小心翼翼地用「三從四德」規範自己，做詩屬文往往都是單方面向夫主頻頻傳遞愛意。「……這種『思戀愛慕』之情，其中不乏寫得好的，然而都很難說是近代意義上的真正的愛情。」[1]因為「古代所僅有的那一點夫婦之愛，並不是主觀的愛好，而是客觀的義務；不是婚姻的基礎，而是婚姻的附加物」[2]，是妻子對「個別的具體的男子的忠貞馴服」。[3]在作不成女奴時，古代女性在創作中一般也只限於在低徊中哀歎命運，難以從平視乃至於俯視的姿態對男權文化作出道德審判。魚玄機「自可窺宋玉，何必恨王昌」這種藐視男權道德、反叛女性附屬意識、高揚女性主動性的豪言壯語，實在是古代女性文學中難得的異數。女奴的女性生存真相決定了中國古代女性文學，從總體而言，根本無力從平等的人的立場出發來審視兩性關係，不可能產生以人道觀念、個性思想為基礎的現代性愛意識。「五四」女性主體性覺醒的一個重要內容便是女性性愛意識的現代覺醒。

---

[1] 舒蕪：〈關於女性意識和政治、社會意識的思考〉，《串味讀書》，遼寧教育出版社，1995 年 10 月，第 1 版，第 156 頁。

[2] 恩格斯：〈家庭、私有制和國家的起源〉，《馬克思恩格斯選集・第 4 卷・上》，第 72 頁。

[3] 喬以鋼：〈中國古代女性文學創作的文化反思〉，《天津社會科學》，1988 年第 1 期。

第一節　性愛權利

女性性愛意識的覺醒首先表現在對自身性愛權利的確認上。馮沅君的《隔絕》、《隔絕之後》，廬隱的《海濱故人》、白薇的《蘇斐》等「五四」早期作品中，作為女主人公戀愛對象的男子，往往都是感傷憂鬱的同學師友，而被否定的都是父母指定的權貴、富家子弟。在對小姐違抗父母之命、與書生私訂終身這個古典戀愛模式的套用、改寫中，「五四」早期女性文學通過直接的議論抒情，通過對大團圓結局的突破，從理性層面確立了愛情的神聖性，把它昇華到追求生命自由意志的高度上來認識，由此超越了以往才子佳人對性愛的自發嚮往，反叛了封建禮教對女性性愛權力的剝奪，表現出可貴的人的自覺。首先集中表現青年反叛家長包辦婚姻的這一主題的女作家是馮沅君。

> 身命可以犧牲，意志自由不可以犧牲，不得自由我寧死。人們要不知道爭戀愛自由，則所有的一切都不必提了。（馮沅君《隔絕》）

把戀愛自由提高到個體生命自由的高度，矗立在其後的精神資源是西方現代個性主義思想。這樣，馮沅君筆下女主人公──「我」、纕華、繼之──的愛情追求，就不僅僅是《牡丹亭》中杜麗娘對情這一生命維度的自覺肯定，更不是《西廂記》中崔鶯鶯對欲的自然放任。它是覺醒的現代人，向壓制生命的整個封建專制體制討回自己把握生命的個人權利，而不是在認可家長權威的前提下尋求封建家長對自我生命欲求的理解，是對「父為子綱」父權文化觀念、對女子「在家從父」封建教條的根本反叛。

不僅在理性觀念上，馮沅君大膽確立了戀愛自由的思想價值；在實踐的勇氣上，馮沅君筆下的女主人公也達到了同時代青年所難

有的意志強度。馮沅君筆下的女青年對自由戀愛所面臨的社會壓力有充分的感受。這引起她們的生命悲感，使得她們和許多「五四」青年一樣很容易接受佛教人生苦的觀念和叔本華的悲觀哲學，甚至走向精神變異，而至於「脾氣大變」。「從前愛書如命，以勤勞著稱的她，現在竟無緣無故的將書一堆一堆的燒去，或正在上課的時間，跑到淵如家，同她亂談，對她痛哭。從前的她只要可以充饑的東西都吃得下，現在到了吃飯時先同廚子麻煩足了，然後自己到館子吃去。宿舍的用人怕她，厭她；淵如家的用人也如此；她的同居者無不竊竊私議。」她時而「狂放縱恣」，時而「頹然若喪」[4]，感歎「世界原是個大牢獄」[5]。但這種劇烈的精神創痛，並沒有最終擊垮這些自覺承擔人生的現代女性，並沒有使她們放棄凝聚於愛情追求之中的自由信仰。

> 他們常說：縱然老虎來吃他們，他們也要攜手並肩葬在老虎的肚裏。（馮沅君《隔絕之後》）
> 我們的愛情是絕對的，無限的，萬一我們不能抵抗外來的阻力時，我們就同走去看海去。（馮沅君《隔絕》）

「不自由，毋寧死」始終是她們不曾動搖的信條。縱然選擇死，她們也不願讓自己的屍首埋在父母代定的夫家的墳內，否則，「那是多麼可恥的事。」[6]這樣，其「隔絕之後」的毅然赴死，就不是無法承擔存在的意志脆弱，而是不惜以對生命的主動終止來維護生命的自由意志，是捨生取義之大無畏。

4　馮沅君：〈誤點〉。
5　馮沅君：〈隔絕〉。
6　馮沅君：〈隔絕〉。

> 我們的精神我們自己應該佩服的。無論如何我們總未向過我
> 們良心上所不信任的勢力乞憐。我們開了為要求戀愛自由而
> 死的血路。(馮沅君《隔絕》)

這份決絕、勇敢，與陳衡哲那鳥兒的絕唱[7]相應和，是「五四」女兒生命中的最強音。

然而，馮沅君一方面以前所未有的勇氣在戀愛自由的神聖頌歌中高揚個體生命主體性，建立嶄新的現代新道德；另一方面又無力審視母親逼婚立場中顯而易見的父權專制實質，把母親的愛與母親的封建立場混為一談，從而在母愛的頌歌中迴避對舊道德的直接批判。勇於正面建設，怯於反面批判，在「母親的愛」的名義下因自身的精神軟弱、信心不足而以毅然赴死的形式對舊道德作出精神退讓，是馮沅君及其筆下主人公「將毅然和傳統戰鬥，而又怕敢毅然和傳統戰鬥」矛盾心態的具體形態之一。

在現代愛情與封建禮教的對峙中，盧隱同樣既能站在青年的立場肯定愛情，同時又因新舊道德力量的懸殊而勇氣不足。不同的是，她主要側重於直接抒寫「五四」女性受制於禮教強大壓力而感到四面楚歌的精神憔悴，而沒有把自我的軟弱轉化為不能違逆慈母之愛的精神矛盾，也沒有多少直接表達戀愛自由信念的豪言壯語。盧隱的創作是軟弱的覺醒者的文學。唯其是覺醒者，她的價值立場才完全是站在反叛舊禮教、舊道德的新女性的一方的；也唯其是軟弱的覺醒者，她筆下的自敘傳人物在毅然反抗封建禮教的同時又總是沉浸、迷失在濃重的悲哀中無力自拔。中篇小說《海濱故人》中，自敘傳女主人公露沙與家中已有妻子的梓青相戀，她不忍置梓青舊

7　陳衡哲：《鳥》：「我若出了牢籠，不管他天西地東，也不管他惡雨狂風，我定要飛他一個海闊天空！直飛到筋疲力竭，水盡山窮，我便請那狂風，把我的羽毛肌骨，一絲絲都吹散在自由的空氣中！」

式婚姻中的妻子於無地生存之境，「身為女子，已經不幸！若再被人遺棄，還有生路嗎？況且因為我的緣故，我更何心？」這是新女性對生命已經沒有放飛能力的舊式女性的悲憫情懷，是過渡時代個性主義對人道主義所作的無可奈何的退卻。但顯然，露沙、梓青的愛情痛苦遠不止這一不得已的、對舊女性的居高臨下的關懷。露沙在給愛人、友人的信中分別寫到：

> 沙怯懦勝人，何況刺激頻仍，脆弱之心房，有不堪更受驚震之憂矣！（盧隱《海濱故人》）
> 沙與梓青非不能剗除禮教之束縛，樹神聖情愛之旗幟，特人類殘苛已極，其毒焰足逼人至死！是可懼耳！（盧隱《海濱故人》）

這種憂懼顯然根源於愛情的合法性與社會輿論之間的矛盾，根源於現代愛情與傳統禮教之間的不相容性。露沙的怯懦並非由於愛情信念的匱乏，而只是因為新舊道德兩方力量懸殊而產生的勇氣不足。她深知自己愛情的神聖、合理，卻依然難以睥睨明裏暗裏的黑暗，而陷入憔悴痛苦中。它既體現了先覺者處境的險惡，同時也表明盧隱作為第一代覺醒的現代女性在精神上還不夠成熟，不具備魯迅等啟蒙思想家面對黑暗時的堅定頑強。心態上的憂懼柔弱奠定了盧隱創作愁苦悲哀的情感基調。

也正是出於初步覺醒者的弱質心態，盧隱對青年向禮教妥協、放棄愛情追求的軟弱行為往往同情、理解有餘，批判、否定不足。《海濱故人》中，女學生雲青鍾情於蔚然，父親不贊成，雲青便無一句違拗父意的話，「雲青又何嘗不痛苦？但她寧願眼淚向裏流，也不肯和父母說一句硬話。至於她的父母又不曾十分瞭解她，以為她既不提起，自然並不是非蔚然不嫁。」而後雲青向朋友自剖說：

> 雲自幼即受禮教之薰陶。及長已成習慣，縱新文化之狂浪汩
> 沒吾頂，亦難洗前此之遺毒，況父母對雲又非惡意，雲又安
> 忍與抗乎？乃近聞外來傳言，又多誤會，以為家庭強制，實
> 則雲之自身願為家庭犧牲，何能委責家庭，……（盧隱《海
> 濱故人》）

　　終於至於無抵抗地放棄了自己的愛情幸福。而在蔚然與其他女子結婚時，她一方面理智地寫賀詩表示如釋重負，另一方面又在小說創作中暗暗洩漏了自己內心掙扎的苦情，知道「許多青年男女的幸福」，都被「禮教勝利」「這戴紫金冠的魔鬼剝奪了」。作家盧隱深切同情雲青失去愛情的痛苦，卻與自敘傳主人公露沙一起認同了雲青的做法，未曾進一步去質問這種犧牲有沒有價值，不能深入去鞭撻新青年身上殘存的禮教遺毒。她深深地「哀其不幸」，卻未曾去「怒其不爭」，從而在一定程度上使作品哀苦之情有餘，憤激之志不足，限制了作品反封建的思想力度。

第二節　性愛標準

　　早期「五四」女作家的小說中，青年因其在理性層面上對性愛權利的主動維護而高於古典小說、戲曲中只是忍不住慾望而自發偷情的男女，但因專注於爭取性愛權利的外部鬥爭，儘管馮沅君、盧隱早期創作中的女主人公已經不復是古代以色取勝的佳人，而是和男性青年一樣在大學求學、有著現代人生追求的新女性，她們的愛情在實質上已經超越了「私訂終身後花園，落難公子中狀元」這一以色易才的傳統愛情模式，但在文本創造這一話語層面上，馮沅

君、盧隱等早期「五四」女作家仍無暇去浮現青年愛情追求的現代性內涵、無暇通過辨析她們的性愛標準而使她們在愛情內部追求方面也區別於古代佳人，因而也就未能在性愛權利之外的其他方面替為愛情抗爭的現代青年立言。

馮沅君小說中的繡華、繼之、「我」，都有一個父母代定的未婚夫，他在《隔絕》、《隔絕之後》中名劉慕漢，在《寫於母親走後》中名光虞，在《誤點》、《慈母》中則無名。劉慕漢、光虞，自身的身份不甚明瞭，只知道都是財主的兒子；不知名的他或身份亦不甚明瞭，或還是一個尚未畢業的大學生。小說文本中都沒有著意顯示這些未婚夫們有什麼讓女主人公感到無法忍受的品行。馮沅君實際上並沒有興趣去辨析他們的個人品質，只是在「父母之命」這一個統一的外部身份特徵下快刀斬亂麻地否定了與他們成婚的可能。在背負「父母之命」的同時，這些女主人公也都有一個自由戀愛的愛人。他們或名士軫，或名荍如，或名漁湘，或名志倫，其身份都是與女主人公一樣在外求學的大學生。作者也並未著意去凸現他們與「父母之命」的未婚夫的不同品質、無意顯示他們作為現代知識份子與傳統才子的本質不同。馮沅君每一篇為愛情而抗爭的小說，總是從男女主人公心中已經確立愛情關係時做起，愛情的確立都是無須論證的前提。女主人公對愛情過程的回憶，都只不過是要從中體驗幸福、使之成為向外部鬥爭的精神資源，並不包含對愛情自身的反思、論證，甚至也不是對愛情發生緣由的追溯、交代。

盧隱的《海濱故人》，故事雖然已經向前延升到愛情的發生階段，雖然讓露沙、雲青、宗瑩幾位女青年分別交代了愛情發生的緣由是因為梓青「議論最徹底」、「論文極多」、與露沙有「同道的深契」；是因為「蔚然的人格」得到了雲青的讚賞；是因為宗瑩不認可父母指定的官僚。但盧隱並沒有深入交代梓青「議論最徹底」的內容是什麼，即梓青的思想內涵是什麼；也沒有交代「蔚然的人格」

是怎樣的一種人格，沒有交代宗瑩所愛戀的師旭是怎樣的人、與父母指定的官僚除了職業不同之外還有什麼本質的不同。這樣，盧隱對愛情緣由的追溯，顯然主要是基於故事的完整性，以便由此出發充分抒寫新女性愛情追求所面臨的外部壓力以及由此外部壓力而產生的內心苦悶，而不是基於探討新女性愛情價值標準本身的興趣。

　　早期的「五四」女性創作中，男女青年的愛情問題，是青年有沒有自由戀愛權利的問題。這是青年與家長、社會之間的愛情外部問題，而不是男女雙方互相審視的愛情內部問題。無暇顧及愛情內部矛盾，是第一代現代女性面臨過分強大的外部壓力時所必然產生的「疏忽」。為了給第一代向家長討回把握自身性愛權利的青年壯膽，馮沅君、盧隱在最初的愛情想像中，無一例外地設定戀愛中的男女青年有著完全一致的鬥爭立場，讓他們有著同樣的哀痛、同樣的堅貞、同樣的勇敢，以便讓他們在直面外部壓力時無後顧之憂。正如劉思謙所發現的，馮沅君筆下的男女青年，是「複數主人公『我們』」，「他們並不是兩個獨立的個體在行動而是兩個人合成一個高度協調一致的共同體在行動。」[8]《隔絕之後》中，繢華服毒後，氣息漸微，戀人士軫便「在袖中抹了點東西，放在口中吃了下去」，實現同死的諾言。《誤點》中的漁湘曾絕望地說「我們的緣已盡了！你如愛我，我們從此意斷恩絕！」意斷恩絕只是他因愛之深切而在決定從軍赴死前發出的哀叫，實際上並未對愛情本身有任何質疑，更未曾動搖過自己心中愛的堅定信念。《旅行》中，「我」和他儘管已經初步涉及嫉妒心理，「我」也因為他愛出門而鬧一些小矛盾，但這一切實際上都只是愛情熾熱的表證，並未真正構成男女雙方的

8　劉思謙：〈馮沅君：徘徊於家門內外〉，《娜拉言說——中國現代女作家心路記程》，上海文藝出版社，1993 年，第 1 版。

愛情差距。廬隱的《海濱故人》中，梓青與露沙、宗瑩與師旭、玲玉與陳劍卿、雲青與蔚然，他們的愛情或成功或失敗，全看能否戰勝外部環境，男女二人之間的感情、個性均不成其為問題。雲青「自身願為家庭犧牲」，放棄爭取愛情，也沒有引起蔚然的反感。愛人之間，即使在軟弱性這一點上，也是同病相憐的。無立場差別的愛情想像，是表現愛情抗爭作品共同的特點。莎士比亞的《羅密歐與茱麗葉》、趙樹理的《小二黑結婚》均是這類文本。它有著令人羨慕的單純天真，但也在一定程度上模糊了人物個性、放棄了對性愛標準的現代建構、放棄了對異性世界的審視。實際上，早期「五四」女兒筆下這些勇敢而軟弱的男女青年在面對外部壓力時，其所作所為，都可以在男女間互相置換而並不影響小說已達到的整體效果。

　　放棄了對愛情取捨標準這一愛情核心問題的思考，「五四」早期的女作家在想像現代青年的愛情狀況時，便只能著重借鑒古代才子佳人的愛情模式而使之多少顯得有些陳舊。愛情內部可能有的種種危機，男子在現代知識份子身份下可能掩藏著的佳人慰藉才子的封建遺毒，都沒有引起早期「五四」女作家的警覺。以女青年鑴華為敘述者的《隔絕》中，回憶往昔的戀愛過程，男女主人公各自心懷愛情，男子士軫先作出親昵的舉動——

> 我生氣了回去寫信罵你，你約我在東便門外河沿上道歉。……聽了你的『假如你承認這種舉動對於你是失禮的，我只有自沉在小河裏；只要我們能永久這樣，以後我聽信你的話，好好讀書』，教我心軟了，我犧牲自己完成別人的情感，春草似的生遍了我的心田。我彷彿受了什麼尊嚴的天使，立即就允許了你的要求。（馮沅君《隔絕》）

　　這種「動情－親昵－生氣－罵－討饒－心軟」的模式，與《西廂記》等才子追求佳人的古典戲曲、小說模式極為相似。浮到話語

層面上的愛情動力不是異性整體的品格、個性，而是單單由男子的多情所引起的女性的「心軟」和「犧牲自己完成別人的情感」，它並沒有涉及對異性的深層評價，只是一種憐惜的情緒。《海濱故人》中，男青年梓青追求愛情的方式，也是喚起露沙對自己的憐惜之心。梓青向露沙表白到：

> 我在世界上永遠是孤零的呵！人類真正太慘刻了！任我流涸了淚泉，任我粉碎了心肝，也沒有一個人肯為我叫一聲可憐！更沒有人為我灑一滴半滴的同情之淚！（盧隱《海濱故人》）

女性對男性愛人的憐惜，顯示的是女性把男性作為弱者看待的母性情懷。這使得馮沅君、盧隱筆下的女性區別於八十年代呼喚男子漢陽剛美的當代女性。它關懷了男性生命中柔弱的一面，但把母性這一女性的生命之一維無限擴延，以至於忽略了愛情其他多層面的心理內涵、遮蔽了愛情中對異性對象所應有的審視，實際上也是愛情的異化、愛情的貧乏。由憐惜而將自己拋出去成全別人，實際上仍是把女性作為慰藉男性主體的愛情從屬者、而不是和男性同等的愛情主體來看待。這種奉獻女性以成全男性愛情渴求的思維，本是男權文化的遺跡，馮沅君、盧隱在最初的現代愛情建構中，仍不免受到以男子為本位這一傳統思維的影響，而不能大膽確立女性同為愛情主體的平等的人的地位。

與確認愛情的神聖性相對，早期的「五四」女性文學還認同地表現了女性對異性求愛行為的恐懼。在盧隱的《或人的悲哀》、《海濱故人》等作品中，女主人公往往把男子的求愛理解為算計。女青年亞俠向朋友傾訴孫成和繼梓這兩個男青年「為了我這個不相干的人，互相猜忌，互相傾軋」——

那裏想到他們的貪心，如此利害！競要作成套子，把我束住呢？

……我現在是被釣的魚，他們是要搶著釣我的漁夫。（盧隱《或人的悲哀》）

由此感到生存之不易，而無法以每一個人都有愛、被愛和不愛的權利坦然相對。這一方面反映了那個時代仍有許多男子視女性為獵物的社會景況，另一方面也折射出女性剛剛掙脫男權鐐銬、仍然懼怕受到傷害的弱者心態。這表明早期的「五四」女作家實際上還無力完全從平等的人的立場出發來把握兩性關係。

由於沒有及時建構出不同於佳人慰藉才子的現代性愛標準，「五四」女作家一旦把性愛問題從反叛父權專制落實回男女關係時，便立刻面臨著如何為新女性確立存在價值的問題。最初思考這一問題的女作家還難以立即在男性慾望尺度之外建構出現代女性自身的生命價值尺度，而不免重新落入把女性當作男性性消費客體的男權窠臼。馮沅君等女作家試圖從男性視閾審視女性世界、由此探究男性性愛心理時，仍然不免沿襲了男權文化對女性的價值期待，而不能為現代女性拓展出新的生存空間、新的人性內涵。馮沅君的小說《潛悼》，以男性人物「我」為敘事者。小說中，族嫂讓「我」傾心，主要在其容貌之美。她「恰是朵鮮豔的含苞待發的花兒」。「我」的愛慕「……不單在你的濃纖得中、修短合度的體態，而在你的端莊流麗，清雅絕俗的風韻。……如以花兒來比你，我取芙蓉而不取玫瑰，玫瑰欠清；如以珍寶來比你，我取玉而不取寶石，寶石光輝外露，缺少含蓄。」這裏，女性的美仍然只能在物化的色相世界中鋪陳，難以深入到靈魂、人格中。女人仍然只是作為一個風景點綴在男人的慾望世界中，而無法和男人一起並肩成為物質世界的主人。文中順帶褒揚的族嫂的品格是「寧願自己勉強掙扎，

不願人前禮數有虧的性兒」，是「貞淑無邪的性兒」。這也仍然不
出《女誡》等封建女性規範對女性人格的限定。馮沅君的另一篇
小說《我在愛神面前犯罪了》中，讓男教師「我」無限傾心的女
學生吳秋帆：

> 不只是花容月貌，而且是靈心慧性，（馮沅君《我已在愛神
> 面前犯罪了》）

亦未曾超越舊文人嚮往才女的限度。顯然，馮沅君以男性眼光塑造
理想的女性形象時並沒有熔鑄進現代人性理想，她還無力突破男權
文化傳統中的女性本質界定，而是不由自主地受到男權文化觀念的
控制，承襲了男權文化中的女性描寫習慣，在不知不覺中認可了男
性對女性的物化傾向、人性壓抑傾向。

當新女性無力抗拒男權文化對女性的物化、對女性的人性壓抑
時，傳統女性作不穩女奴的生存危機，同樣還免不了會在新女性身
上重演。馮沅君的《未雨綢繆——呈 S》中，女青年因憂懼於男子
朝三暮四的可能性，在分別之際，未雨先綢繆，寧願投河。她對愛
人說：

> C 中學的女生我也會見幾個。那樣明眸皓齒的佳人我見猶
> 憐。十七八歲的處女，初開的玫瑰誰不愛，難保……（馮沅
> 君《未雨綢繆——呈 S》）

一句「我見猶憐」，就認可了男子只注重女性之色的傳統色消
費心理。這樣，新女性的人格、才能等個性因素就無法成為女性生
命價值的支撐。面對男子「我心匪石不可轉……」的空洞誓言，女
子「我才不壓眾，貌不驚人，況又是過時的人……」的反駁就不是
自謙，也不是反諷，而是第一代現代女性在放棄建立一個新的女性

人格標準來替代傳統的女色評價標準時，所必然無法超越的生命不自信。

凌叔華的短篇小說《再見》把書生—權貴相對立的性愛標準，從對子輩—父輩矛盾的附屬關係中獨立出來，賦予現代知識份子的人格理想，從而使得新女性的性愛標準獲得了不同於傳統佳人愛慕才子的現代特質。高小女教師筱秋在西湖意外地遇到已經四年不見的朋友——男青年駿仁。筱秋依然未失知識份子的人格理想；而駿仁這時已不復是過去被人稱老爺就要臉紅的詩人，成了督辦公署的秘書長兼軍務顧問。他對上奉迎、對下使氣，不再珍視教育事業，在媚俗中失去了知識份子的節操，失去了平等待人的人道理想。作品從筱秋最初答應送他照片、到告別時又推託不送，含蓄地表現了筱秋由可能重敘舊情到必然與駿仁分道揚鑣的心理變化。筱秋在性愛理想上對駿仁的否定，已經不再是新女性對官僚身份的簡單否定，而是在對官僚氣的否定中堅持了現代知識份子的人格理想和人道情懷。這樣，《再見》也就在性愛標準上凸現出古代才子佳人小說所不可能有的現代思想內涵。現代女性也倚仗意識形態先進理念而獲得了不同於傳統佳人的獨立人格。

真正以女性為主體建構現代性愛標準，並且超越知識份子與官僚的粗線條對立，從心靈、外表多方面綜合思考女性性愛標準的是丁玲。在《莎菲女士的日記》中，丁玲既否定了徒有儀表美的凌吉士，也否定了一味忠厚可靠的葦弟。這二人都是高等院校的學生，但現代書生的名分已經不具備「五四」早期女性文學所賦予的神聖光環了。

> 我總願意有那末一個人能瞭解得我清清楚楚的，如若不懂得我，我要那些愛，那些體貼做什麼？（丁玲《莎菲女士的日記》）

　　莎菲的這一段內心獨白表明，現代女性對精神共鳴的要求也已經由戀愛立場的一致而發展為整個心靈的相知。以「瞭解得我清清楚楚的」、「懂得我」，來比照一般性的「愛」、「體貼」，愛情到此時才真正超越人類的生存需求，而展示出高層次精神共鳴的現代品格。女性呼喚男性的理解，而不是把女性作為慰藉男性精神痛苦的「紅巾翠袖」、「紅粉知己」，現代女性只有到此時才真正在性愛關係中顛覆了以女性為客體的男性中心文化。它徹底改變了女性成為男性附屬品的歷史，充分高揚了女性作為人的主體意識。這只有在女性真正擺脫女奴的心靈陰影時才成為可能。

第三節　靈與肉

　　性愛意識包含對性愛權利的確認，對異性對象的審視，還包含對愛情中靈與肉關係的思考。受封建「性不潔」觀念的影響，「五四」初期的現代女作家，把愛情中靈的因素高揚到無比神聖的位置上，卻不敢確認女性的感性慾望。甚至在郁達夫勇敢地叫出「性的苦悶」後，馮沅君的小說《隔絕》、《旅行》等，仍然受傳統文化性不潔觀念影響，把戀愛雙方的禁慾視為愛情高尚純潔的要素而引以為自豪。

　　　試想兩個愛到生命可以為他們的愛情犧牲的男女青年，相處十幾天而除了擁抱和接吻密談外，沒有絲毫其他的關係，算不算古今中外愛史中所僅見的？（馮沅君《隔絕》）
　　　我們的愛情肉體方面的表現，也只是限於相依偎時的微笑，喁喁的細語，甜蜜熱烈的接吻吧。……飲食男女原是人類的

本能，大家都稱柳下惠坐懷不亂為難能，但坐懷比較夜夜同衾共枕，擁抱睡眠怎樣？（馮沅君《旅行》）

這裏，由節欲所產生的道德自豪感，就不僅僅是青春女性在成長的某一階段中自然迴避性欲的生命羞澀，而是正視人的食色本能之後對肉體慾望的自覺壓抑。之所以如此，是因為——

> 他們是要以這種迴避、排除性關係的行為換來自我的純潔感，以自我純潔感來維護自我尊嚴感、神聖感，堵住『人言』的襲擊，維護這叛逆之愛的神聖。……然而這道防線是極其脆弱的，也可以說是自欺。（劉思謙《「娜拉」言說——中國現代女作家心路紀程》）

中國傳統文化中，一直存在著靈肉分離的思維傾向，並由此造成了性壓抑和性放縱長期相對立而相依存的人性扭曲狀態。實際上，在靈缺席的情況下放任肉體慾望，是生命的墮落；但靈在位的情況下仍然否定肉體慾望並以之睥睨他人，卻是禮教教條對生命的壓抑、異化。參照同時代思想家周作人等對靈肉關係、性愛道德問題的探討[9]，同時代男作家郁達夫對性苦悶的大膽傾訴[10]，就可以看出馮沅君尚不能以靈肉統一的尺度來建立現代性愛標準，還未曾達到同時代思想家、作家在這方面所達到的思想最高度。

丁玲是第一個大膽正視女性的感性慾望、並把靈與肉的統一確認為女性合理的性愛要求的女作家。《莎菲女士的日記》中，丁玲從女性視閾理直氣壯地表現了女性內心中靈、肉相衝突的情形。女

---

[9] 周作人：〈人的文學〉、〈勃來克的詩〉等，收入周作人：《藝術與生活》，河北教育出版社，2002 年，第 1 版。

[10] 郁達夫：〈沉淪〉，收入郁達夫：《郁達夫小說全集》，中國文聯出版公司，1996 年，第 1 版。

主人公莎菲在精神上鄙夷凌吉士，又為凌吉士的美豐儀所吸引，渴
望他的紅唇。

> 我抬起頭去，呀，我看見那兩個鮮紅的，嫩膩的，深深凹進
> 的嘴角了。我能告訴人嗎，我是用一種小兒要糖果的心情在
> 望著那惹人的兩個小東西。（丁玲《莎菲女士的日記》）
> 我應該怎麼來解釋呢？一個完全癲狂於男人儀表上的女人
> 的心理！自然我不會愛他，這不會愛，很容易說明，就是在
> 他豐儀的裏面是躲著一個何等卑醜的靈魂！可是我又傾慕
> 他，思念他，甚至於沒有他，我就失掉一切生活意義了；並
> 且我常常想，假使有那末一日，我和他的嘴唇合攏來，密密
> 的，那我的身體就從這心的狂笑中瓦解去，也願意。其實，
> 單單能獲得騎士般的那人兒的溫柔的一撫摸，隨便他的手尖
> 觸到我身上的任何部分，因此就犧牲一切，我也肯。（丁玲
> 《莎菲女士的日記》）
> 我用所有的力量，來痛擊我的心！為什麼呢，給一個如此我
> 看不起的男人接吻？既不愛他，還嘲笑他，又讓他來擁抱？
> 真的，單憑了一種騎士般的風度，就能使我墮落到如此地步
> 嗎？（丁玲《莎菲女士的日記》）

這裏，對女性靈肉劇烈衝突的抒寫，並沒有讓靈簡單地統一肉
體慾望、也沒有讓肉體慾望簡單地壓倒靈的追求，而是在以女性為
主體的愛情感受中，讓女性的靈肉追求均得到淋漓盡致的張揚，同
時又讓它們在極度的對立中構成矛盾的巨大張力，從而構成人性的
寬闊空間。莎菲強烈的慾望，始終沒有使她在理性層面上放棄性愛
的精神追求；同時心靈共鳴的熱情渴望，也始終沒有壓倒女性強烈
的感性慾望。莎菲最後離開俊美的凌吉士並不包含對女性感性慾望

的排斥，而只是拒絕了靈、肉相分裂的的殘缺的性愛。[11]對女性感性慾望與深層精神共鳴要求的大膽張揚，從性愛意識的角度說明，現代女性只有到丁玲筆下才真正成長為成熟、完整的女人。中國女性文學至此才真正顛覆了封建男權文化對女性人性的異化。基於對人物內心世界的多方位觀照，莎菲也成為現代文學史上一個具有豐富內涵的人物典型。

　　「《夢珂》和《莎菲女士的日記》寫作時間相距僅一兩個月。作為『互文』，它們一個寫的是女性在異性慾望包圍中的自我意識，一個寫的是女性的慾望和對這慾望的自我意識，都是集中地從兩性關係這個角度表現了大都市中不甘沉淪與平庸的女性的理想破滅的精神困境。」[12]「對異性慾望包圍的自我意識」與對「女性慾望」的「自我意識」，進而還交叉彙集成丁玲小說關於賣淫、妓女問題的奇妙闡釋。《夢珂》中，丁玲借表嫂之口，從女性角度控訴無愛婚姻中的性行為對女性的精神傷害，「……舊式婚姻中的女子，嫁人也等於賣淫，只不過是賤價而又整個的……」「嘿，夢妹，你哪裡得知那苦味，當他湊過那酒氣的嘴來，我只想打他。」但是，表嫂又表白「……可是有時，我竟如此幻想，願意把自己的命運弄得更壞些，更不可收拾些，現在，一個妓女也比我好！也值得我去羨慕！……」夢珂把表嫂的幻想，理解為「如此大膽的，浪漫的表白」。這裏，賣淫行為、妓女生活呈現出截然相反的兩重意蘊。它的第一重意蘊是，女性因處於生存弱勢而在婚姻內外遭受男性世界的性傷害。丁玲借這一本質界定，通過揭示女性

[11] 孟悅、戴錦華認為「……這慾望——莎菲對凌起士的紅唇、柔髮、嘴角的慾望，不過是『他人的話語』，來自男性中心的都市色情時常的公認的肉感消費原則。」（見《浮出歷史地表》，河南人民出版社，1989年7月版，第121頁。）但我認為，在《莎菲女士的日記》這個相對自足的文本系統中，並沒有證據表明莎菲的慾望來自於「他人的話語」。
[12] 劉思謙：《「娜拉言說」——中國現代女作家心路紀程》，第146頁。

生命苦難，控訴以女性為性消費品的男權文化；並且通過否定背離愛情的性行為，樹立了靈肉相結合的性愛價值尺度。賣淫行為、妓女生活的第二重意蘊是，寄寓了女性對性愛尤其是對滿足「自我慾望」的浪漫想像。在這一想像中，賣淫行為、妓女生活已經被摒棄了女性淪為沒有自我性愛主動權的性消費品這一本質特徵，而被賦予可以自由地接觸異性世界、可以充分地滿足女性肉欲這一不切實際的浪漫臆想。這一浪漫臆想衍化為丁玲另一篇小說《慶雲裏的一間小屋》的主題。《慶雲裏的一間小屋》，主要通過「做生意很貼力」的妓女阿英的心理描寫來想像賣淫生活。其間固然也揭露了老鴇剝削妓女的行為，但卻模糊地認可了阿英對妓女生活的滿足感。「說缺少一個丈夫，然而她夜夜並不虛過呀！而且這只有更能覺得有趣的……她什麼事都可以不做，除了去陪男人睡，但這事並不難，她很慣於這個了。」她不肯歇一晚，是因為「她總不能白聽別人一整夜的戲。」作家在「這事並不難」的判斷中，對女性在妓女生活中淪為被動的性消費品這一生命苦難視而不見，因而這篇作品在認識社會客觀生活方面沒有多少可取之處；但其中對女性性慾望的強烈表露，在道德上也沒有什麼值得鄙夷否定之處。郁達夫對男性慾望的大膽表露，被稱為是「對於深藏在千百萬年的背甲裏面的士大夫的虛偽，完全是一種暴風雨式的閃擊」[13]，丁玲對女性慾望的勇敢表述，也應該在同一價值尺度上予以認可。即使在這對妓女生活最不切合實際的浪漫臆想中，丁玲對女性慾望的探究，也仍然是一種嚴肅的人性探討，絲毫未曾去迎合把女性慾望作為文化消費品的大眾文化的惡俗趣味。

13　郭沫若：〈論郁達夫〉，《郭沫若全集》第 20 卷，人民文學出版社，1992 年 3 月，第 1 版，第 317 頁。

第四節　性愛的單一性與男性的泛愛

　　清晰地審視異性對象，必然會瓦解愛情永恆的神話。「五四」中後期的女性文學開始從女性視角思考愛情能否持久的問題、思考性愛的單一性與男性泛愛問題。渴望性愛的單一性與渴望性愛的多樣性本是人性中對立統一的一對矛盾。但在父權制文化背景下，女性的性愛總是與女性的生存緊密相連，女性的性愛問題是能否獲得夫主始終不變的認可從而獲得基本的生存保障；男性卻以所消費女性數目的多少來衡量他們在男性世界中的地位、來擴充他們傳宗接代的成果。這樣，女性根本就沒有超越嚴酷的生存條件來談性愛多樣性的可能，從一而終便始終是女性的義務，忍受丈夫性愛多樣性對自己的傷害便是她們必須遵從的女奴道德。性愛的單一性與多樣性便分裂而分別成為女性應盡的義務和男性可以享受的特權。女性一旦超越女奴意識、以人的自覺來審視兩性關係，必然要對這不平等的性愛秩序提出質問。質問不平等的性愛秩序，並不是簡單地把男性、女性都統一歸於遵從性愛的單一性原則或多樣性原則中的一條；而首先必須是賦予兩性之愛以心靈相知、靈肉統一的現代愛情內涵，徹底改變其性消費實質，在此基礎上，進一步努力平衡性愛單一性與多樣性這一對矛盾，從而最大限度地在平等的基礎上滿足生命不同的合理需求。但徹底超越女奴意識，並不是一個一蹴而就的簡單過程。女性主體性的建構是一個漫長而艱難的歷史進程。更何況，從女性立場審視男性世界，女性還面臨著失去男女精神同盟的險境。「審夫」比「弑父」需求更為強健的生命意志、更為自覺的獨立意識。「五四」女作家作為第一代新女性，面對男女性愛權利不平等、男性消費女性的強大男權傳統，往往很容易因為力量懸殊、因為信心不足而放棄抗爭。「五四」女性創作，在性愛權力不平等的問題上，便表現出質問男性特權、高揚女性主體意識與

迴避審視異性世界甚至臣服於男性特權的矛盾局面。馮沅君、凌叔華思考男女兩性關係的創作，便在直面男女性愛權利不平等真相與迴避不平等真相、質問不平等秩序與向不平等秩序妥協之間徘徊。

馮沅君在不同的小說中分別從男性和女性兩個視閾審視男女性愛權利不平等的問題。這些小說中，愛上或可能愛上多個異性的總是丈夫，忍受愛人戀情不專痛苦的總是妻子。這客觀上展示了現實中男性與女性不平等的性愛權利關係。在從男性視閾探討性愛單一性與性愛多樣性矛盾的創作中，馮沅君顯然傾向於認可傳統的性愛權力模式，認可男性性愛多樣性的權利，而缺少對男性性霸權的質問、否定。同時，由於沒有從價值觀上確立不同於傳統的男性消費女性的現代性愛理念，馮沅君也難以在現代愛情層面上深入探討性愛的單一性與多樣性之間的矛盾關係。在 1925、1926 年創作的《我已在愛神面前犯罪了》和《潛悼》這兩部男性性愛心理小說中，馮沅君抒寫的都是男子同時愛戀兩個女人的泛愛情感。她以男性自述的方式，毫無批判地想像男子以性霸權為實質的多情心理和以物化女性為特徵的審美傾向。《我已在愛神面前犯罪了》一篇，當教師的男主人公「我」，已經有了個由愛情而結合的妻碧琰，她「溫柔明慧」並且為「我」作出了犧牲，「我們中間向來絲毫隔閡都沒有」；同時「我」又無法抑制地熱戀上「秀外慧中」的女學生吳秋帆。「留戀呵！留戀呵！因為舍不了她，我留戀這個學校，我更留戀江南。」敘述者在給朋友的書信中儘管也懺悔自己「已在愛人面前犯了不忠實的罪」，但熱戀之情的反覆抒寫實際上已經使懺悔變成表面文章，而並沒有什麼真正撕裂靈魂的心痛，苦惱中透出的仍是沉酣於婚外戀情的生命歡欣。《潛悼》中，「我清清楚楚的意識著，我將我的整個的靈魂獻給了我的生命寄託者，我的情人微微，」而同時，「我」又為死去的族嫂「低徊悵惘，不能自解」。整篇小說著

重抒寫的便是「我」對族嫂的癡戀情感。其中既有「美人之貽」帶來的喜悅，也有「分曹射覆」的甜蜜回憶。這兩篇小說從男性視閾出發對男性泛愛激情的抒寫，既沒有在愛情的根據上做出有別於男權傳統的現代闡釋，也沒有在愛情關係上整合進有別於男權文化模式上的現代思考。女性在不平等的性愛關係中所受到的心靈傷痛，依然是被省略的。這是女性作家在想像男性世界時，對傳統浪子文人多情情懷的認同，對男女性權力不平等文化模式的維護。此中表達的實際上是，女性渴望探究異己的男性世界、從而為作為弱者的女性尋找生存可能性、但暫時又心力不足因而尚難以在精神上與這一異化女性的男權世界相抗衡、不免屈從於男權觀念的心靈掙扎。

馮沅君揣摩男性性愛心理時，透出的是女性對男權文化強大壓力的屈從；那麼，在抒寫女性性愛心理時，馮沅君體會更多的是女性面對男權壓力時的驚懼和傷痛。鑒於中國古代以傳宗接代為主要目的的婚姻性愛觀念，女子守節、男子性氾濫是一種普遍現象。對男子不能忠於愛情，馮沅君從女性的角度既袒露這一憂懼，有時又否定著這一憂懼。這種欲說還休的態度，體現的是馮沅君對女性生命之痛勇敢直面與難以直面之間的心靈矛盾。《林先生的信》，表現的是與林先生有愛情糾葛的兩個女性對愛情沒有把握的憂懼心理。這種憂懼不再是因為外部力量可能對愛情造成傷害，而是因為男性情感世界難以猜測。《未雨綢繆——呈 S》中，女青年因憂懼於男子朝三暮四的可能性，在分別之際，未雨先綢繆，寧願投河。《林先生的信》和《未雨綢繆——呈 S》，直接抒發了女性在愛情中的憂懼；《晚飯》則又否定了這種憂懼。這篇小說，孩子的視角和全知第三人稱視角相結合，寫爸爸沒有回來吃晚飯，媽媽懷疑爸爸去和情人幽會，暗自流淚，想從么叔叔口中討一點口實。這時爸爸回來了，對媽媽的亂猜疑生氣，其實他只不過是去赴一個朋友的飯局，媽媽立即轉憂為喜。結局對媽媽的的猜疑形成反諷，否定了

女性對婚姻危機的感受。但只是由結局來反證猜疑之不能成立，而不是由男子的品性、由男子對待婚姻的態度、由兩性間的相互理解這些深層人性因素來論證他的忠誠，那麼，其實女性猜疑的深層心理問題還是沒有解決。以馮沅君其他幾篇小說中男性泛愛傾向的普遍描寫為互文，讀者可以推論，女性在婚姻中的多疑、易妒，很難單單歸咎於女性心胸狹隘這一個性原因。它實際上是女性由於男性普遍的泛愛習氣而在婚姻中找不到安全感所形成的條件反射。結局對媽媽猜疑的反諷，很可能只是馮沅君難以直面男子普遍的濫情行為時，為自己以及同時代女性所手造的一個自欺欺人之夢。夢能夠緩釋女性暫時的精神焦慮，但卻又暗合了男權文化只許男人放縱、不許女性妒忌的奴隸教條，使媽媽一個人在暗中飲泣的精神傷痛顯得滑稽，因而也就放棄了對男女性愛權力不平等的道德質問。這實際上也是對男性霸權文化因膽怯而作的退讓。

由於尚未能建樹一套明晰的現代性愛道德標準，馮沅君一方面對封建男性霸權作出種種道德讓步；另一方面，一旦進行道德批判的時候，又很容易失之偏頗，在貌似激進之中回歸封建教條。小說《緣法》，以漫畫般的筆墨，無情嘲諷了男子雄東喪妻之後的再娶行為。這是對男子朝三暮四行為矯枉過正的否定。真理往前走一步就變成了謬誤。妻死之後還要求男子為她守節，實際上是把封建禮教中的寡婦守節論推廣到男子身上，而無視這種剝奪生者性愛權利去殉死者的封建教條是多麼扭曲人性。現代人性愛權利的解放應該是男人和女人一起走向更符合人性標準的生活，而不是要求男人降到受封建教條殘害的女性生存水準中一起去接受壓制。

不妥協地高揚女性主體意識的是白薇的唯美詩劇《琳麗劇曲》。白薇在該劇中以豐富奇特的想像淋漓盡致地表達了女性對兩性之愛的熱烈渴求，也充分抒寫了女性在不平等的愛情關係中受傷害的生命傷痛。女主人公琳麗詩意地表白道：

> 人性最深妙的美，
> 好像只存在兩性間。
>
> （白薇《琳麗劇曲》）

> 我這回只是為了愛生
> 不但我本身是愛，
> 恐怕我死後，我冰冷冷的一塊青白墓碑，
> 也是一團晶瑩的愛。
>
> （白薇《琳麗劇曲》）

但這執著於熾熱愛情的女性卻遇到了愛情不很熾烈、不能持久、不能單一的男子。男主人公琴瀾自白說：

> 我是無論怎樣的一個女子，
> 絕不能永遠地占住我的心的全部。
>
> （白薇《琳麗劇曲》）

白薇儘管既借琳麗之口讚美琴瀾是「奇葩初胎」，「合了我幻想美的調子」；又借璃麗之口，痛斥這泛愛的男子，說：

> 在男子身上去找美，
> 正像到非洲的沙漠上去摸水蓮花。
>
> （白薇《琳麗劇曲》）

並且讓琳麗以夢幻的方式設想男性死神因為愛戀琳麗而死，通過男性的殉情充分滿足了女性的自戀自愛情結；同時又讓琳麗以夢幻的形式設想在琳麗為愛情而死後琴瀾被猩猩撲殺、分屍的血腥恐怖，隱秘地表達了女性對負心男子的強烈的恨，以及女子被自己的恨意所驚嚇、又立刻否定這種恨的複雜心理。這裏，女性對自己內心隱秘恨意的否定並不是對男性特權的臣服，而是女性愛情對女性之恨

的牽掣。女性對男性世界的愛戀與仇恨，女性的癡情與男性的泛愛，女性的自戀自愛，均在《琳麗劇曲》中以最為極端的方式得到了充分的抒寫。各種極端對立因素的整合，使得《琳麗劇曲》充滿奇妙的情感張力。

凌叔華則在小說《酒後》和《花之寺》中分別探索了女性和男性的泛愛問題。前者寫，妻子采苕酒後要求丈夫永璋允許自己去吻醉臥的男性朋友子儀，因為子儀的文筆和丰采都讓她傾心，丈夫允許後，采苕卻在子儀面前心跳而卻步。後者記述妻子燕倩以匿名讀者的身份寫信給丈夫詩人幽泉，向他表達愛慕之意，約他到郊外花之寺碧桃樹下相見，結局是夫妻倆一起在郊外享受大自然。這兩個文本中，配偶中的一方對婚外異性產生情感波瀾，另一方雖略有不快，但終是理解甚至成全之；而動心的那一方既有所放任自己的情感又有所節制。婚外有節制的兩性感情，在凌叔華的思維中，是婚姻生活中無大礙的因素。凌叔華以輕靈的筆墨理解和描摹了男女兩性有節制的泛愛傾向。

從大膽肯定愛情的合理性到逐步展開性愛標準、兩性泛愛問題的思考；從禁欲的愛情觀到建立靈肉相統一的性愛觀念，「五四」女性文學在發展中漸漸培養出健全的女性性愛意識。以此健全的性愛心理為基礎，後來的女性文學才可能進一步去燭照女性性愛生活中的合理性與異化現象。

結論

在性愛權利的確認方面，「五四」女作家既大膽肯定愛情的合理性，把自我性愛權利昇華到關乎生命自由意志的高度來體認，又不敢否定母親的父權立場，只能用毅然赴死來調和「母女之愛」與

「情人之愛」的矛盾；她們既相信愛情的神聖性，又在封建禮教的四面楚歌中陷於精神憔悴，並且難免對女性向禮教妥協的軟弱行為同情有餘、批判不足。在性愛標準的確立方面，「五四」女作家最初為了保持青年男女精神同盟的一體性以對抗父輩威權，不得不迴避對異性世界的審視、迴避對現代性愛標準的思考，從而使得新女性的現代愛情追求與傳統女性以色易才的古典性愛模式有何本質不同難以凸現；「五四」後期，女作家把愛情問題從父輩與子輩的矛盾還原為男女之間的關係問題，開始清醒地審視異性世界，呼喚男性對女性的理解，逐步建立起女性在性愛中的主體性地位。在靈與肉的關係上，「五四」女作家最初也迴避女性慾望，把禁欲視為愛情的純潔、神聖；「五四」後期丁玲等女作家才真正衝破封建男權文化對女性慾望的禁錮，大膽訴述女性慾望，逐步建立靈與肉相統一的性愛觀，「五四」女兒至此才真正成長為身心健康的成熟女人。對性愛單一性與男子泛愛問題的思考，「五四」女作家也走過一條不敢直面男女性愛權利不平等現實、怯於質問男性性霸權再到大膽訴述女性生命傷痛的曲折長路。

　　「五四」女性文學對性愛意識的探討，是一個複雜行進的過程。其間，有勇敢，也有怯懦；有抗爭，也有妥協；有哀苦，也有憤激。正是在這迂徐曲折的發展中，「五四」女性創作，逐步建立起了現代女性的主體意識。

第六章　觀照大自然

　　自然景物進入文學創作中，無論作為巫術禮儀、宗教祭祀的對象，還是作為倫理道德、人生景況的象徵比喻，抑或作為獨立的審美對象，在中國古代文學中都有異常豐厚的傳統積澱。但這個傳統在女作家創作中並不怎麼發達。

　　《詩經》等先秦詩歌中有較多以宗教情感對待自然物的創作，但由於作者身份不明，古代早期的女性文學中是否存在著把自然作為頂禮膜拜的神物來看待的傳統就難以考察了。自然被當作獨立的審美對象看待，在中國古代文學創作中始於魏晉，成熟於盛唐，堪謂源遠流長。[1]只要翻翻魏晉以後的各種作品集，就可以發現，在對自然的意趣把握中獲得美的享受是魏晉以後男作家創作的重要內容，在男性詩詞創作中這甚至成為主流；而在魏晉以後的女作家創作中雖然也時有吟詠自然之作，且出現過像李清照「知否？知否？應是綠肥紅瘦」[2]這樣的佳句，但總的來說，以超越現實功利的、相對獨立的審美情感去欣賞自然，在中國古代女性文學中並沒有形成與相思閨怨傳統相匹敵的風尚。在中國古代儒道互補的文化傳統中，寄情山水往往總是與隱逸的態度相連。「達則兼濟天下，窮則獨善其身。」強調自然的審美價值，意味著作為皇帝臣仆的男性實際上在一定程度上還有「仕」與「隱」、「進」與「退」的人生選擇自由。而女性作為男人的附屬品，她們無論生生死死，對夫主

---

[1]　李浩：〈山水之變──論先秦到唐代自然美觀念的嬗變〉，見人大複印資料《美學》，1996 年第 2 期。

[2]　〔宋〕李清照：〈如夢令〉，見《中國文學史‧第二冊》，人民文學出版社，1962 年 7 月，第 1 版，第 623 頁。

只能有絕對而永久的服從，絲毫不存在隱逸出世的可能。[3]女性對
自然的審美活動因為有所違背男性絕對佔有女性精神的奴隸教
條，通常被占統治地位的男權正統文化限制在非常有限的範圍內，
甚至被列為禁忌。《浮生六記》中，陳芸要看太湖風光，只能「托
言歸寧」，瞞過公婆，跟著丈夫沈三白，偷偷去走一遭。而一般女
性是不會有沈三白這種具有一定反封建意識的丈夫來幫助她作這
種違反禮教的事的。下層女性因為承擔勞作事務，較多接觸到自然
景物，在踏青遊春等活動中也比上層婦女多一些自由，但她們因為
文化素養、生存條件的限制，未必具備欣賞自然美的主體條件。明
清的才女文學，雖然較多地吟詠自然，但男權文化對女性的從屬要
求始終限制著女性對自然美的沉醉、流連。女性對自然風物的欣
賞，常常與女性思慕、哀怨某一男子這種精神功利相連，難以營
構出超然於世俗日常生活的隱逸世界。陶淵明「久在樊籠裏，複
得返自然」[4]的逍遙是難以出現在一般古代女性作家的創作中的。
李清照抒寫投身大自然，以致於覺得「眠沙鷗鷺不回頭，似也恨
人歸早」[5]的怡然之情，實在是古代女性文學的例外。就總體而
言，對自然景物超功利的審美觀照在古代女性文學創作中是不發
達的。

　　自然物作為倫理道德、人生景況的象徵、比喻倒是頻繁地出現
在中國古代女性文學中，形成一個不絕如縷的傳統。但女性文學中
的這一象徵比喻傳統卻也有著與男性作家創作極不相同的特色。在
長期的男權統治歷史中，中國古代文化形成了一整套壓抑女性的思

---

[3]　舒蕪：〈「香草美人」的奧秘〉，見《串味讀書》，遼寧教育出版社，1995 年
　　 10 月，第 1 版，第 169 頁。
[4]　〔晉〕陶淵明：〈歸園田居〉，見《中國歷代文學作品選・上編・第二冊》，
　　 上海古籍出版社，1979 年 10 月，第 1 版，第 327 頁。
[5]　〔宋〕李清照：〈怨王孫〉，見《中國文學史・第二冊》，人民文學出版社，
　　 1962 年 8 月，第 1 版，第 623 頁。

想、行為準則。「清閒貞靜，守節整齊，行己有恥，動靜有法，是
謂婦德。」[6]除了為男人守節、傳宗接代之外，女性的其他人生追
求長期遭到禁錮。相應地，古代女性文學以自然物比喻、象徵女性
的品格，在主流思想意識的限制下，也主要引向吟詠女性忠貞守
節、卑順多情的品性上，而難有更為廣闊的內容。「綠影競扶疏，
紅姿相照灼；不學桃李花，亂向春風落」[7]的雙槿樹，便是女性持
重貞潔品格的典型寫照。由於女性人性被貶抑，自然作為倫理道德
的象徵比喻，在古代女性文學中並沒有形成男性創作中豐富多面的
格局。同樣，自然作為人生景況的比附，在古代女性文學中一般也
總是被限定在女人對男人依戀、哀怨的陰柔特質與卑弱處境上。「常
恐秋節至，涼風奪炎熱」[8]的合歡扇、「應笑西園舊桃李，強勻顏色
待春風」[9]的桃李樹，都寄寓了封建時代女性無法把握自身命運的
無奈。「雲中白鶴，非燕雀之網所能羅也」[10]的瀟灑風神，一般地
說是與女性無緣的。在男權勢力統治下，女性生活的意義只有在男
性認可下才能獲得。女性要麼被男人寵愛、要麼被男人拋棄，即使
得到男人寵愛的女性也總是在「色衰只恐君恩歇」[11]的憂慮中過日
子。女性狹窄的生活內容、受壓抑的生存真相，決定了女性文學對

---

6 〔東漢〕班昭：〈女誡〉，見《女誡》，中央民族大學出版社，1996 年 6 月，
　第 1 版，第 3 頁。
7 〔唐〕張文姬：〈雙槿樹〉，見《中國歷代女子詩詞選》，新華出版社，1983
　年 8 月，第 1 版，第 84 頁。
8 〔漢〕班婕妤：〈怨歌行〉，見《中國歷代女子詩詞選》，新華出版社，1983
　年 8 月，第 1 版，第 8 頁。
9 〔宋〕胡楚：〈送周韶〉，見《中國歷代女子詩詞選》，新華出版社，1983
　年 8 月，第 1 版，第 115 頁。
10 〔晉〕劉義慶：《世說新語‧賞譽》：「公孫度目邴原：『所謂雲中白鶴，非
　燕雀之網所能羅也。』」，見《世說新語校箋‧上冊》，中華書局，1984 年 4
　月，第 1 版，第 228 頁。
11 〔唐〕田娥：〈攜手曲〉，見《中國歷代女子詩詞選》，新華出版社，1983
　年 8 月，第 1 版，第 103 頁。

女性人生景況的比喻、象徵，一般不可能有男人「大鵬一日同風起，搏搖直上九萬里」[12]的豪邁自得。

「五四」時代，中國歷史發生了進入現代社會的轉折性變化。「五四」女作家，第一次在群體意義上紛紛擺脫男權傳統的桎梏，爭取獨立人格。自然景物在她們初步解放的心靈中，不再是與主體存在無關的客觀世界。她們廣泛吸收中國古代關於自然美的文化積澱，以剛剛解除束縛的青春女性胸懷面對自我以外的廣闊世界，在對自然的感性欣賞中、在與自然的心神交融中，大大拓展了女性的生活面與心靈空間，表現出現代女性熔鑄著人道主義思想內涵的人格特徵。除了把自然作為獨立的審美對象外，「五四」女作家還繼承了中國古代以自然物象徵、比喻倫理道德、人生景況的文化傳統，並且對之進行現代轉換，借助自然物積極思考現代女性乃至於現代人的人格重塑、理想追求等問題，並以覺醒的人的眼光審視自身處境。

第一節　超功利的審美欣賞

對自然美超越一時現實功利的欣賞幾乎遍及每一位「五四」女作家的創作。花草樹木、大海山川、月光繁星等都頻繁地出現在她們的詩歌、散文、小說中。而大量歌唱自然美的則主要有冰心、陳衡哲、凌叔華、廬隱、石評梅、馮沅君。她們對自然美的欣賞主要在兩條思路上展開。一是借助擬人化手法直接抒發自己與自然景物為友的心情；二是通過具體景物的描繪，創造出富有詩意的意境，給讀者以美的享受。

---

[12] 〔唐〕李白：〈上李邕〉，見《李太白全集》，上海書店，1988 年 6 月，第 1 版，第 250 頁。

　　「五四」女作家首先把自然景物擬人化為與自己精神相通的朋友，直接抒發主體對自然景物魂繞夢牽的熱愛之情。這主要體現在冰心的哲理詩《繁星》、《春水》中：

> 兒時的朋友：
> 海波呵，
> 　　山影呵，
> 　　　　燦爛的晚霞呵，
> 　　　　　　悲壯的喇叭呵，
> 我們如今是疏遠了麼？
>
> （冰心《繁星・四七》）

> 蕩漾的，是小舟麼？
> 青翠的，是島山麼？
> 蔚藍的，是大海麼？
> 我的朋友！
> 重來的我，
> 　　何忍懷疑你，
> 　　　　只因我屢次受了夢兒的欺枉。
>
> （冰心《繁星・一二六》）

　　這裏，自然景物給予冰心的主要不是「極視聽之娛」的感官享受，而是「猶恐相逢是夢中」的朋友真情。冰心常常以對話的方式與擬人化的自然景物交流情感，並且把自己對童年的留戀、對時光流逝的感傷這些豐富的人生感觸都交融在對自然的熱愛裏，讓擬人化的自然景物與自己共同分享、承受人生的種種況味。這種與自然山水風物進行深層精神交流的審美觀照，有李白「相看兩不厭，只有敬亭山」的親密、平等，而沒有李白知己寥落的不平之氣與落寞

感。在冰心創作中，對自然山水風物的歌唱一般並不直接指向對現實社會的批判；人與自然山水風物的和諧，沒有與社會上人際關係的不和諧直接形成對比。

> 父親呵，
> 出來坐在明月裏，
> 　我要聽你說你的海。

（冰心《繁星・七五》）

> 造物者──
> 倘若在永久的生命裏
> 　只容許有一次極樂的應許。
> 我要至誠地求著：
> 　「我在母親的懷裏，
> 母親在小舟裏，
> 小舟在月明的大海裏。」

（冰心《春水・一〇五》）

　　對自然景物的熱愛在冰心心目中常常與人間親情水乳交融。有時冰心甚至用和諧的人間親情來比擬自然物之間的關係，把對自然的讚美與人倫親情相融合，如「西湖呵，你是海的小妹妹麼？」（《春水・二九》）自然對於冰心和一些女作家來說，實際上意味著是人類社會的延續，而不是與現實社會相對峙的另一個世界。這說明「五四」女作家投身大自然不含高蹈出世的意味，而包含著關懷現實人生的溫暖情懷。通過擬人手法，把自然景物認同為親密的朋友，「五四」女作家大大拓展了女性文學的人生內容，並為直接欣賞自然景物的感性美作好了思想、情感上的準備。

　　除了大海、明月、朝霞、青山這些具體的自然風物外，冰心詩中還不斷出現一個作為集合概念的擬人化自然形象。

　　　我們都是自然的嬰兒，
　　　　臥在宇宙的搖籃裏。

　　　　　　　　　　　　　　　　　　　（冰心《繁星·一四》）

　　　自然的微笑裏，
　　　　融化了
　　　　人類的嗔怨。

　　　　　　　　　　　　　　　　　　　（冰心《春水·四九》）

　　　萬能的上帝！
　　　求你默默的藉著無瑕疵的自然，
　　　造成我們高尚獨立的人格。

　　　　　　　　　　　　　　　　　　　　（冰心《人格》）

　　自然在冰心的心目中顯然有兩個層面的意味。第一層含義中，自然不僅包括人類社會以外的自然界事物，還包括人類社會本身。而自然景物和人就象臥在同一個搖籃裏的孩子一樣和諧安寧。第二層含義中，自然僅僅指人類社會以外的自然界，但它也與人類生活密切相關。這兩層含義上的自然概念外延大小不等，但在冰心的擬人化想像中都是一個具有母性情懷的人格化形象。冰心認為自然比人類更高一籌，但她對自然的崇拜一般並沒有引向對人類生活的否定。在她的心目中，自然令人仰視的特徵不僅沒有形成對人的壓抑，反而具有溫暖人心、協調人類嗔怨、培養人性的功能。基於這樣的自然觀，冰心只有在詩化小說《月光》一篇中，贊同主人公維因的看法，認為人「只有打破了煩惱混沌的自己」才能達到與自然的調和，人對自然的崇拜導致對自我肉體生命的否定。而多數時

候，冰心都認為人與萬物的和諧是「不可分析，不容分析的」真理。
她用「萬全之愛」來概括人與自然界萬物「共同臥在宇宙的搖籃裏」
的和諧的世界本質特徵。（冰心《無限之生的界線》）冰心在自然觀、
宇宙觀上顯然綜合繼承了中國古代文化「天人合一」的思想與印度
哲學「梵」的觀念，而區別於強調人與自然的對立性的西方文化。
這樣的哲學觀念，與冰心自小培養起來的對自然事物感性美的敏銳
直覺相結合，各種自然風物就自然而然地成為冰心與之「心有靈犀
一點通」的親密朋友。

在從哲理層面確認自然對於人類生活的正面意義的同時，「五
四」女作家還開放心靈，從感性層面大量感受自然美。在她們筆下，
自然景物或直接出現在寫景抒情散文中成為主要表現對象，或穿插
在小說中作為人物心理、情節氛圍的襯托。對自然美的表現，在冰
心、陳衡哲、凌叔華的多數創作中，以及盧隱、馮沅君、石評梅的
部分創作中，均達到了創造意境美的高級審美層次。自然景物，在
冰心、凌叔華、石評梅筆下趨向雅致優美，在陳衡哲、盧隱、馮沅
君筆下則優美、壯美兩種美學形態兼而有之，但細加分析，各人又
有所不同。

同是趨於優美，冰心、凌叔華、石評梅的自然美感仍然有著較
為明顯的差異。冰心喜愛的自然景物，面極廣。無論是外部形態遼
闊的大海高山，還是細小的幾朵石竹花，都在她的視野內。她主要
不是通過描寫微小精緻的事物來實現其優美的藝術風格。她從自己
清新優雅的審美趣味出發，在一個事物的多個側面中選擇符合自己
個性的特點來進行藝術表現。自然事物在其勃勃生機中透出的和諧
感、靜穆感，是冰心筆下景物優美風格的主要構成因素。大海高山
屢屢出現在她的創作中。這些一般是以壯美面目出現的事物在她獨
特美感的觀照下，常常隱去了其浩大壯觀的一面。冰心從未詳細描
畫過大海波濤洶湧的狂暴面目，《寄小讀者‧通訊七》中提到風浪

來了，但並不涉及海面壯觀的景象。《寄小讀者・通訊二十》也只微微涉及「壯烈的海風」而已。不僅擬人化的大海在冰心筆下是一個柔美的女神（《往事（一）之四》），而且冰心對海的正面描寫也以和諧、平靜、絢麗見長。

> 我自少住在海濱，卻沒有看見過海平如鏡。這次出了吳淞口，一天的航程，一望無際的儘是粼粼的微波。涼風習習，舟如在冰上行。到過了高麗界，海水竟似湖光。藍極綠極，凝成一片。斜陽的金光，長蛇般自天邊直接到闌旁人立處。上自穹蒼，下至船前的水，自淺紅至於深翠，幻成幾十色，一層層，一片片的漾開了來。（冰心《寄小讀者・通訊七》）

「海平如鏡」的景象雖然見得少，但一旦相遇，便恨「文字竟是世界上最無用的東西，寫不出這空靈的妙景」。它比海濤拍岸的景象更深地佔據冰心的心靈。風雪阻隔的沙穰青山在冰心的感受中「只能說是似娟娟的靜女，雖是照人的明豔，卻也不飛揚妖冶；是低眉垂袖，縷絡矜持」（《往事（二）之三》），具有明顯的陰柔氣質。作者溫柔、矜持而又不失活潑的青春女性情懷，使得她忽略過各類自然事物壯闊、狂暴的一面，而著重發掘其和諧、溫婉的特徵，造成了創作中景物描寫的優美風格。

冰心擅長於在光的變幻中捕捉自然景物清新絢爛的風采。詩化小說《月光》中，主人公星如半夜見雲收雨霽的湖上風光：

> 他凝住了，湖上走過千百回，這般光明的世界，確還是第一次！疊錦般的湖波，漾著溶溶的月。雨過的天空，清寒得碧琉璃一般。湖旁一叢叢帶雨的密葉，閃爍向月，璀璨得如同火樹銀花，地下濕影參差，湖石都清澈的露出水面。（冰心《月光》）

以「火樹銀花」作比，掃盡夜色的沉寂；而光由樹葉帶雨向月而生，再加上天空「清寒」的感覺，又不失其自然清新的品味，避免了錯彩鏤金之病。月光給雨後寧靜的湖山帶來了燦爛的生機。日光、月光、朝霞、繁星所產生的光明不時籠照著冰心筆下的山水花樹，帶來秀麗端莊的美感，從中也折射出冰心純潔明淨、積極健康的心懷，達到了「物與神遊」的境界。

與冰心長於表現光的美感不同，凌叔華更擅長於把握自然景物細膩的色彩變化。她這時期對自然美的描寫大都鑲嵌在小說中。它們在小說的整體構思上起到襯托氣氛、或折射人物心理的作用。前者如《中秋晚》、《再見》、《花之寺》；後者如《春天》、《瘋了的詩人》。凌叔華「五四」時期對自然美的敏感點在春天的山，以及與之相關的天空、花草樹木、飛禽昆蟲。《春天》與《瘋了的詩人》兩篇均以大量的篇幅出色地傳達出了春天的神韻。秋天的景物只寥寥幾筆出現在《中秋晚》與《再見》兩篇中。夏與冬的景物這時期基本上未曾進入凌叔華的審美視野。

> 廊下掛了一個鳥籠，裏頭一雙白鴿正仰頭望著蔚藍的天空咕咕地叫著，好像代表主人送迎碧天上來往的白雲。西窗前一架紫藤花開了幾穗花浸在陽光裏吐出甜醉的芬香；溫和的風時時載送這鳥語花香，裝點這豔陽天氣。（凌叔華《花之寺》）
> 灰褐色的天幕已經抹上一層粉藍，一層密黃了。院子裏一株海棠，好像一個遊春的妙年少女穿著蔥翠色衣裳，頭上滿簪著細花朵的神氣。許多粉蝶黃蜂都繞著樹飛，她連頭都不動一動，這樣更顯出她的嬌矜風度。（凌叔華《春天》）

在對景物的描繪中，凌叔華長於充分調動五官感覺，從色彩、氣味、聲音多方面表現大自然的韻味。她對色彩的感覺尤為細膩，特別善於調配多種粉色，造成柔婉而又鮮明的畫面效果。各種細緻

的感覺再配以想像豐富的比喻，共同創造出春天萬物初醒的醉人氣氛，巧妙地傳達出小說主人公因感應春色而產生的騷動且又茫然的情緒，達到了境象與意韻的和諧統一。

而在遠景的描繪中，凌叔華除保持對色、味、聲的細膩敏感外，還借鑒了中國山水畫的透視特色。「中國畫的透視法是提神太虛，從世外鳥瞰的立場觀照全整的律動的大自然，他的空間立場是在時間中徘徊移動，游目周覽，集合數層與多方的視點譜成一幅超象空靈的詩情畫境。所以它的境界偏向遠景。……在這遠景裏看不見刻畫顯露的凹凸及光線陰影。……一片明暗的節奏表象著全幅宇宙的氤氳的氣韻，正符合中國心靈蓬鬆瀟灑的意境。」[13]《瘋了的詩人》中，詩人兼畫家覺生騎驢緩行在迂曲的小路上，隨著雲雨陰晴的變化和立足點的變遷，展現在他面前的連綿的山景正是這樣一幅幅氣韻生動的長方橫軸全景中國畫。其雲霧開合以及細膩的色彩變幻帶來一種空靈縹緲而又清逸柔婉的藝術趣味，得宋元文人山水畫超然玄遠的神韻，而又比之多一分溫婉的氣息，體現了女作家高遠的襟懷與細膩的柔情。

石評梅對自然景物進行大段描寫的文字並不多，但在傾訴情緒、敘述事件時她常常穿插一些小段的景物描寫。

> 舊日禿禿的太行山，而今都批上柔綠；細雨裏行雲過軸，宛似少女頭上的小鬟，因為落雨多，瀑布是更壯觀而清脆，……
> （石評梅《素心》）

石評梅喜歡用擬人化的比喻來描述自然的面貌。她的自然美感偏於清新綺麗，由此造成一種優美婉約的效果。

---

[13] 宗白華：〈論中國畫法的淵源與基礎〉，見《藝境》，北京大學出版社，1986年6月，第1版，第119頁。

冰心、凌叔華、石評梅對自然美的描寫均以優美典雅見長。而陳衡哲、盧隱、馮沅君對自然景物的審美感受則融秀麗雄偉於一體。盧隱、馮沅君是在優美中揉合著壯美的分子，主要仍以婉約優美為主調；而陳衡哲則以壯美瑰麗為基調，而輔之以秀麗優美。

盧隱曾說「……我是喜歡暗淡的光線，和模糊的輪廓，我喜歡遠樹籠煙的畫境，我喜歡晨光熹微中的一切，天地間的美，都在這不可捉摸的前途裏，所以我最喜歡『笑而不答心自閒』的微妙人生。雨絲若籠霧的天氣，要比麗日當空時玄妙得多呢！」[14]在實際的描寫中，盧隱確實多寫清晨、黃昏的景物，文中也常常出現斜陽、月亮等意象，而少見「麗日當空」之景。但在用色上她卻多用對比鮮明的色彩，而且常常以紅色為主調。所以畫面的總體效果還是以鮮明醒目為主，而不以朦朧為特色：

> 呵！多美麗的圖畫！斜陽紅得象血般，照在碧綠的海波上，露出紫薔薇一般的顏色來，那白楊和蒼松的陰影之下，她們的旅行隊正停在那裏，五個年青女郎，要算是此地的熟客了，她們住在靠海的村子裏，只要早晨披白綃的安琪兒，在天空微笑時，她們便各人拿著書跳舞般跑了來。黃昏紅裳的哥兒回去時，她們也必定要到。（盧隱《海濱故人》）

這黃昏景象中，血紅、碧綠兩種濃重的色彩形成對比，畫面比凌叔華《瘋了的詩人》中太陽下的九龍山明豔得多。即使寫梅，盧隱寫的也是紅梅（盧隱《麗石的日記》），而非白梅；月亮意象常常在盧隱創作中出現，而描寫最為細緻的也是紅月（盧隱《月下的回憶》），而非冷月。偏向濃墨重彩、喜用紅色的用色偏向，常常造成一種熱鬧的效果。這表明盧隱精神上更貼近世俗人生，而少一點凌

---

[14] 盧隱：〈愁情一縷付征鴻〉，見《盧隱散文》，中國廣播電視出版社，1993年6月，第1版，第297頁。

叔華的清逸之氣與冰心的蕭穆情懷；也暗示盧隱創作中不斷宣洩的人生痛苦是一種蘊含著生命熾熱的悲哀，而不是心如枯井的絕望。有時紅色的使用，也使盧隱筆下的風景在婉約優美中帶上一點粗獷壯美的氣息。

盧隱寫景，尤喜歡通過擬物、擬人、比喻賦予自然事物以生動的活力。上文把夕陽比作「紅裳的哥兒」即是顯例。同是《海濱故人》一篇中，她又把下山的太陽比作「如獅子滾繡球般，打個轉身沉向海底去了。」活潑的擬人、擬物、比喻同樣表明，盧隱滿紙悲哀的背面還隱含著富有生機的精神活力。但有些比喻、擬人，如黃昏雨後「淡薄的斜陽，照在一切沐浴後的景物上，真的，……比美女的秋波還要清麗動憐」（盧隱《愁情一縷付征鴻》），喻體陳舊庸俗，反而掩去了自然事物清新靈動的本色。盧隱的景物描寫有時也存在情景乖離的毛病，使得自然景物對主人公情緒的影響缺少內在必然，也達不到創造意境的藝術效果。《或人的悲哀》中，女主人公亞俠九月五日的一封書信，先抒主人公不絕如縷的種種愁情，末尾一段轉而說，「現在已是黃昏了。海上的黃昏又是一番景象，海水被紅日映成紫色，波浪被餘輝射成銀花，光華燦爛，你若是到了這裏，大約又要喜歡地手舞足蹈了！」說對方一定會喜歡，實際上表現的是說話人自己的欣喜。這裏主人公心境由悲轉喜，由於缺少對自然景物意韻的細膩體會，變化就不免流於簡單突兀，缺少層次感，難以在讀者心中引起共鳴。

馮沅君對自然美的描寫主要在她的日記體長篇遊記散文《蘇鄂晉越旅行記》以及《隔絕》等部分小說中。其中既有壯美之景，亦有優美之景。即使是雨前雲勢「嵯峨、崢嶸」的怪景（《蘇鄂晉越旅行記・二十一日》），花木衰殘的「蕭條淒涼」之醜景（《蘇鄂晉越旅行記・十九日》）亦落入馮沅君的審美視野中。這間接體現出作者思維開放、個性兼具豪爽與秀媚的特點。但就總體而言，馮沅

君在《蘇鄂晉越旅行記》中的寫實之景，多因對景象的意味挖掘不夠而流於粗陋；小說中的想像之景，意象新意不足。其對自然美的表現整體成就不大。

陳衡哲是「五四」時期唯一一位在描寫自然風景時以壯美為主要風格的女作家。陳衡哲這時期較多描繪自然美的創作，只有遊記散文《加拿大露營記》與《北戴河一周遊記》兩篇。荒蕪的小島、寬闊的大海、風雨交作的天氣、淡紅的霞光以及火紅的太陽、明淨的月亮都是陳衡哲傾心的自然美景。從選材上看，她對海上風光的親睞超過對山中景物的喜愛。這點正與凌叔華形成對比，而與冰心接近。所不同的是，大海在陳衡哲筆下總是以廓大的景象出現。對色彩的敏感是陳衡哲與凌叔華的相同之處。所不同的是，陳衡哲喜歡恰當調配相對濃重的顏色，大面積揮灑：

> 那時的海水，已完全失卻了它昨日的恬靜與蒼翠；彌眼但見灰藍夾著混綠，擁托著層層的白浪，向著岸上打來。天上的顏色，起初是與海水一樣的灰暗；但不久即有紅霞一縷，漸擴漸大，後來直把半個天空，都染得像胭脂一樣。地上的草木，經過雨的淋洗，本已蒼翠欲滴，此時再襯上那淡紅的霞光，更是嫵媚到了萬分。（陳衡哲《北戴河一周遊記》）

雄渾的海天、瑰麗的紅霞、嫵媚的草木，共同造成開闊的景象，鮮明、富有變化的色彩美，構成既雄偉壯闊又不乏秀逸嫵媚的藝術境界，從中也折射出陳衡哲豪放瀟灑而又不失細膩秀美的心懷。

此外，陳衡哲還擅長於化用古詩意境，使其豪放中仍然蘊含著典雅之美，而不失於粗疏：

> 當我們坐在一個短牆之上，正向海面凝望之際，忽見有帆船一隻，在月光波影間，緩緩駛來，因念乘坐此船之人，定非

俗子。是時月華愈升愈高，海上的銀波，也是愈射愈遠，直至天際。明知隔海的故人們，離此處的天際仍是甚遠；但目見海天交盡，總不免思念到遠在他洲的許多故人，好象他們就在那天涯海角似的。「一水牽愁萬里長，」遂忘涼露的沾衣了。（陳衡哲《北戴河一周遊記》）

這裏顯然是化用了唐詩「孤帆遠影碧空盡，唯見長江天際流」與「春江潮水連海平，海上明月共潮生」的意境，使得寬廣寧靜的海上風光與「一水牽愁萬里長」的悠遠情思相結合。其境象廓大舒展，而思念友人的情誼深邃、綿長。二者相交融，表現了陳衡哲胸襟開闊、情深意長的個性特徵。

「五四」女作家對自然景物的哲理讚美與具體描寫，從理性和感性兩方面表現了第一代現代女性面對自然的態度。通過對自然的理性認同與審美把握，「五四」女作家把現代女性的人生關注範圍拓寬到了包括自然界在內的廣闊世界。

第二節　以自然比擬倫理道德、人生理想

冰心、陳衡哲、凌叔華、盧隱等「五四」女作家還繼承了中國古代文化以自然比擬倫理道德、人生理想的傳統，借助自然物來表現「五四」女性對人性的思考。以物比擬倫理道德、人生理想，最早見於《管子》，管仲認為禾「可比於君子之德」。[15]在這種比擬中，人們著重考察的並不是自然作為物的特性或者自然作為審美對象

---

[15] 參看李浩〈山水之變——論先秦至唐代自然美觀念的嬗變〉，見人大複印資料《美學》，1996 年第 2 期，第 50 頁。

的美學意趣，而是賦予自然物以人格特徵，使自然物具有比喻、象徵人類某一抽象品格的作用。其考察的著重點是人性問題，但因為這種考察與自然物的形象性相連，並且常常還伴以擬人化手法，並不完全摒棄自然物的美感作用，只是把自然的美感意義置於附屬位置，所以，其中所包含的對人性的思考、表現，就能取得了抽象性與形象性相結合的特點，往往能達到既言簡意賅又具體可感的效果。《論語》中的「智者樂水，仁者樂山」，《楚辭》中的《橘頌》就是典型的以物比擬道德理想、人生理想之作。

以自然物比擬倫理道德、人生理想，「五四」女作家揚棄了表白女性忠貞守節、卑順多情品格的古代女性文學傳統，從現代女性獨立面對人生的態度出發，思考現代女性乃至於現代人人格重塑的問題。

在對人格修養的思考中，「五四」女作家表現出第一代現代女性截然不同於舊時代女性的獨立自強的自我意識。她們繼承了傳統文化中關於蓮花、松柏、幽蘭等自然風物的道德、人格含義，經過重新闡釋後，賦予它們更為寬廣的外延。

> 向日葵對那些未見過白蓮的人，
>> 承認他們是最好的朋友。
> 白蓮出水了，
>> 向日葵低下了頭：
> 她亭亭的傲骨，
>> 分別了自己。

（冰心《繁星‧二四》）

蓮花自古就被賦予「出污泥而不染」的高潔品格，但在古代文化中，其亭亭傲骨一般只是用於讚美男子尤其是士大夫的人格美，而較少包含對女性人格的讚譽。蓮花如果用在女性身上，一般只意味著貞潔。冰心把白蓮的「亭亭傲骨」與向日葵的低頭作比，從女

性角度擴充了白蓮高傲品格的比擬範圍，也拓展了女性的人性深度。它表明冰心心目中的理想人格已全然不是封建男權強加給女性的「敬順」、「曲從」[16]的奴隸品性，而是帶著人的尊嚴的自傲自強。凌叔華在小說《綺霞》中也繼承了中國古代關於柏樹的文化意蘊，並且把它的象徵意蘊拓寬到女性生活領域。秋風中，

> 只有幾十株古柏仍然穩立在遊椅左右，顯出飽經風霜，睥睨一切的莊嚴老練的神態，不但衰柳殘荷見了自慚形穢，即園中傲風戴雪之假山石也似乎慚愧不如，蜷伏著不動。（凌叔華《綺霞》）

柏樹傲立秋風的人格化形象，顯然是對《論語》「歲寒然後知松柏之後凋也」的詳細描述。睥睨一切人生艱險時的「莊嚴老練」，正是初步覺醒的「五四」女性帶著青春的稚嫩時所特別渴望擁有的堅定品格。柏樹就成為凌叔華用以鼓舞、鞭策女主人公綺霞奮發上進、獨立自強的人格楷模。

自尊自傲、獨立自強的人格理想，在「五四」女作家思想中，具體落實為把握自身命運的個性主義思想與犧牲自己、服務社會的事業追求。陳衡哲更注重表現覺醒的現代人把握自身命運的個性主義思想，冰心則更注重思考青年服務社會的問題。

陳衡哲在詩歌《鳥》、散文詩《運河與揚子江》與《老柏與野薔薇》中，以鳥兒、運河、揚子江、老柏與野薔薇作為比擬，表達自己渴望把握自身命運、追求生命價值的個性主義的人生理想。運河象徵著命運「成也由人，毀也由人」的順命者，是「快樂」而不覺悟的奴隸。而揚子江穿岩鑿壁，自己創造命運，高唱著「生命的

16　〔東漢〕班昭的《女誡》中說「……敬順之道，婦人之大禮也。」「勿得違
　　戾是非，爭分曲直。此則所謂曲從矣。」見《女誡》，中央民族大學出版社，
　　1996 年 6 月，第 1 版，第 2、3 頁。

奮鬥是徹底的，奮鬥來的生命是美麗的」之歌（《運河與揚子江》）。
鳥兒、揚子江象徵著不惜代價、追求自由、執意創造自我生命的奮
鬥者。老柏與野薔薇則分別代表了堅貞不移與絢爛短暫的兩種生命
形態。野薔薇「美麗」、「柔媚」，雖然只有三日的壽命，但那「僅
僅三日的光榮，終究完成了生命的意義：圓滿，徹底，和儘量的陶
醉。」（《老柏與野薔薇》）這些動植物形象相互對比，表現了現代
女性擺脫了奴隸命運之後的獨立不羈、豪邁堅定的精神面貌。陳衡
哲的個性主義思想帶著「五四」青年剛剛衝破封建桎梏時的自信、
堅定。在她心目中，與個體生命相對立的是外在於個體力量之外的
命運，而不是代表群體力量的社會。高揚主體生命意義的奮鬥行
為，賦予個體生命以戰勝命運並且創造命運的力量。鳥兒、揚子
江、野薔薇等動植物的比喻、象徵內涵，因為注入了剛健的個性
主義思想內容，取得了以往女性文學所難以擁有的現代意識，代
表著覺醒女性的心聲。陳衡哲的個性解放思想沒有與群體意識相
融合，也沒有走向對群體觀念的否定。運河與揚子江、老柏與野
薔薇的對話，顯然在擬人、象徵之外，還借助了對話體寓言的表
現手法。

　　冰心常常以植物的花、果、樹的關係來比擬、表現自己對生命
意義的思考：

　　　　嫩綠的芽兒，
　　　　　和青年說：
　　　　「發展你自己！」

　　　　淡白的花兒，
　　　　　和青年說：
　　　　「貢獻你自己！」

深紅的果兒，
　　和青年說：
　　　「犧牲你自己！」

（冰心《繁星‧一〇》）

「十年樹木，百年樹人」，以樹木比擬人的成長、變化本是常見的聯想，而冰心賦予相關的青年成長以「發展」、「貢獻」、「犧牲」的內涵，就在其中熔鑄了「五四」青年的現代人生觀。把青年的發展與不惜犧牲自己、為社會做貢獻的人生理想相結合，冰心的人道主義思想區別於強調個體有別於群體、甚至把個體置於群體對立面的個性主義思想。

牆角的花！
　你孤芳自賞時，
　　天地便小了。

（冰心《春水‧三三》）

冰心摒棄個體的孤芳自賞，始終把個體生命存在、發展的意義與社會整體的進步緊密結合，顯然是把現代人道主義思想與古代兼濟天下的士的人生追求、與注重整體觀念的民族文化傳統結合起來，在對傳統的現代性轉換中努力建構符合歷史發展與民族生存要求的人生觀。

冰心的人道主義思想還表現出關懷弱小事物、注重發掘弱小事物價值的特點，從而區別於居高臨下同情下層人民、帶著貴族主義色彩的古典人道主義，而表現出價值觀上的平民主義傾向。對蒲公英、小草、小松樹的比喻、象徵表現就體現了冰心的這一思想特點。

弱小的草呵！
　驕傲些罷，
　　只是你普遍的裝點了世界。

（冰心《繁星·四八》）

第三節　以自然比擬人生景況

推廣以自然物比擬倫理道德、人生理想的思維方式，還可以以自然物比擬人生景況。以自然物比擬人生景況，賦予自然物以象徵、比喻意義，藉以觀照人的生存真相。中國古代文化也形成了自然物比擬人生景況的豐富傳統。「驛外斷橋邊，寂寞開無主。……零落成泥碾作塵，只有香如故」，陸游的《卜運算元·詠梅》就是以自然物比擬人生景況與以自然物比擬人格理想的結合。

作為第一代擺脫封建束縛、初次獲得人的生存權利的現代女性，「五四」女作家在執著追尋新生活的同時，不免時時還感受到處在歷史轉折時期的黎明寒意與青春柔弱，對生命常常有許多偏於傷感的喟歎。總的來說，冰心、陳衡哲、馮沅君雖然也不免有低徊哀傷，但整體上是趨向積極樂觀的；而盧隱、石評梅、陸晶清雖然也憧憬未來，但整體上卻是沉浸在無法排遣的悲哀中的。她們在直抒胸臆或借敘述故事、描繪客觀景象間接抒情之外，還常常以自然物為象徵、比喻，形象地傳達出自己的對生存真相的體悟。以自然物比擬倫理道德、人生理想，「五四」女作家思考的是人性建設的問題；以自然物比擬人生景況，「五四」女作家關注的則是生命的普遍本質與女性的特殊生存處境。

　　可憐我們都是在靜寂的深夜，追逐著不能捉摸的黑影，而馳
　騁於荒塚古墓的人！（石評梅《漱玉》）

　　石評梅以「靜寂的深夜」與「荒塚古墓」比擬自己的周遭環境，
以「追逐著不可捉摸的黑影」比擬自己的生命狀態，喻體與象徵意
象造成一種極度荒涼的畫面效果，傳達出了「五四」女性夢醒後無
路可走的深切痛苦。

　　我坐在甲板上一張舊了的藤椅裏，看海潮浩浩蕩蕩，翻騰奔
　欣，心裏充滿了驚懼的茫然無主的情緒，人生的真相，大約
　就是如此了。（盧隱《或人的悲哀》）

　　盧隱作為石評梅的精神盟友，在濃重的社會黑暗中，也感到驚
懼茫然。在她眼中，奔騰浩蕩的海潮成為人生無法駕馭的象徵，絲
毫沒有冰心把波濤搖盪比作是「海的母親，在洪濤上輕輕的簸動這
大搖籃。幾百個嬰兒之中，我也許是個獨醒者……」（《往事》（二）
之五）的從容安恬。石評梅、盧隱代表了一批擱淺在「五四」落潮
後的社會現實中、無力解救自己的柔弱的覺醒者。她們同樣是感應
「五四」思潮而成長起來的時代兒女，只是羽翼未豐，無法克服生
命的種種障礙而陷入悲觀頹唐中。

　　作為第一代覺醒的女作家，冰心同樣經歷著「五四」落潮後的
黑暗，也難免有生命孤寂的感歎：

　　只是一顆孤星罷了！

　　　在無邊的黑暗裏，

　　　已寫盡了宇宙的寂寞。

　　　　　　　　　　　　　　　（冰心《春水·六五》）

　　由孤星與夜空的黑暗而體會到宇宙的寂寞，折射出的實際上
是作者自身的生命孤獨感。但與同時代女性相比，冰心格外幸運

地生長在一個具有民主思想的家庭中，從童年到青年的人生道路
都很順利，因而培養了一種特別健康的心態，再加上她始終懷著
服務社會、安慰青年的使命感，所以，「五四」時期冰心雖然憂鬱
但並不悲觀，而且「憂鬱是第一步，奮鬥是第二步。」憂鬱只是
一種悲天憫人的沉思，並不是對生命的絕望。(《一個憂鬱的青年》)
她說：

> 沉寂的淵底，
>
>   卻照著
>
>   永遠紅豔的春花。
>
> (《春水‧六九》)

　　淵底的春花是作者生命信念的物化表現，它紅豔的暖意傳達出
作者樂觀的精神，慰藉了無數在黑暗中摸索的青年，所以「冰心女
士的作品，以一種奇跡的模樣出現，生著翅膀，飛到各個青年男女
的心上去，成為無數歡樂的恩物。」[17]
　　以自然事物比擬人生景況，「五四」女作家不僅從各自的心態
出發，從不同角度闡發生命的真相，而且還以敏銳的女性意識思考
婦女的獨特生存處境。著意於以比擬的方式表現這一主題的女作家
主要是盧隱：

> 他看那封信上說，他的愛神已不是含苞未放的花了，他懷疑
> 著想，這大約是夢吧！世界上那有這種可驚異的事呢？她嬌
> 羞默默，誰說她不是處女的美呢……竟有這種的事嗎？……
> 趙海能可鄙的武夫，他也配親近她嗎？那真是含露的百合，
> 遭了毒蜂的劫了！(盧隱《淪落》)

---

[17] 沈從文：〈論中國小說創作〉，見《冰心研究資料》，北京出版社，1984 年
　　12 月，第 1 版，第 196 頁。

　　盧隱小說《淪落》中的男女主人公，都以「不是含苞未放的花」比喻女性失去處女身份，在譴責對女性進行性侵犯的男子時，也包含著對受害女性生命價值的否定。盧隱以女性的敏感對女性柔弱被動的命運表示深切同情，對男子恣意傷害女性的行為感到憤慨，卻也與筆下的男女主人公一樣，無法進一步批判傳統文化中的處女崇拜情結，仍然把受到性侵犯的女性當作生命已經貶值的次品看待。其深層心理還是擺脫不了把女性價值定位為男人的性享樂、性專制對象的封建精粕。這說明盧隱作為較早覺醒的現代女性，既有批判封建男權的強烈意識，具有可貴的人的自覺，又在一定程度上接受了封建男權對女性的貶抑。「當女人變成花朵的時候，在一種隱喻的物神式距離之中，我們就可以避開女性的慾望與差異，也避免見到她的非『菲勒斯』本質，這樣，菲勒斯的完整性就受到保護。」[18]盧隱以「含苞未放的花」、「含露的百合」比喻女性，與以「毒蜂」比喻男子相比，隱匿了女性的主體性，而強調女性傳統的被動特質，同樣表明盧隱的深層心理中受到封建男權文化的影響。

結論

　　自然對於「五四」女作家來說，既是獨立的審美對象，又是藉以思考人性建設、表現自身生存處境的工具。在對自然的審美觀照中，「五四」女作家拓展了女性的生活視野、心靈空間。自然美在各位「五四」女作家創作中呈現出不同的美學風格，折射出的是「五四」女性豐富多姿的心靈特徵與美學趣味。以自然物比擬倫理道

---

[18] Dorothy Kelly, *Gender and Rhetoric,* 轉摘自陳順馨：《中國當代文學的敘事與性別》，北京大學出版社，1995年4月，第1版，第111頁。

德、人生理想，比擬人生景況，「五四」女作家從女性角度參與了
民族性格的現代重塑工作，豐富了自然物的象徵意義，也表現出觀
照自身生命存在的自覺意識。在繼承以自然物為比擬的傳統思維方
式時，「五四」女作家吸收、保留了民族文化中的優秀成分，並且
對之進行了現代性的轉換，從而否定了封建男權對女性生命的貶
抑、對女性心靈的壓制，但她們中的有些人在批判封建男權的同
時，思想上又難免還滲透著一些封建男權意識，從而表現出意識形
態上的複雜性。

總結

　　「五四」女性文學創作，從重返社會公共生活領域、母女親情、童心世界、女性情誼、性愛意識、觀照大自然六個方面，抒寫覺醒的青春女性的獨特情懷，初步建構現代女性主體意識。在對「造命」人生哲學的高揚中，在對服務社會人生理想的確立中，「五四」女作家充分表現了現代女性作為與男子同等的人的生命自覺，從女性角度表露出了「五四」文學的青春健康氣息。在對生命不自由的現實困境與哲理困惑的雙重抒寫中，「五四」女作家又從女性角度表現了「五四」文學的青春憂鬱特質，體現了早期現代女性的生命自覺與心靈柔弱。「五四」女性文學在中國文學史上第一次集中歌唱母女親情，使得這一沒有男性介入的女性自然親情第一次以正面價值形態浮出歷史地表。「五四」女作家既以眷眷女兒心在慈母膝前承歡，把慈母想像為自己初步踏上社會時怯懼心靈的精神庇護所；又以現代女性作為人的生命自覺洞照母親在父權壓迫下的人生苦難；同時也真實再現了早期現代女性在母親的父權立場面前無路可走的精神痛苦。女兒心態使得「五四」女作家無力以平視、俯視的態度去審察母親父權立場的專制性質，表現出精神的怯弱；但女兒心的大膽袒露，卻又從另一方面表明現代女性已經從女奴的精神僵化中復蘇過來。「五四」女作家對童心世界的歌唱，既是對兒童主體性的尊重、對父權專制文化的反叛；也是對青春女性自我生命成長過程中一種隱秘經驗的袒露，寄寓著早期現代女性對封建女性角色限定的反抗、對社會現實的批判和對現代人性建設的熱忱探索。「五四」女作家對女性同性情誼的抒寫，亦是對沒有男性介入的女

性生活層面的價值確認。「五四」女作家既在女性同性情誼的建構中，拓展現代女性的人性寬度，也在「女兒國」的夢幻中寄託了「五四」女兒面臨強大異己力量時的生命沉重，在受男性傷害女性之間的相互同情中批判了侮弄女性的薄情男子及其所倚仗的社會強勢。同時，她們還以寬容的文化態度探索了特定時代的女性同性戀現象。性愛意識的探討方面，「五四」女作家對自我性愛權利的確認，既勇敢決絕又不免為母女之愛所牽扯、為社會輿論壓力而感到痛苦。她們對性愛標準的探討，也由「五四」之初為了維護男女精神同盟的一體性而放棄對異性世界的審視，發展到「五四」後期逐漸建立起以女性為主體的性愛標準，呼喚男性對女性世界的精神理解，大膽確認女性慾望的合理性。她們對性愛單一性與男子泛愛問題的思考，也由最初的不敢直面男女性愛權利不平等現實、怯於質問男性性霸權，而後逐步發展為大膽訴述女性生命傷痛。在對自然的審美觀照中，「五四」女作家拓展了女性的生活視野、心靈空間。以自然物比擬倫理道德、人生理想，比擬人生景況，「五四」女作家從女性角度參與了民族性格的現代重塑工作，豐富了自然物的象徵意義，也表現出觀照自身生命存在的自覺意識；但在對既有比擬思維的繼承拓展中，「五四」女作家有時由於自身的生命軟弱，還不免對男權文化在物化女性中貶斥女性的思維缺少充分的警覺、批判。

「五四」女性文學屬於「五四」人的文學的範疇，就總體傾向而言，不能算是自覺的女性主義創作，卻是有著現代女性自覺意識的創作。「五四」女性創作，雖然出於對「五四」男女精神同盟的思想依賴而沒有高揚女性主義大旗，但在多數情況下，在總體思想格局上，並沒有向以女性為女奴的男權傳統妥協，而是自覺反叛封建禮教對女性的生命禁錮，努力伸展女性作為人、作為女性的主體意識，從而建構現代女性主體性。「五四」女作家對女性意識的確

認，在自覺的理性層面上，更多地展開為女性作為與男子同等的人的意識的確認；但在創作實際層面上，她們對早期現代女性獨特心跡的抒寫，分明又在相當程度上疏離了以現代男性類特性作為普遍人性尺度的價值偏頗，分明又在時代文化允許的範圍之內書寫下了男性啟蒙者無法代言的、女性由「五四」女兒成長為成熟的現代女人過程中的獨特生命體驗。這一生命經驗中，有豪情，更有怯懼；有歡欣，更有太多的悲愁。這一生命經驗的抒寫，開啟了中國現當代女性文學的許多嶄新母題。正是在磕磕碰碰地走過這一女性主體性初步建構的艱辛歷程的基礎上，中國現當代女性文學、女性主義文學的長足發展才成為可能。

附錄

主要參考書目

A

《愛的藝術》，埃·弗羅姆著，華夏出版社 1987 年版。

B

《被奴役的性》，凱薩琳·巴里著，江蘇人民出版社 2000 年版。

《百年中國女性文學批評》，王吉鵬、馬琳、趙欣編著，吉林人民出版社
　　2001 年版。

C

《曹禺：歷史的突進與迴旋》，馬俊山著，中國工人出版社 1992 年版。

《沉重的肉身》，劉曉楓著，上海人民出版社 1999 年版。

《重審風月鑒》，康正果著，遼寧教育出版社 1998 年版。

《存在主義美學》，今道友信等著，遼寧人民出版社 1987 年版。

D

《當代女性主義文學批評》，張京媛主編，北京大學出版社 1992 年版。

《當代敘事學》，華萊士·馬丁著，北京大學出版社 1990 年版。

《對話的喧聲——巴赫金的文化轉型理論》，劉康著，中國人民大學出版社 1995 年版。

E

《二十世紀中國女作家研究》，閻純德著，北京語言文化大學出版社 2000 年版。

《二十世紀中國小說理論資料（五卷本）》，陳平原等編，北京大學出版社 1997 年版。

《二十世紀中國文學史論（三卷本）》，王曉明主編，東方出版中心 1997 年版。

F

《發現婦女的歷史——中國婦女史論集》，杜芳琴著，天津社會科學院出版社 1996 年版。

《風騷與豔情》，康正果著，上海文藝出版社 2001 年版。

《浮出歷史地表》，孟悅、戴錦華著，河南人民出版社 1989 年第 1 版。

《複調小說理論研究》，張傑著，灕江出版社 1992 年版。

《弗洛伊德後期著作選》，上海譯文出版社 1986 年版。

G

《高唐神女與維納斯——中西文化中的愛與美主題》，中國社會科學出版社 1997 年版。

《革命的現代性——中國革命話語考論》，陳建華著，上海古籍出版社 2000 年版。

《關於愛和美的哲學思考》，今道友信著，三聯書店 1997 年版。

《國外魯迅研究論集》，樂黛雲編，北京大學出版社 1981 年版。

H

《後現代狀況——關於知識的報告》，讓－弗朗索瓦・裏奧塔著，湖南美
　　術出版社 1996 年版。

《回歸五四》，舒蕪著，遼寧教育出版社 1999 年版。

J

《艱難的選擇》，趙園著，上海文藝出版社 1987 年版。

《結構精神分析學——拉康思想概述》，穆斯達法等著，天津社會科學院
　　出版社 2001 年版。

《決絕與新生——五四文學現代化轉型新論》，張光芒著，中國文聯出版
　　社 1999 年版。

K

《酷兒理論——西方 90 年代性思潮》，葛爾・羅賓等著，時事出版社 2000
　　年版。

《苦惱的敘述者》，趙毅衡著，十月文藝出版社 1994 年版。

L

《吝嗇鬼、潑婦、一夫多妻者——十八世紀中國小說中的性與男女關係》，
　　馬克夢著，人民文學出版社 2001 年版。

《魯迅全集》，人民文學出版社 1981 年版。

M

《馬克思恩格斯論文學與藝術》，人民文學出版社 1982 年版。

《馬克思恩格斯選集》（四卷本），人民出版社 1972 年版。

《茅盾研究》（1-7 輯），茅盾研究會編，文化藝術出版社。

N

《「娜拉」言說：中國現代女作家心路歷程》，劉思謙著，上海文藝出版社
　　1993 年版。

《女誡》，張福清編著，中國民族大學出版社 1996 年版。

《女權主義文論》，張岩冰著，山東教育出版社 1998 年版。

《女權主義與文學》，康正果著，中國社會科學出版社 1994 年版。

《女人是什麼》，西蒙娜・德・波伏娃著，中國文聯出版公司 1988 年版。

《女性的發現──知堂婦女論類抄》，周作人著，舒蕪編，文化藝術出版
　　社 1990 年版。

《女性權力的崛起》，李銀河著，中國社會科學出版社 1997 年版。

《女性文學研究教學參考資料》，謝玉娥編，河南大學出版社 1990 年版。

《女性主義文學批評在中國》，林樹明著，貴州人民出版社 1995 年版。

P

《批評空間的開創──二十世紀中國文學研究》，王曉明主編，東方初版
　　中心 1998 年版

Q

《拒絕遺忘──錢理群文選》，錢理群著，汕頭大學出版社 1999 年版。

《親密關係的變革──現代社會中的性、愛和愛欲》，安東尼・吉登斯著，
　　社會科學文獻出版社 2001 年版。

R

《人的主體性和人的解放》，歐陽謙著，山東文藝出版社 1986 年版。

《人類困境中的審美精神──哲人、詩人論美文選》，劉小楓主編，東方
　　出版中心 1994 年版。

S

《聖杯與劍》，裏安‧艾斯著，社會科學文獻出版社 1995 年版。

《死亡‧情愛‧隱逸‧思鄉》，陶東風等著，杭州大學出版社。

《S/Z》，羅蘭‧巴爾特著，上海人民出版社 2000 年版。

W

《文學的維度》，南帆著，上海三聯書店 1998 年版。

《文學的玄覽》，丁帆著，北京出版社 1998 年版。

X

《西方女性主義研究評介》，鮑曉蘭主編，三聯書店 1995 年版。

《西方文藝理論名著選編（三卷本）》，伍蠡甫等主編，北京大學出版社 1988 年版。

《夕陽帆影》，丁帆著，知識出版社 2001 年版。

《現代靈魂的自我拯救》，榮格著，工人出版社 1987 年版。

《現代性的意義和局限》，佘碧平著，上海三聯書店 2000 年版。

《現代性的張力》，周憲著，首都師範大學出版社 2001 年版。

《現代性社會理論緒論》，劉曉楓著，上海三聯書店 1999 年版。

《現代性與自我認同》，安東尼‧吉登斯著，三聯書店 1998 年版。

《想像中國的方法》，王德威著，三聯書店 1998 年版。

《小說修辭學》，W.C.布斯著，北京大學出版社 1989 年版。

《心靈的煉獄——新時期女性文學專論》，齊紅著，中國文聯出版社 1999 年版。

《性的問題》，李銀河著，中國青年出版社 1999 年版。

《性經驗史》，米歇爾‧福科著，上海人民出版社 2000 年版。

《性政治》，凱特‧米利著，江蘇文藝出版社 2000 年版。

《敘事學導論》，羅鋼著，雲南人民出版社 1994 年版。

《敘述學：敘事理論導論》，米克‧巴爾著，中國社會科學出版社 1995 年版。

Y

《一間自己的屋子》，伍爾夫著，三聯書店 1989 年版。

Z

《再登巴比倫塔——巴赫金與對話理論》，董小英著，三聯書店 1994 年版。

《哲學中的主體和客體問題》，齊振海等主編，中國人民大學出版社 1992 年版。

《中國當代思想批判》，吳炫著，學林出版社 2001 年版。

《中國當代文學的敘事與性別》，陳順馨著，北京大學出版社 1995 年版。

《中國的男人和女人》，易中天著，上海文藝出版社 2000 年版。

《中國古代性文化（上、下）》，劉達臨著，寧夏人民出版社 1993 年版。

《中國古典小說導論》，夏志清著，安徽文藝出版社 1988 年版。

《中國女性文學新探》，盛英著，中國文聯出版社 1999 年版。

《中國式的卡裏斯馬典型——二十世紀小說人物修辭論闡述》，王一川著，雲南人民出版社 1994 年版。

《中國女性的文學世界》，喬以鋼著，湖北教育出版社 1993 年版。

《中國現代女性文學審美論》，游友基著，福建教育出版社 1995 年版。

《中國現代文學三十年》，錢理群等著，北京大學出版社 1989 年版。

《中國現代文學研究史綱》，徐瑞岳主編，江蘇教育出版社 2001 年版。

《中國現代文學主潮》，賈植芳主編，復旦大學出版社 1990 年版。

《中國現代文學主潮（上下冊）》，許志英等主編，福建教育出版社 2001 年版。

《中國現代小說流派史》，嚴家炎著，人民文學出版社 1989 年版。

《中國現代小說史（三卷本）》，楊義著，人民文學出版社 1986 年版。

《中國敘事學》，楊義著，人民文學出版社 1997 年版。

《主客體理論批判》，單少傑著，中國人民大學出版社 1989 年版。

《走出男權傳統的樊籬》，劉慧英著，三聯書店 1995 年版。

《走向後現代與後殖民》，徐賁著，中國社會科學出版社 1996 年版。

後記

　　這本書的上編是我的博士後出站報告的核心部分，下編是我的博士論文的核心部分。從 1994 年讀博士開始，我的研究興趣基本上都在中國現代文學的性別意識領域。最初選擇「五四」女作家創作作為研究對象，主要是出於自我生命印證的需求。那時，我還不滿三十歲，對自己的生命有很多迷惘，總覺得「五四」女作家那種青春女性情懷，特別契合自己的心靈需求。感受冰心的莊嚴和諧、陳衡哲的坦蕩超邁，我不禁非常羨慕生命的健康美，深受鼓舞；體會盧隱那「海濱故人」的青春愁悶、蘇雪林那「小小銀翅蝴蝶」的活潑夢想、凌叔華那現代閨秀的溫婉秀慧，我感到分外親切、貼心。我想，我自己的生命之樹是在對研究對象的感同身受中逐漸成長壯大的，我的性別文化立場也是在對研究對象的把握中逐漸確立的。1997 年畢業以後的兩年間，一方面忙於課務，另一方面，閱讀和思考的興趣也暫時轉到了與性別意識無直接關聯的其他領域。1999 年我到南京大學做博士後研究，對研究方向感到無所適從的時候，聯繫導師丁帆教授點撥說，女性主義批評不應該只局限在對女性創作研究上，應該拓展到對中國現當代男性創作的反思上。在丁老師指導下，定下反思中國現當代男性敘事的性別意識這個研究方向後，我一方面著手系統研讀性別研究和敘事藝術方面的理論書；另一方面，實際上又對是否應該做這個課題心存疑慮。這一方面是出於自信心不夠，耽心把握不好這樣一個大題目。另一個方面是覺得性別意識研究一直是主流研究界之外的女性自留地。我老想，有志氣的女性研究者是否應該迴避性別課題，去做審美意識、小說詩學

或者創作流派之類的課題，從而介入研究界的主流，以此證明「男人能辦到的事，女人也能辦得到」（毛澤東）。這正好從一個側面說明了女性疏離男性主流傳統有多難，也說明了我自身的思想軟弱。但後來在對現代文學經典作品的重讀中，我非常驚訝地發現，以兩性主體性平等的性別意識重審中國現代男性敘事文學，正好可以有效地實踐「重寫文學史」的主流召喚，正好可以從一個側面洞照出中國現代文學現代性不足的缺憾，邊緣的性別話題與主流的現代性話題恰可以在這個課題中很好地連接起來。這正好證明了一句話：「女性問題不是單純的性別關係問題或男女權力平等問題，它關係到我們對歷史的整體看法和所有解釋。」（孟悅、戴錦華）於是，我逐漸建立起了自己的學術自信，也就有了本書的上編。

我學術成長道路上的每一步，總是離不開老師們的悉心扶持。碩士導師姚春樹教授對學生寓愛於嚴，讓我養成了刻苦用功的習慣。他濃厚的魯迅研究興趣及豐碩成果，培養了我對魯迅研究話題實際上也是現代文學研究前沿話題的長久興趣，使我知道要盡可能地保持比較寬闊的學術視野。博士導師范伯群教授的研究兼跨現代新文學與通俗文學兩大領域，均卓有建樹。他寬廣的學術視野、睿智的學術智慧，一直是我學習的樣板。博士副導師莊浩然教授專攻現代戲劇研究，成果卓著。為了指導我的論文，卻專門抽時間去閱讀與自己研究課題無關的書籍。我的博士論文，從搭建大綱到最後成稿，包括文字的修訂，都留下莊老師辛勤指導的痕跡。博士後聯繫導師丁帆教授，他具有強烈現實使命感的理想主義精神、現代知識份子獨立思考的勇氣、思想穿透與藝術把握相結合的研究風格，不僅影響了我的學術研究，在許多方面也影響了我的人生觀。另外，我博士論文答辯委員會的潘旭瀾教授、曾華鵬教授、吳福輝研究員、盧濟恩編審、范培松教授，我博士後出站報告評審委員會的許志英教授、汪應果教授、王繼志教授，均對該書稿提出富有指導

性的中肯建議，督促我對相關問題做深入一步的思考。我還要特別
感謝卓如研究員和顧驤研究員。卓如老師，自 1992 年我向她請教
冰心研究問題與她相識以來，一直如慈母一般關懷著我學術道路的
每一步。顧驤老師，在百忙中抽空閱讀了本書稿的上編和導言部
分，以他豐厚的理論修養，給了我極大的鼓勵，也給了我富有指導
性的建議。我還要感謝高旭東教授、劉慧英研究員、江震龍博士對
本書論點的認真推敲和誠懇建議，感謝本書過程寫作中葉子銘教
授、湯淑敏研究員、甘競存教授所給予的人生幫助與思想啟發。

　　本書得以出版，我尤其要感謝我現在所在單位北京語言文化大
學各級領導和校學術委員會的學術支持，感謝本學科學術帶頭人閻
純德教授的關心幫助，感謝責任編輯的辛勤勞動。

李玲

2002 年 6 月 15 日於北京

語言文學類　PG0539

中國現代文學的性別意識

作　　者 / 李　玲
主　　編 / 蔡登山
責任編輯 / 鄭伊庭
圖文排版 / 王思敏
封面設計 / 陳佩蓉

發 行 人 / 宋政坤
法律顧問 / 毛國樑　律師
印製出版 / 秀威資訊科技股份有限公司
　　　　　114 台北市內湖區瑞光路 76 巷 65 號 1 樓
　　　　　電話：+886-2-2796-3638　傳真：+886-2-2796-1377
　　　　　http://www.showwe.com.tw
劃撥帳號 / 19563868　戶名：秀威資訊科技股份有限公司
　　　　　讀者服務信箱：service@showwe.com.tw
展售門市 / 國家書店（松江門市）
　　　　　104 台北市中山區松江路 209 號 1 樓
　　　　　電話：+886-2-2518-0207　傳真：+886-2-2518-0778
網路訂購 / 秀威網路書店：http://www.bodbooks.com.tw
　　　　　國家網路書店：http://www.govbooks.com.tw
圖書經銷 / 紅螞蟻圖書有限公司
　　　　　114 台北市內湖區舊宗路二段 121 巷 28、32 號 4 樓
　　　　　電話：+886-2-2795-3656　傳真：+886-2-2795-4100

2011 年 4 月 BOD 一版
定價：350 元
版權所有　翻印必究
本書如有缺頁、破損或裝訂錯誤，請寄回更換

Copyright©2011 by Showwe Information Co., Ltd.
Printed in Taiwan
All Rights Reserved

國家圖書館出版品預行編目

中國現代文學的性別意識 / 李玲著. -- 一版. --
臺北市：秀威資訊科技, 2011.04
　　面；　公分. -- (語言文學類；PG0539)
BOD 版
ISBN 978-986-221-733-7 (平裝)

1. 中國當代文學　　2. 性別　　3. 文學評論

820.908　　　　　　　　　　　100005201

讀 者 回 函 卡

感謝您購買本書，為提升服務品質，請填妥以下資料，將讀者回函卡直接寄回或傳真本公司，收到您的寶貴意見後，我們會收藏記錄及檢討，謝謝！如您需要了解本公司最新出版書目、購書優惠或企劃活動，歡迎您上網查詢或下載相關資料：http:// www.showwe.com.tw

您購買的書名：＿＿＿＿＿＿＿＿＿＿＿＿＿＿＿＿＿＿＿＿＿＿＿＿＿

出生日期：＿＿＿＿＿年＿＿＿＿＿月＿＿＿＿＿日

學歷：□高中 (含) 以下　　□大專　　□研究所 (含) 以上

職業：□製造業　□金融業　□資訊業　□軍警　□傳播業　□自由業
　　　□服務業　□公務員　□教職　　□學生　□家管　　□其它＿＿＿

購書地點：□網路書店　□實體書店　□書展　□郵購　□贈閱　□其他

您從何得知本書的消息？

　　□網路書店　□實體書店　□網路搜尋　□電子報　□書訊　□雜誌

　　□傳播媒體　□親友推薦　□網站推薦　□部落格　□其他＿＿＿＿＿

您對本書的評價：(請填代號　1.非常滿意　2.滿意　3.尚可　4.再改進)

　　封面設計＿＿＿　版面編排＿＿＿　內容＿＿＿　文／譯筆＿＿＿　價格＿＿＿

讀完書後您覺得：

　　□很有收穫　□有收穫　□收穫不多　□沒收穫

對我們的建議：＿＿＿＿＿＿＿＿＿＿＿＿＿＿＿＿＿＿＿＿＿＿

＿＿＿＿＿＿＿＿＿＿＿＿＿＿＿＿＿＿＿＿＿＿＿＿＿＿＿＿＿＿＿＿

＿＿＿＿＿＿＿＿＿＿＿＿＿＿＿＿＿＿＿＿＿＿＿＿＿＿＿＿＿＿＿＿

＿＿＿＿＿＿＿＿＿＿＿＿＿＿＿＿＿＿＿＿＿＿＿＿＿＿＿＿＿＿＿＿

請貼
郵票

11466
台北市內湖區瑞光路 76 巷 65 號 1 樓

秀威資訊科技股份有限公司　　　收

BOD 數位出版事業部

···

（請沿線對折寄回，謝謝！）

姓　　名：＿＿＿＿＿＿＿＿＿　　年齡：＿＿＿＿　　性別：□女　□男

郵遞區號：□□□□□

地　　址：＿＿＿＿＿＿＿＿＿＿＿＿＿＿＿＿＿＿＿＿

聯絡電話：(日) ＿＿＿＿＿＿＿＿＿　(夜) ＿＿＿＿＿＿＿＿＿

E-mail：＿＿＿＿＿＿＿＿＿＿＿＿＿＿＿＿＿＿＿＿